ことのは文庫

わが家は幽世の貸本屋さん

—残月の告白と妖しい秘めごと—

忍丸

MICRO MAGAZINE

Contents

▽

わが家は幽世の貸本屋さん

―残月の告白と妖しい秘めごと―

序章　告白の行方は甘酸っぱさと共に

ぱたん、ぱた、ぱた、ぱたん。ガラス窓を雨が叩いている。

分厚い雲で覆われた空、太陽を知らないあやかしの世界は闇にぬり潰されて、頼りない蝶の明かりが薄ぼんやりと室内を照らしていた。

貸本屋の古びた居間は、店舗と東雲《しののめ》さんの私室が併設されているのもあり、いつも本とインクの匂いが満ちている。けれど今日ばかりは違う。室内に香っているのは、甘酸っぱい果実の匂い。なぜならば、部屋に山盛りの完熟梅があるからだ。

初夏は梅の季節だ。充分に熟れた梅は、酒に漬け込んでも、砂糖と一緒に漬けてシロップにしても美味《おい》しい。でも、私が作ろうと思っているのは梅干し。

市販のものよりも塩分多めに仕込んだ手作りの梅干しは、東雲さんの好物だ。養父の喜ぶ顔が見たくて、毎年手作りしている。一年分ともなればかなりの量だ。せっせせっせと竹串で梅の実のへたを取る。毎年のことだし慣れた仕事だった。だから、なにも考えずにできる作業のはずなのだけれど……。

「痛っ……！」

竹串を指に刺してしまい、小さく悲鳴を上げた。ぷくりと赤い玉が浮かぶ。慌てて指を口に含んで、そのなんともいえない味に気分が急降下していった。

ああもう、こんな単純作業すら集中できないなんて！

『──水明《すいめい》のことが、好きですっ！』

ふとした瞬間に、あの日の自分の言葉が脳裏に蘇ってくる。

同時に、恥ずかしさと、後悔と、愛おしさが溢れて出てきて。

「……う～」

竹串を放り出すと、ぱたりとその場に寝転んだ。

夏の始まり。さあさあと降り続く雨、粘つくような湿気と共に、私はひとり悶々とする羽目に陥っていた。


──私がこんな状態になってしまった原因。それは春の終わりの出来事にあった。

〝現《うつ》し世《よ》を祓《はら》い屋にとっての理想郷……あやかしが跋扈《ばっこ》する混沌とした世界へ変える〟

水明の父である白井清玄《しらいせいげん》が起こした騒動は、幽世《かくりよ》全体を巻き込みつつも、なんとか未遂に終わった。その被害は甚大としかいいようがない。多くのあやかしが傷つき、悲しみ、私自身も大怪我をしてしまった。傷は癒えたものの、今もなお痕が残っている。

清玄さんと水明は、完全にわかり合えたとは言えないものの、一応は和解したらしい。

負傷した清玄さんは、犬神の赤斑《あかまだら》と一緒に、今は鞍馬山僧正坊《くらまやまそうじょうぼう》のもとで養生している。

そんな騒動の中で、私はとんでもないことを仕出かしてしまった。

きっかけは、清玄さんと相対した時、私が放った言葉だ。

『私が一緒にいたいのは水明なの。この人が好きなの。だから、彼をもう傷つけないで！』

告白以外のなにものでもないそれを、あろうことか本人の目の前で口に出してしまったのだ。更には、そのことに言及された勢いで、思いの丈をぶつけてしまったのである。

……本当に勢いだけの告白だったと思う。

後先なにも考えず、溢れてくる感情をそのまま吐き出したような。今思い返してみると、冷や汗ものだ。あの場で告白を断られたら、気まずすぎて死んでいただろうに。

――水明の反応が悪いものじゃなかったのが救いだけれど。

顔を真っ赤にして言葉を失っている彼の姿を思い出すと、胸の辺りがキュンキュンしてどうしようもなくなる。けれど、その感情をぶつける先がない。

なぜならあの日以来、水明には会えていないからだ。清玄さんの騒動終結からすでに二週間経っている。なのに、私はいまだに告白の答えを聞けずにいた。

――うう。寝込まなかったら、こんなにも焦《じ》れることはなかったんだろうなあ。

あの騒動の後、すぐに体調を崩してしまったのだ。怪我が全快していないのにも拘《かか》わらず無茶したことが祟《たた》ったらしい。次に目覚めた時には、貸本屋へ居候していた水明は荷物を引き払って薬屋へ戻っていたし、私の体調がすっかり元通りになった頃には、清玄さんを鞍馬山僧正坊のもとへ預けるため、彼は現し世へ出かけてしまっていた。

――ああ、すれ違い。タイミングが悪すぎる。

この調子じゃあ、水明の気持ちがわかるのが、一体いつになるのか……。

スマホがあればすぐにでも訊けたんだろうけれど、残念なことに幽世には電波塔なんて建っていないし電話線もない。水明の意思を確認するためには、直接会うか、もしくは――。

ちらりと、雨が降りしきる外を窓越しに眺める。

ぱたぱた、ぱたん。ガラスが雨に打たれて震えているだけで、他にはなにも見えない。

「ンッフフフ。お手紙の返事、なかなか来ないでありんすねえ」

すると、鈴を転がしたような声が聞こえた。

明らかに面白がっている様子のそれに、勢いよく体を起こす。

じとりと睨《にら》みつければ、窓辺に座っていたその人はコロコロと楽しげに笑った。

「手紙というものは、返事がいつ届くのかと待つ時間すら楽しいものでありんすなあ？」

「私は死にそうになっているけどね……」

「ああ、可愛らしいこと。初心《うぶ》でありんすねえ。少し前までは、なあんにも知らない赤子のようでしたのに。恋をするだけで、ここまで人間が変わるとは。ンッフフフ」

「もう、からかわないで。こっちは真面目なんだから」

抗議の声を上げると、文車妖妃《ふぐるまようひ》はますます楽しげに笑った。

彼女は、恋文《こいぶみ》にこもった想いの化身だという謂《い》われのあるあやかしだ。

絹糸のように純白の髪。透き通るように白い肌。二重に重ねた打ち掛けは朝焼けに染まった霞《かすみ》のような色。ほんのり紅《べに》で染めた小さな唇や目もと、瞳の藤色が、彼女の纏《まと》う白色の中で際立って見え、同性であるにも拘わらずドキリとするような色気がある。

脚が悪い彼女は、私の隣へズリズリと腕の力だけで寄ってくると、つつ……と太ももに指を滑らし、どこか艶やかな声色で囁《ささや》いた。

「ソワソワ、ソワソワ。夏織《かおり》は返事が待ち遠しくて仕方がないのでありんすなあ。水明に送った手紙には、さぞ熱い愛の言葉を連ねたんじゃあおっせんか？」

「そっ、そんなわけないじゃない！　普通の手紙よ、普通の」

「嘘はつきなんしな！　〝会いたい〟とか〝温《ぬく》もりが恋しい〟とか絶対に書いたに違いないだんす。焦らさないで、内容を教えてくれなんし。さあさあ！」

「いや。でも、えっと……」

文車妖妃にガクガク揺さぶられ、けれども嘘をつくわけにもいかずに途方に暮れる。

――会えないなら、手紙を書けばいい。

数日前のこと。ひとり悶々していた私に、そう提案してくれたのは文車妖妃だった。

『文通は恋愛の基本。古めかしいと馬鹿にしなんし。人ははるか昔より、文に想いをしたためてまいりんした。平安《へいあん》時代なぞ、顔を合わせずとも文で心を通わせたものでありんす』

だから手紙を書けばいい。文字に込められた想いは、確実に相手に届くのだからと。

納得した私は、彼女のすすめに従って〝幽世式〟の手紙を水明へ送ることにした。

〝幽世式〟と言っても、必要なのはあやかし〝樹木子《じゅぼっこ》〟で作られた紙だけだ。

〝樹木子〟は、古戦場などで多くの血を吸った樹木が成るあやかしで、その樹皮を漉《す》いて作った紙は配達人が不要だ。鶴を折ると、自ら空を飛んで相手のもとへ行ってくれる。

――確か、戦場で大切な人へ想いを届けられずに死んだ人の念がそうさせると、東雲さんは言っていたっけ……。

私は期待に目を輝かせている文車妖妃に、申し訳なく思いながら言った。

「しつこいよ。私は恋愛初心者なの。そんなこと書けるわけないってば！」

「ええ……ほんだんすかえ？　じれっとうす。はようくっついて、わっちに甘酸っぱい恋の話を聞かせておくれなんし」

「妖妃ったら、人の恋路をなんだと思ってるの……」

文車妖妃からすれば、私と水明の関係は最高に面白い余興らしい。頻繁に訪ねてくるようになった彼女に、私は心中複雑だ。

「ええい恋愛の話は終わり！」

いつまでもからかわれ続けるのは気分がよくない。無理矢理会話を終わらせ、竹串を手にすると、梅の実の山へ再び向かい合った。

「いつ来るかわからないものにやきもきしてても仕方ないし。妖妃、梅仕事手伝って！」

「ええ……わっち、箸《はし》より重いものを持ったことがありんせん」

「……嘘でしょ？」

「嘘でありんす」

「もお……！」

「ンッフフフ。ああ、夏織はからかい甲斐《がい》があってよござんすなあ！」

コロコロ笑っている文車妖妃に呆《あき》れつつも、熟れた実に手を伸ばしたその時だ。からりと貸本屋と居間を繋《つな》ぐ引き戸が開いた。顔を覗かせたのは、私の母代わりでもあるナナシだ。

「まったく。この長雨には嫌になっちゃうわね」

深緑色の髪をかき上げ、山積みになっている梅を見つけた途端に顔を輝かせる。

「あらま！　やだ、もうそんな季節？　アタシも手伝うわ」

「ナナシ、ありがとう〜。終わる気がしなかったんだ」

「いいのよ。おしゃべりしながらやったらすぐ終わるわよ」

パチリと片目を瞑ったナナシは、いそいそとハンドバッグに手を差し入れた。

「それと、こんなのが来てたわよ」

「えっ……」

ドキリ、と心臓が跳ねた。

――まさか。まさか、まさか、まさか！

ナナシがバッグから取り出したのは、小さな折り鶴だ。パタパタとナナシの手から飛び立ったそれは、天井辺りをぐるりと一周すると、ゆっくり私の手の中に下りてきた。

「玄関のガラス窓にくっついてたの。見てみなさいよ」

「う、うん」

とうとう手紙の返事が来た。……ああ、指が震える。そっと鶴を解《ほぐ》していく。丁寧に折られた鶴。几帳面《きちょうめん》な水明の性格が窺《うかが》える。私は、ドキドキしながら中身に目を通した。

「それで、なにが書いてありんした？」

ニマニマ笑った文車妖妃が覗き込んでくる。

私はパッと顔を上げると、感激で胸を震わせながら言った。

「水明、私が貸した小泉八雲《こいずみやくも》の『怪談《かいだん》・奇談《きだん》』が面白かったって……！」

「お馬鹿。今反応するべきはそこじゃないだんす」

すん、と白けた顔になった文車妖妃は、素早く私の手から手紙を取り上げた。

「あっ、あっ！　返して！」

慌てて取り戻そうと手を伸ばすが、躱《かわ》されてしまった。

文車妖妃は内容に目を通すと、どこか含みのある笑みを浮かべる。

「『三日後、幽世へ戻る。話したいことがあるから、時間が欲しい』……でありんすか」

「……っ！」

途端にパッと顔に火がついたように赤くなった。

耳の奥で心臓が鳴っている音がする。いきなり、シロップの海に放り込まれてしまったような、甘ったるい感覚が全身に満ちて、どうにもいたたまれなくなる。

「ナ、ナナシ！」

堪《たま》らなくなった私は、ナナシに思いきり抱きついた。

「み、三日後だって。どうしよう。どうすればいい？」

「あらあら」

ナナシはくすりと笑い、私の頭をゆっくりと撫でた。

「――〝とうとう〟？」

まるで子守歌を歌ってくれた時のように優しい声で訊《たず》ねられる。

「こ、告白したの。多分、返事だと思う……」

「……そうなの！」

途端、ナナシはぱあっと顔を輝かせ、琥珀《こはく》色の瞳を細めた。

「夏織、大きくなったわね」

「それって今関係あるかなあ……？」

「大ありだわよ！　あんなに小さかった子が恋をして、告白をした。もしかしたら、恋人ができるかもしれない……すごい成長。そのうち花嫁姿が見られるかも！」

「はっ……花嫁!?　ナ、ナナシ。気が早すぎるよ」

「そうね。ウフフ、ごめんね。すごく〝家族〟って感じがして嬉しくて――」

ナナシが涙を浮かべている。彼は小さく洟《はな》を啜《すす》り、ハンカチでこぼれた雫を拭った。

「当日はオシャレしなくちゃね。髪も少し切りましょうか。新しい夏服に、可愛いサンダル。お化粧はアタシがしてあげる。アクセサリーも貸すわよ！」

「いっ……いいの？」

「もちろんよ。可愛い娘の大切なイベントだもの。全部、完璧にしなくちゃ」

「……嬉しい。ありがと。ナナシは本当に私のお母さんだね」

「当たり前じゃない。それに、アタシからもお礼を言わせてね。こんな素晴らしい瞬間に立ち会えるなんて……夏織と〝家族〟になれてよかった」

ふたりでクスクス笑って、見つめ合う。ナナシの琥珀色の瞳が潤んでいる。きら、きらり。蝶の明かりを取り込んだその瞳は、陽だまりのような柔らかな熱を持っていた。

「素敵な一日になるように準備しましょうね」

「……うん」

こくりと頷《うなず》けば、ナナシはさらさらと私の頭を撫でた。

――ああ、告白の行方はどうなるのだろう。

初めてのことばかりで、どうにも落ち着かない。上手く行ったらどうしようとか、駄目だったらどうすればいいのかなとか。いろんな感情が浮かんでは沈んでいく。

「大切な〝家族〟のことだもの。応援しているわ。アタシがついている」

――でも、ナナシがいてくれるなら大丈夫かな。

私はナナシの温もりに頬を寄せると、胸いっぱいに息を吸い込んだ。いつものインクと本の匂いとはまた違う、甘酸っぱい匂い。初夏の訪れを告げる梅の香りは――。

恋と似ているような気がした。

第一章　屋島寺の善行狸

「ど、どうかな……？」

「大丈夫。今日の夏織は、幽世一可愛いわ」

「え、えへへへ……それは言い過ぎじゃない？」

その日は、梅雨のうっとうしさなんてすっかり忘れてしまったかのように晴れていた。まるでメロンソーダのように緑がかった夜空。相変わらず幽世に太陽は昇らないものの、熱を持った風が家々の間を渡り、幻光蝶《げんこうちょう》が気持ちよさそうに風に遊んでいる。

夏の本格的な訪れを感じさせるそんな日に、私は水明との久しぶりの再会に備えていた。新調したワンピースを纏い、ナナシに薄く化粧をしてもらって、鏡と睨《にら》めっこする。

「髪の毛、変じゃない？　大丈夫かなあ……」

姿見の前で確認する私を、一匹の黒猫が呆れたような目で見つめていた。

「変なのは髪の毛じゃなくて夏織の頭だわ。発情期かしら。浮かれちゃって」

「なっ……！　にゃあさん！」

思わず抗議の声を上げれば、私の親友であり火車《かしゃ》のあやかしであるにゃあさんは、くわ、と大きくあくびをした。

「人間って面倒ね。付き合うだの付き合わないだの」

「そりゃあ、猫とは違うわよ。ねえ、ちょっとぐらい励ましてくれてもいいでしょ」

「ふられたら慰めてあげるわ。頑張って」

「どうして失敗すること前提なの？　うう、冗談でも勘弁して……」

思わず弱気になれば、にゃあさんは盛大にため息をこぼして続けた。

「なんで夏織が不安に思うのか、あたしにはまったく理解できないわ」

「……それって、どういう意味？」

「わからないなら別にいいけれど。野暮なことはしたくないし？」

「ねえにゃあさん。私にわかるように言って……」

親友がなにを言いたいのか欠片《かけら》も理解できない。

落胆していると、にゃあさんは楽しげに色違いの目を細めて、三本の尾を揺らした。

「本当にお馬鹿ね。そうだ。ふられたら人魚の肉売りにでも願いを叶えてもらったら？」

「人魚？」

首を傾《かし》げれば、化粧品の片付けをしていたナナシが会話に割って入ってきた。

「ああ！　そういえば、最近よく耳にするわね。願い事があるのなら、人魚の肉売りに頼めばいいって。なんでも叶えてくれるらしいわよ」

「人魚の肉売りが現れる時、鈴の音がするんだったかしら。肉売りを呼び寄せるとか言って、商人が鈴のアクセサリーを売り歩いてたわ。商魂たくましいったら」

盛り上がっているふたりをよそに、私はひとり眉を顰《ひそ》めた。

「……確かに、なんでも願いを叶えてくれるなら、すごいかもしれないけれど」

その時、脳裏に浮かんだのは、人魚の肉を食べたことのある人たちだ。

「あんまりいい印象がないな。ちょっと怖い」

父親が持ち帰った人魚の肉を食べ、永遠の命を得てしまった八百比丘尼《やおびくに》。

愛情深い彼女は、自分の家族が先に逝ってしまうことを心から悲しんでいた。

身にあまる力を得るために人魚の肉を食べた清玄さんは、強力な力を獲得した代わりに、内臓は腐り果て、常に激痛に見舞われているのだという。それ以前に、そもそも人魚の肉なんて食べなければ、あんな騒動を起こさなかったはずだ。

「一度食べたら後戻りできないんでしょ？　よっぽど覚悟がないと口にできないや……」

思わず本音をこぼせば、にゃあさんとナナシは顔を見合わせ、にっこり笑った。

「そうよねえ。同感だわ。自分の願いは自分で叶えるものだもの。恋だってそう。だからこそ、今日はとびっきりのオシャレをしたわけだし」

「夏織、とっとと水明を捕まえて、自分の男にしちゃいなさい」

「じっ……自分の男って、にゃあさん！」

言い方というものがあるだろう。

顔を真っ赤にして抗議すれば、にゃあさんはゆっくり瞬きをして言った。

「あたしは猫だからよくわからないけれど、今日の夏織が可愛いことくらいはわかるわ。秋《あき》穂《ほ》の娘だもの。猪突猛進で行きなさいよ。なにも心配いらないわ」

「……！」

なんとも嬉しい親友の言葉に、私は破顔一笑して頷く。

「ありがとう。にゃあさん大好き！」

──なあん。

私の言葉に、にゃあさんはそっぽを向いて一声鳴いた。


幽世の舗装されていない道を小走りで行く。

「夏織ちゃん、いい魚が入ったよ。寄っていかないかい」

「ごめん！　時間がなくって。後でまた！」

「稀人《まれびと》のお嬢ちゃん、夕方うちにおいで！　新商品が出るんだ。味見しておくれよ」

「わあ！　ありがとう。絶対に寄る！」

大通りを通るだけで、たくさんのあやかしが声をかけてくれる。返事をしながら、くすりと笑う。そういえば、水明と初めて会った日もこんな感じだった。道端で倒れているのを見つけた時は、こうなるなんて欠片も想像していなかったけれど。

ふわふわと寄ってきた幻光蝶を眺め、人混みを縫って大通りの外れまでやって来た。

もうすぐわが家が見えてくる。そう思った瞬間──。

「……あっ」

私は足を止めた。なぜならば、遠くに一際明るい蝶の群れを見つけたからだ。

幻光蝶は、人間を好んで集まってくる習性がある。

この幽世で、現在暮らしている人間は私と……水明だけだ。

頬に熱が上ってくるのを感じながら、こちらへ歩いてくる彼を見つめる。両隣には烏天狗《からすてんぐ》の双子、金目銀目《きんめぎんめ》。足もとには犬神のクロがいて、なにやら楽しげに話していた。

すると、水明も私に気がついたらしい。

一瞬だけ足を止め、ふわりと柔らかい表情になった。

――わあああああああっ！

なんて顔をするのだ。元々、あまり表情がないタイプだったはずなのに。

手のひらに汗が滲《にじ》む。鼓動が速まる。どうしよう、本当にどうしよう……。

混乱しているうちにも、水明はゆっくりとこちらへ近づいてきていて。

こくりと唾を飲み込み、恐る恐る私も歩き出した。

じゃり、じゃり。靴底を擦《こす》った砂利《じゃり》が軽やかな音を立てた。大通りの外れとは言え、それなりに喧噪《けんそう》は聞こえてくるはずなのに、不思議とその音ばかりが耳に飛び込んでくる。

……あと少し。心臓が爆発しそう。水明の薄茶色の瞳が私を捉《とら》えている。

やがて貸本屋を挟み、もう少しで声が届きそうな距離に近づいた――その時だ。

「どっわあああああああああああああっ!!」

いきなり、貸本屋の店内から東雲さんがまろび出て来た。

「やめろ、おい。冗談だろ……!?」

「チッ！　東雲、なんとかしろ！」

東雲さんに次いで姿を現したのは〝物語屋〟の玉樹《たまき》さんだ。

「なんとかしろって言われても……って、夏織!?　くっそ、こんな時に！」

東雲さんは焦ったように顔を歪《ゆが》め、私をなにかから守るように立ちはだかった。

「なっ……なに？」

東雲さんの背後から顔を覗かせて様子を窺うと、とんでもない光景が目に入ってくる。

「東雲ぇぇぇぇぇ！　逃げるんじゃない！」

貸本屋の古びた戸口から、小麦色の獣の群れが、まるで雪崩《なだれ》のごとく溢れ出てきたのだ！

それは狐の大群だった。大騒ぎしながら通りいっぱいに広がっている。やがて狐同士がくっつき合うと、白い煙と共に姿を変えた。現れたのは——東雲さんと同年代くらいの男性だ。

「失望したよ。まさか逃げるとはね。それは己の非を認めたってことでいいんだな!?」

男性は、一見して僧侶とわかる格好をしていた。縹帽子《はなだぼうす》に黒衣、青丹《あおに》色の袈裟《けさ》を着ていて、目尻を紅く染めている。切れ長の瞳の鋭さは、睨みつけられると震え上がってしまいそうなほどだ。なにより特徴的なのは、黒衣から伸びる四本の尾。純白のそれは、まるでこちらを威嚇するかのように大きく膨れ上がっていた。

「そうじゃねえよ！　獣に囲まれるのが嫌だっただけだ。落ち着け。な？　白蔵主《はくぞうす》！」

——白蔵主？

白蔵主と言えば、狐を捕まえて皮を売っていた男を止めるため、僧侶になりすまし、殺生をやめるように諭したことで有名な化け狐だ。確か東雲さんとも旧知の仲で、よく彼が棲《す》まう山梨県《やまなし》まで遊びに行っていたような……。

東雲さんは、額からこぼれた汗を拭き拭きしつつ、愛想笑いを浮かべた。

「いっ……言いたいことはわかった。そうだな、確かにうちの本のせいなのかもしれねえが、その責任をこっちにおっ被されても困る」

そんな東雲さんに、恐ろしい形相をした白蔵主はビシリと指を突きつけた。

「言い逃れなど無駄だ。然《しか》るべき対処をしろ。場合によっては賠償を要求する！」

「ば、賠償……!?」

予想外の言葉に目を白黒させていれば、貸本屋の店内からふたりの女性が出てきた。

「お父さん、もうやめて！　貸本屋さんは関係ないわ！」

叫んだのは、ストレートのロングヘアーに真っ白なワンピースが眩《まぶ》しい女性だ。

涼やかな目もとに、八重歯が可愛い綺麗な人で、頭には大きな狐耳があった。右の狐耳が一部分欠けているのが特徴で、そこに紫のサテンリボンを着けている。

「こ、孤ノ葉《このは》……頑張って」

もうひとりは、ゴシック調の着物を着た女性だ。

大胆な総花柄の着物にレースのブラウス、黒のショートグローブ。頭には鍔広《つばびろ》の帽子に、オシャレな色ガラスの眼鏡をかけていて、今風の着物を楽しむお嬢さん風。お尻からはふんわりした尾が顔を覗かせていて、どうも彼女は狸が化けたものらしい。

「いや、だがな。孤ノ葉……」

孤ノ葉と呼ばれた狐耳の女性は、薄墨色の瞳に涙を浮かべ、白蔵主へ訴えかけた。

「お父さんったらみんなに迷惑をかけて！　私、恥ずかしいわ」

「でも、お前がこの店から本を借りさえしなければ……」

「関係ないって言っているでしょう？　確かに本はきっかけだけれど、それがすべてじゃないわ。このわからずや。頭でっかち。お父さんなんてもう知らない！」

「ちょっと待ってくれ、そんなこと言ったら、お父さん泣いちゃうんだからな!?」

先ほどまでの勢いはどこへやら。

白蔵主は途端に情けない顔になり、孤ノ葉の言葉に顔色をなくしている。

「ねえ、東雲さん？　これってどういうこと？　なにがあったの？」

思わず訊ねれば、養父はバリバリと頭を掻いて、困り切った様子で言った。

「それがなあ。どうもあの娘っこが、うちの本を読んで現し世に興味を持ってな。そんで遊びに出かけた人の町で、人間の男と恋に落ちちまったらしい」

「……ああ～。それは心配だよね。人間とあやかしじゃあね」

生活基盤どころか住む世界が違うのだから、父親としては簡単に賛成できないだろう。

すると、今まで静観していた玉樹さんがクックッと喉の奥で笑った。

「なにを言う。人間であることなんて関係ないだろう。東雲並みに過保護な様子を見るに、狐娘が誰を連れて来ようが荒れたに決まっている。親子喧嘩《げんか》に巻き込まれただけだ。馬鹿らしい。巣の中でやっていればいいものを」

辛辣《しんらつ》な玉樹さんの言葉に苦笑しつつ、いまだに言い争っている親子を眺める。

——それだけ娘さんが大切だってことなんだろうけれど。

ちらりと東雲さんの様子を覗き見れば、養父は苦み走った顔をしていた。

「まあなあ。どこの馬の骨かわからん奴に……って気持ちは痛いほどわかるけどよ」

「……ハッ！」

瞬間、あることに気がついて、さあと血の気が引いていった。

——水明とのこと。東雲さんにバレたらどうなるんだろう……。

「ねえ……東雲さん。もし、私がこっ……恋人を連れてきたらどうする？」

恐る恐る訊ねれば、東雲さんの目に明らかな殺意が浮かんだ。

「……夏織に相応《ふさわ》しくねえ奴だった場合——ぶん殴る」

「ひっ！」

——本気だあああああああ！

目つきが殺人者のそれだ。背中を冷たいものが伝う。

すると突然、轟《ごう》、と肌がちりつくほどの熱風が頬を撫でて行った。

「……いい加減、わがままを言うのはよすんだ！　孤ノ葉！」

聞こえてきたのは、怒り心頭の白蔵主の声。

恐る恐る様子を窺えば、彼は燃えさかる狐火を周囲に浮かべ、仁王立ちしていた。

「そこらのあやかしならまだ諦められたさ。でも、人間は駄目だ。絶対に！」

どうも玉樹さんの推測は的外れだったようだ。白蔵主の言葉に、娘への愛情以外に切羽詰まったものが垣間《かいま》見えた気がして、ドキリとする。

白蔵主は東雲さんへ向かい合い、瞳にあからさまな殺意を滲ませて言った。

「悪いな、東雲。今はもう昔とは違う。人間とあやかしが棲まう場所は明確に線引きされて、それぞれが別々に生きている。そんな時代に、人間が作り出す物語は害悪にしかならない。これ以上被害を出さないためにも店は廃業しろ。幽世に貸本屋は不要なんだ――！」

「ハッ……！」

白蔵主の言葉に、東雲さんは不敵に笑って、右手にバチバチと雷を纏わせて言った。

「それはねえだろう。勝手に来て勝手に大騒ぎして。人の商売にケチをつけるたあ、捨て置けねえな。俺はこの仕事に誇りを持ってる。お前もそれは知っているはずだろうが！」

「その仕事が害となる可能性があるならば、止めるのも友の務めだと思わないか？」

「さあなあ？　ちょうど今、友人をひとり失ったところでね。全然わかんねえ！」

東雲さんが叫ぶと、青白い雷が放射状に走った。本気で怒っているらしい。額の角がぼんやり光り、うっすらと肌に鱗が浮かび上がっている。

――まずい……！

辺りに炎と雷がほとばしっている。まさに一触即発の雰囲気だ。この町の建物は多くが木造で、このままではいつ火が着くかわからない。火事になれば大変だ。消防車なんてないこの世界では、江戸《えど》時代よろしく建物を打ち壊すしかないのだから。

「しっ……東雲さん、やめて！」

「お父さん。いい加減にして……！」

私と孤ノ葉が止めに入ったその瞬間、どこか場違いな声が響いた。

「「ていっ！」」

「やめろ。この馬鹿」

いつの間にやらふたりの背後へ移動していたのは、金目銀目と玉樹さんだ。

金目は白蔵主の首もとへ手刀を振り下ろし、銀目はみぞおちに拳をめり込ませた。

玉樹さんはというと、東雲さんの頬を思いきりビンタしている。

「ぐうっ……！」

「いってえええええええ！」

瞬間、白蔵主は白目を剥《む》いた。意識を失ったらしい。倒れそうになったところを、すかさず双子が支える。頬を手で押さえた東雲さんは、怒り心頭の様子で玉樹さんを睨みつけた。

「なにすんだよ！　玉樹ィ！　馬鹿とはなんだ、馬鹿とは！」

すると玉樹さんは、口癖である〝物語〟に準《なぞら》えて東雲さんを責め立てた。

「悪いが自分は正直なのが売りでね。馬鹿に馬鹿と言ってなにが悪い。決定的な場面で冷静さを欠く愚か者は、最も読者に嫌われる。話の展開を悪化させるからだ。そういう登場人物に待ち受けているのは、悲惨な末路――。お前もそうなりたいのか？」

気怠《けだる》げに首を傾げた玉樹さんは、ある場所を指差した。それは貸本屋だ。

「店を自らの手で燃やす気か。フラグを立てるなら他でやってくれ」

「ぐぬ……」

東雲さんは小さく呻《うめ》くと、気まずそうにわしわしと頭を掻いた。

「……止めてくれて助かった。どうも頭に血が上っちまったみたいで」

「わかったなら少し休め。真っ青だぞ。具合が悪いんじゃないか？　家で寝ていろ」

玉樹さんの言葉に、東雲さんは一瞬だけ変な顔になった。

こくりと頷く。貸本屋へ向かおうとして――途端に険しい表情になった。

「……東雲さん？」

「あ、ああ。わりい。なんでもねえよ」

お腹辺りを手で摩《さす》った東雲さんは、白蔵主を抱えたままの金目へ言った。

「ソイツを鞍馬山僧正坊のところへ連れて行ってくれねえか。頭を冷やしてやってくれよ。悪い奴じゃねえんだ。ちいっとばかし思い込みが激しいだけで。きっと、時間をかけて話せばわかってくれるだろう。俺も後で行くから」

そう言い残し、ヨロヨロと店へ戻っていく。

――調子が悪いのかな。昨日もたくさんお酒を飲んでたから二日酔いとか？

心配になってその背中を見つめていると、白蔵主を抱え直した金目が言った。

「仕方ないね。久しぶりに幽世に来たのになあ。戻ろうか、水明、銀目」

「東雲に頼まれたんじゃなあ」

「あ、ああ……」

金目はふたりへ目配せすると、孤ノ葉に向かって言った。

「じゃあ、お父さん借りていくね〜？　東雲はああ言ってたけど、そう簡単な話じゃない気がするんだよねえ。一応さ、君たちの方でも対策を考えておいてよ。また貸本屋を潰すなんて言い出したら困るじゃん？」

「んだなあ。俺らは、親父どもに酒でも飲ませて発散させるか。金は後でこのオッサンからもらおうぜ。水明、つまみ買いに行くぞ！　俺らが食っても美味《うま》い奴！」

「……そうだな」

その時、ちらりと水明がこちらを見た。

なにか物言いたげな顔をしていたが、銀目に促されて背を向ける。

徐々に遠ざかっていく水明の姿を眺め、私は思わず首を傾げた。

「……あれ？」

「告白の返事は……？」

しかし、その疑問には誰も答えてはくれず。

代わりに、どこかのんびりとした声が耳に届いたのである。

「いやあ、参った、参った。こりゃ困ったねェ」

そこに現れたのは、どこか人を食いそうな雰囲気がある、恰幅《かっぷく》のいい男性だった。

＊　＊　＊

「おりゃあ、そこの孤ノ葉にくっついて離れねェ娘の父親だ。白蔵主とは古い馴染《なじ》みで、揉《も》めそうだと聞いてやってきたんだが……。困ったことになったなァ」

派手な柄物の着流しに、黒い羽織、脚絆《きゃはん》に草履《ぞうり》を履いたその人は、人懐っこい笑みを浮かべ、ぽぽんと出っ張った腹を叩いた。彼の頭とお尻には、狸の耳と尻尾《しっぽ》が生えている。

そのあやかしは、なんとかの有名な芝右衛門狸《しばえもんたぬき》らしい……！

「お会いできて嬉しいです！」

「おお。なんだい、なんだい。オレのことを知ってるのかい？」

「もちろん！　とても高名な狸ですから……！」

芝右衛門狸は、兵庫県淡路島《ひょうごあわじ》に棲まう化け狸だ。芝居興行に金銭の代わりに葉っぱで観に行っていた、という逸話が有名な狸で、今もなお淡路島の人々に親しまれている。

日本三大狸の一匹で、江戸末期に起きた狸たちの一大抗争、阿波狸合戦《あわたぬきかっせん》にも参加した。

彼は、それはそれは見事に化けるらしい。私も一度は会ってみたいと思っていた相手だ。

「でも、どうして芝右衛門さんがここに？」

「実は、孤ノ葉に貸本屋を紹介したのがうちの月子《つきこ》でなァ。月子は貸本屋の常連でもあるし、潰されちゃあ困ると思って、すっ飛んできたんだぜ」

孤ノ葉の後ろに隠れるようにしていた女性が、涙目のままコクコク頷いている。

月子と呼ばれたその人には、もちろん見覚えがあった。

確かにうちの常連だ。流行の恋愛小説から、海外小説、漫画やライトノベルまで幅広く好み、頻繁に店を訪れてくれる。しかし引っ込み思案な性格なのか、今までまともに会話をした記憶がない。彼女が芝右衛門狸の娘であるということも初めて知ったくらいだ。

芝右衛門狸は、ううむと白髪交じりの髭《ひげ》を撫でて唸った。

「大変なことになったなァ。白蔵主は頑固だぞ？　そう簡単に考えを改めてくれるかねェ」

「そんなにですか……？」

「娘のことになると特になァ。見るに、本気で人間が書いた本を害悪だと思ってやがる。白蔵主は狐の中でもかなり慕われていてなァ。一声かければ、かなりの数の狐が動くぜ？」

すると、玉樹さんが途端に顔を曇らせた。

「東雲との話し合いが物別れに終わった場合、大勢の狐たちを引き連れて、改めて貸本屋を襲撃に来るかもしれんな」

「知り合いに不買を訴える可能性も考えられるな。狐どもはズル賢いからなァ！」

「……将を射んと欲すればまず馬を射よ。なるほど、展開としては〝王道〟だ」

「ちょ、ちょっと待って。そんな大事《おおごと》になるかもしれないんですか!?」

さあと青ざめていれば、さめざめと泣く声が聞こえてきた。

月子に支えられた孤ノ葉が、ボロボロと大粒の涙をこぼしている。

「かっ……夏織さん。本当にごめんなさい。うちのお父さんが……！」

孤ノ葉はわあっと顔を手で覆い、しゃくり上げながら続けた。

「わ、私が恋なんてものをしたから。ごめんなさい。本当にごめんなさい」

「謝らないでください。恋なんて、しようと思ってするものじゃないですし……」

——恋愛に疎かった私にだって、今ならわかる。

恋というものは自分でコントロールできるものではない。言葉にできない不可視のなにかが、相手と自分を勝手に結びつけてしまうような、決して抗えないもの……それが恋だ。

「だから、恋をしたことを後悔しないで欲しいんです」

震えている孤ノ葉の手をギュッと握り、涙で潤む薄墨色の瞳を見つめる。

彼女はぱちくりと目を瞬くと、どこか嬉しそうにはにかんだ。

「……ありがとう。もしかして、あなたも恋をしているの？」

私はパッと頬を赤らめ、こくりと頷いた。

「ま、まだ……恋愛初心者なんですが。恋をする苦しさも、楽しさも知っているので」

「そう。私とお揃《そろ》いなのね。心強いわ。でも……」

孤ノ葉の表情が曇る。彼女は物憂げに瞼《まぶた》を伏せ、月子に寄りかかった。

「お父さんのこと、本当にどうしたら……」

「孤ノ葉、大丈夫？」

「大丈夫なわけない。ああ、あの人と結ばれない未来なんて考えられないのに」

「弱気なこと、言ったら駄目。孤ノ葉にはきっと幸せな未来が待ってるから」

月子が孤ノ葉の頭を撫でて慰めてやっている。

するど、今まで思案気に目を伏せていた芝右衛門狸が口を開いた。

「しゃあねえなァ。ならばこのオレが一肌脱いでやるか！」

「お父様、本当に……？」

「ああ、可愛い月子と友だちが困ってるんなら、オレがやらにゃあ誰がやるってんだ！」

「……嬉しい。ありがとう」

顔を綻ばせた月子は、芝右衛門狸に控えめに抱きついた。デレッと芝右衛門狸の顔が脂下《やにさ》がる。しかしすぐにキリリと表情を引き締めた彼は、私にとある提案をした。

「狐七化け狸は八化けってことわざがあるだろう。狸の方が、狐よりも一枚上手《うわて》ってことだぜ。なら、狸は狸らしく狐野郎を化かしてやろうじゃねェか！　上手いこと丸め込んで、孤ノ葉と人間との付き合いを認めさせてやる！」

ぽぽんと丸いお腹を叩く。そして続けて言った。

「ま、そのためにはオレひとりじゃあ足りねェな。貸本屋の娘よ、日本三大狸の他の二匹、団三郎《だんざぶろう》と太三郎《たさぶろう》……それと、玉藻前《たまものまえ》に協力の約束を取ってきてくれるか。それくらいしねェと、娘のことで頭がカッカカッカしてるアイツを納得させせんのは無理だろうからなァ」

「……その人たちから協力を得られれば、貸本屋が潰されるのを回避できますか？」

私の言葉に、芝右衛門狸はニィと犬歯を剥き出しにして笑った。

「確実な約束はできねェ。だが、お前さんの働きに見合う分、オレも精一杯やらせてもらうぜ。日本三大狸の名に賭けてな！」

「そういうことでしたら。貸本屋を潰させるわけにはいきませんからね。それに……」

私はギラリと目を光らせ、怒りで拳を震わせる。

「そもそも、本が悪いだなんて！　物語からなにをどう学び取るかは個人の自由。貸本屋を潰す？　今どき焚書《ふんしょ》だなんて馬鹿馬鹿しいにもほどがありますよ！　創作と現実を混同するだなんて言語道断。たとえ父親であろうとも許しがたい所業……！」

みるみるうちにボルテージが上がっていく。私は感情が昂《たか》ぶるままに言った。

「白蔵主を改心させてあげましょう。あわよくば、物語の面白さに目覚めさせ――」

「馬鹿者。論点がずれている」

「痛いっ！」

玉樹さんにチョップされて涙目になる。

小さく呻いて恐る恐る見上げれば、玉樹さんは心底呆れたように言った。

「なにが改心だ。展開を見誤るな。余計な要素は物語をわかりにくくさせる要因となる。今回の件は、狐娘と人間の恋路を認めさせるというシンプルな話だろう？」

「うっ。はあい……」

玉樹さんはため息をこぼし、小さく肩を竦《すく》めた。

「……これもなにかの縁だ。自分も手伝ってやろう。なにせ自分は親切なのが売りでね」

「えっ」

その言葉に心底驚く。玉樹さんは普段、厄介ごとに絶対に関わり合いたがらないのに！

「どうしたの？　悪いものでも食べた？」

「なんだその物言いは。まあいい。〝解釈〟はお前に任せる。自分は物語屋だからな」

――あっ！　はぐらかされた。怪しい……。怪しすぎる。

思わず訝《いぶか》しんでいると、玉樹さんの言葉に孤ノ葉と月子が続いた。

「もちろん、私も手伝うわ。父のことだし、自分の恋路は自分でなんとかしなくちゃ」

「……わたくしも。孤ノ葉が行くところならついて行く」

「わかりました。頑張って協力者を増やしていきましょう！」

すると、拳を握って決意を新たにする私に、芝右衛門狸はニタリと不敵に笑んで言った。

「気をつけていけよ。狸と狐っていやァ、化かすのが大好きな捻《ひね》くれモンばかりだからな」

「……うっ！」

思わず顔が引き攣《つ》る。すんなりといかない予感がひしひしとする。

すると、孤ノ葉の陰にいた月子がぽそりと呟《つぶや》いた。

「じゃあ、お父様が説得に行けばいい……。本当は自分が動きたくないだけ」

「ちょ、待て。かっこよく決まったと思ったのに、台無しだろォが!?　腰が痛《いて》えんだョ、香川だの佐渡島《さどがしま》だのに行ってられるか！」

「面倒なことは他人に押しつける。お父様はいつもそう……だからお母様に捨てられたの」

「そっ……それをここで言うなァ……！」

アワアワしている芝右衛門狸に、孤ノ葉はクスクス笑って、玉樹さんは呆れ顔だ。

——父親って、みんな娘に弱いものなのかなあ。

父と娘。その関係は実に奇妙だと思う時がある。母親よりも近くはなく、常にお互いの反応を探り合っているような微妙な距離感。でも、いざという時に頼りたいと思うのはいつだって父親だ。父親もそんな娘を守るのに一生懸命であったりする。

確かに白蔵主の行動は理不尽なものだった。けれど、それもすべて娘さんのために違いない。親としての愛情が彼を暴走させていたのなら、止めてあげなければと思う。

——親子がいがみ合ってるなんて嫌だもんね。仲直りのお手伝い、頑張らなくちゃ。

笑みをこぼし、おもむろに水明が去っていった方向へ視線を向ける。

「告白の返事、聞けなかったな」

せっかく、ワンピースを新調したのに。服が寂しそうなんて思って苦笑する。

——次に水明と会えるのはいつになるんだろう。

「手紙、書こうかな……」

通信手段は他にないのだ。会えないにしても、繋がりは保っておきたい。

ゆっくり息を吐いてから顔を上げる。気持ちを切り替えて、みんなへ問いかけた。

「よし！　じゃあ、最初はどこに行きましょうか……」

——ちりん。

瞬間、どこかで澄んだ高い音がしたような気がした。

「……？」

不思議に思って見回してみても、辺りに音源らしいものはない。

「どうしたの？　なにかあった？」

「……や、やっぱり協力したくなくなった……？」

どこか不安げな女性陣の視線を浴びながら、私は「なんでもない」と首を横に振った。

そして、これからの予定について話し合いを始めたのだった。

＊　＊　＊

現し世の夏は、なんとなく甘い炭酸飲料を飲みたくさせる魅力を持っている。

真っ青な空はラムネを思い浮かべさせるし、もくもく立ち上る入道雲はソーダの上に載ったアイスみたい。降り注ぐように聞こえてくる蝉の声は、まるで炭酸が弾ける時の音のようで、じわじわと汗を搾り取ろうとしてくる暑さと共に、私の喉を渇かせる。

七百八十五段もの階段に挑戦中ならなおさらだ。

「はあ……はあ……はあ……」

延々と続くかのように思える階段を見上げ、滴る汗を拭った。

ここは香川《かがわ》県にある金刀比羅宮《ことひらぐう》へ続く参道。長い長い階段があることで知られている。足を止めて振り返れば、眼下に望むのは琴平《ことひら》の町並みだ。遠くに、やや霞がかった山が見える。山頂の位置と目の高さが一緒だ。ずいぶんと高いところまで来たものだと思う。すれ違う人の表情にも疲れが滲んでいる。頂上が待ち遠しくて仕方がない。

「……ああクソ。この時代になってもなお、階段を上らねばならないとは！　科学はどうした、文明の怠慢だ！　物語に山と谷は確かに必要ではあるが、現実にはいらん！　古き伝統など捨て去り、電動の乗り物を設置するべきだ……！」

そんな中、ひとり青白い顔をしているのは玉樹さんだ。

まるで呪詛《じゅそ》のようにブツブツ文句を呟きつつ、汗を滴らせ、鼻にかけた丸い眼鏡を曇らせながら、ヨロヨロ歩いている様は見るからに息も絶え絶えだ。

――この階段が、金刀比羅宮に来たって感じがして私は好きだけれど。

くすりと笑って、玉樹さんへ声をかける。

「麓で待っていればよかったのに。籠屋さんもいたじゃない」

すると彼は、濁った右目をぎょろりと私に向けた。

「うるさい。お前たちが己の足で上っているのに、ひとりでそんなものに乗れるか！」

「男の矜持《きょうじ》って奴？」

「どうとでも言え。クソッ……情けない」

玉樹さんは苛立《いらだ》ったように右足を拳で殴りつけた。

どういう事情があるのかは知らないが、彼は右半身が不自由だ。杖を突くほどではないようだが、いつもわずかに体が傾いでいる。

——鳥山石燕《とりやませきえん》。玉樹さんがかつてそう呼ばれていたことを私は知っていた。

石燕は、江戸時代に活躍した妖怪画の大家だ。多くの弟子をとっていた御用絵師でもある。それくらいの情報は残っているものの、彼についての記録は驚くほどに少ない。しかし、石燕が『百鬼徒然袋《ひゃっきつれづれぶくろ》』を発表したのを最後に、生涯を閉じたことは伝わっている。元浅草《もとあさくさ》の光《こう》明寺《みょうじ》に墓所もある。なのに、三十代後半ほどの若々しい姿で私の目の前に存在しているのだ。それも、絵師にとっては命とも言える利き腕に障害を持って、だ。

——一体、どういう生涯を送ってきたのだろう。

いろいろあったのだろうことは察せられるのだが、東雲さんの古い友人であり〝物語屋〟として、現し世の好事家《こうずか》たちにあやかしの逸話を売り歩いている彼は、どうにも秘密主義だ。彼の背負うものをいまだに教えてはくれない。

——秘密主義、かあ。

ぜいぜい息を荒くしている彼の前にしゃがみ込み、じっと見つめる。

「ところで玉樹さん」

「……な、なんだ。今は余裕がない。戯言《ざれごと》なら……」

「なにか企んでる？」

まっすぐに目を見て訊ねれば、玉樹さんはひくりと口もとを引き攣らせた。

「――なんのことだ」

「わかりやすいなあ。玉樹さんから依頼を受けたことは何度もあったけど、本人が来ることなんてなかったでしょ。なのに『これもなにかの縁だ』なんて似合わないこと言ってさ」

ちらりと自分の鞄《かばん》に視線を向ける。

そこには、今回の件に関して玉樹さんが纏めてくれた分厚い資料が入っていた。関係者の情報や趣味嗜好《しこう》まで詳細が書き連ねてあり、それをどう使い、どう判断《かいしゃく》するかを他人に任せるのが〝物語屋〟である玉樹さんのやり方だ。

「こおんな階段の上までついてくるなんて変だと思ったんだ。きっと、私たちの近くにいなくちゃいけない事情があるんだよね？　なにを企んでるの？」

「試したな？　夏織……」

ぐったりとした様子で首を横に振った玉樹さんに、ニコニコ笑う。

「いや、ここに来たのはまた別の理由だけど。たまたま気づいただけなんだ」

すると階上から私たちを呼ぶ声が聞こえた。

「夏織ちゃん！　境内《けいだい》で五人百姓《ごにんびゃくしょう》ってのがお店をやってて！　飴《あめ》を売ってるの～！」

「加美代《かみよ》飴ってべっこう飴。……美味しそう。食べよう？」

それは孤ノ葉と月子だった。汗だくな私たちとは違い、ふたりは元気いっぱいな様子で手を振っている。どうやら、常日頃から山里を駆け回っている彼女たちには、この程度の階段なんてさほど問題ではないらしい。

　孤ノ葉たちとは、ここまでの道程でかなり仲良くなれた。なにせ恋に悩む者同士だ。共通の話題も多い。月子には特定の相手はいないそうだが、私が普段触れない作品に造詣《ぞうけい》が深く、話を聞くだけで心が躍る。三人で話していると話が盛り上がって仕方がなく、突然舞い込んできた香川行きだったが、思いのほか楽しく過ごせていた。

「夏織ちゃん。早く、早く！　良縁守り買うんでしょう？」

「はあい！」

　すると、玉樹さんがどこか遠い目をしているのに気がついた。

「お守り？　まさか、そんな理由でここまで？　呆れた……」

「あ、酷いなあ。東雲さんと白蔵主の話し合いが決裂するってまだ決まっていないし。時間はあるでしょ？　なら、孤ノ葉の恋が成就するように、できることをしたいじゃない」

「そういうものか……？」

「そういうものなの！　それにさ、江戸時代から金刀比羅宮には一度は詣《もう》でるべきって言われていたんだよね？」

　当時、庶民は旅をするのを禁じられていた。しかし、神仏への参拝は別だ。中でも人気だったのは、お伊勢《いせ》さんと金刀比羅宮なのだそうだ。

「せっかく香川に来たんだもの。詣でておいて損はないと思ったんだ。玉樹さんも、江戸時代に生きた人だったんでしょう？　行きたかったかなって」

「…………」

玉樹さんがわずかに眉を顰めた。濁った右目が細かく揺れ――そして苦笑をこぼす。

「それならそうと、あらかじめ言っておけ。君は、東雲に似ていささか強引すぎる」

「アハハ。ごめん、ごめん。なんというかさ」

鞄から水のペットボトルを取り出し、玉樹さんへ差し出した。

「玉樹さんって、噛《か》めば噛むほど味が出るというか。クリスマスツリーの件とかね！　じわじわって好きになってく感じ。だから喜ぶことをしてあげたいなって」

「…………。人をスルメのように言うな」

「確かに～。でもまあ、小さい頃から知ってるからさ。叔父《おじ》さんみたいなものじゃない？」

「呆れた。水明少年のように、自分とは距離を置いた方がいいと思うがな」

「そういえば、犬神を解放する方法を教えた件でゴタゴタしてたね～。でも、水明ももう怒ってないと思うんだけどな。得体の知れない大人を警戒しているだけで」

「ならば君も警戒しろ。なにか企んでいる時点で充分すぎるくらい怪しいだろう」

「う～ん。それを自分で言ってる時点で、物語の黒幕としては失格だと思うな！」

玉樹さんの口癖をもじって物語に準えて返せば、彼は最高に渋い顔になった。

「なにを企んでいてもいいし、なにを考えていてもいいと思う。無理に明かす必要もないし。でも、私の手助けが必要な時はすぐに言って欲しいな。できる限りのことはするよ」

「…………」

すると、玉樹さんはホッとしたように表情を崩した。

「あ……でも、人に迷惑をかけるような企みだった場合は、すぐに止《や》めて欲しいなあ。変なことしたら、エンジェルロードのど真ん中に、顔だけ出して埋めてやるんだから」

瞬間、玉樹さんの表情が強《こわ》ばった。少しお節介がすぎたかなと、わざと戯《おど》けて続ける。

「私は、あなたの力になりたいんだ」

「満潮になったら沈むじゃないか。伏線があからさまだ。物語の悪役顔負けの脅しだな」

「ええ〜。そうかなあ？　あっ、そういえばエンジェルロードはね、大切な人と手を繋いで渡ると、願い事が叶うって言われているんだって！」

「人を埋めようとしている場所で、なにを願おうとしているんだ、なにを」

「あはははは！　確かに！」

思いきり笑う。ふと思いついて、玉樹さんの右腕を掴《つか》んで支えてみた。

「足が悪いのに、無理言ってごめんね。どうしようか、下りる？」

玉樹さんはゆっくり首を横に振ると、琴平の町並みを見下ろして言った。

「構わない。一度、来てみたかったことは事実だ。――いい眺めだな。ここに来なければ見られない景色だ。きっと〝アイツ〟も見たかっただろう」

「……アイツ？」

「失言した。聞かなかったことにしてくれ」

そう言ったきり玉樹さんは黙り込んでしまった。どこか憂いを帯びた彼の横顔を見つめていると——ミィンと蝉の声が雨のように降り注いできた。
夏の金刀比羅宮。私たちは無言のまま、少しだけ同じ時間を過ごしたのだった。

＊　＊　＊

私たちが香川へやってきた理由は、この地に日本三大狸の一匹「太三郎狸」がいるからだ。

件《くだん》の狸が棲まうのは屋島《やしま》。屋島と言えば、源平合戦の「屋島古戦場」だ。

太三郎狸は、平家の守護を誓ったと謂われがある狸なのである。

狸と言えば、人を化かしたり悪戯《いたずら》したりするイメージがあるのだけれども、太三郎狸は善行で名を知られていて、平家の滅亡後、屋島へ移り住んで守護神とまでなった狸だ。

最初の相手にかの狸を選んだ理由はただひとつ。一番、話が通じそうだから。

……うん、ちょっと失礼だったかもしれない。

狸には食わせ者が多いらしいので、初っぱなから躓《つまず》くよりかはと思ったのだ。

太三郎狸がいるのは、四国八十八ヶ所霊場、第八十四番札所の屋島寺。鑑真《がんじん》により建立《こんりゅう》されたと言われており、本堂の一部は鎌倉《かまくら》時代からのものが残っているという由緒ある寺だ。

「ふたりとも聞いて！　蓑山《みのやま》大明神って恋愛成就の御利益があるんですって……！」

太三郎狸が祀《まつ》られているという社を目指し歩いていると、孤ノ葉が興奮気味に言った。

「狸は一夫一妻で一途《いちず》なのよね。太三郎狸は奥さんと大恋愛の末に結ばれたんですって。だから、恋愛成就や夫婦円満に御利益があるそうよ！」

「孤ノ葉、物知り……！　お守り、絶対に買おう」

「金刀比羅宮でも買っていただろう。お守りは複数買ってもいいものなのか？」

呆れている玉樹さんに、ふたりが「いいの！」と食ってかかっている。

「お守りを買って、願い事をしたっていう事実が大切なのよ」

「わたくしたちの気持ち……オジサンには一生わからない」

「……さりげなく酷いことを言われた気がするんだが」

ワイワイ話している彼らの後ろをついて歩きながら、私はそっと空を見上げた。

——返事、来ないなあ。

先日、香川に出発する前に、水明へ手紙を飛ばしたのだ。話ができなくて残念だったと正直に書いてしまったから、どういう返事が来るか気になるのだけれど。

——まあ、手紙が届くまで一日はかかるし。水明も忙しいだろうし。うん……。

今は太三郎狸のことに注力するべきだ。ちょっと寂しい気もするけれど。

気を取り直して会話に交ざろうとする。瞬間、周囲の気配が変わったのがわかった。

ひゅうと強い風が吹きこむ。ざわざわと木々が鳴いている。なのに、しんと静まり返ったように思えるのは、蝉が鳴き止んだからだ。空が陰り、肌を焼くような陽差しが和らぐ。途端に肌が粟立《あわだ》つような冷たい空気が頬を撫でた。いつの間にか人気《ひとけ》がなくなっている。

「なに……？」

辺りを見回せば、本堂の横に蓑山大明神の社があるのが見えた。

大きな狸の石像がふたつ。その間には屋根つきの賽銭箱《さいせん》。真っ赤な鳥居が何重にも連なっていて、奥に信楽焼《しがらきやき》の狸の顔が覗いている。その辺りから強い視線を感じるような……。

「……あっ！　あそこだわ！」

その時、孤ノ葉がある場所を指差した。それは、子狸を連れて笠を被った狸の石像の上だ。

「なんと、同胞の匂いがすると思って出てきてみれば。月子ではあるまいか」

そこにいたのは、一匹の狸だった。

一見すると、極々《ごくごく》普通の狸にしか見えない。けれども、そのまん丸な瞳には明らかな知性の光が宿っていて、可愛らしい見た目に反して理知的な雰囲気を醸し出している。

ひらりと石像の上から飛び降りた狸は、ぺこりと礼をして言った。

「お初にお目にかかる。儂《わし》の名は太三郎。この屋島の守護を任されておる。ようよう来なさった。ゆっくりして行くがいい」

「太三郎おじさま、久しぶり」

「月子よ、引き籠もりがちな主が来るとは。まこと珍しい」

太三郎狸は、善行で知られているだけあって、第一印象はかなりの好感触だった。

物腰も柔らかく、理路整然と話す。さすがは守護神にまでなったと感心するほどの応対で、きっと彼なら、私たちの願いも聞き届けてくれると確信したものだ。

——しかし、ことはそう簡単にはいかなかった。

「残念だが……協力するわけにはいかぬのう」

諸々《もろもろ》の事情を説明後、曇りのないまっすぐな瞳で断られてしまって思わず固まる。

あまりのことに思考が停止してなにも言えずにいれば、小鳥が太三郎狸の頭の上に止まり、ピチチチ……と軽やかに鳴いた。あら、可愛い……ってそうじゃない！

「どっ……どうしてですか!?」

食い気味に理由を訊ねれば、神として祀られている狸は言った。

「先祖からの盟約でな。命を救ってもらった代わりに、人間を守護し、そしてできる限り善行をすると約束したのだ。よって、悪行に繋がる可能性のある行動は控えておる」

その言葉に、孤ノ葉が顔を真っ赤にして抗議した。

「あ、悪行って！　私の交際を父に認めてもらうことが、どうして悪行になるのですか？」

「いいや、そちらの話ではない。人間とあやかしが番《つが》うことなんて、遠い昔からままあることじゃ。むしろ、それより問題としているのは……貸本屋の方」

「へっ!?」

思わず素《す》っ頓狂《とんきょう》な声を上げれば、太三郎狸はひゅん、とモフモフした尻尾を振った。

「人間の創り出した物語を、あやかしが読むべきか読まざるべきか……。儂は、白蔵主の言うことにも一理あると思っておる」

「か、貸本屋を潰した方がいいと……？」

「そうだ。人間が創る物語は、少なからず儂の同胞を傷つけるからのう」

一瞬、太三郎狸の言葉が理解できずに目を瞬く。

「同胞？　狸のことでしょうか。あ、あの。物語が傷つけるとは……？」

恐る恐る訊ねれば、太三郎狸は物悲しげに瞼を伏せた。

「人間の創る物語には、多くの狸が登場する。様々な役回りを任され、生き生きと描かれておる。それは別に構わぬ。しかし、そのどれもが悲惨な結末を迎えるじゃろう？」

犬に噛まれたり、追い払われたり、殺されたり、食べられたり。特に昔話に登場する狸は、いつだって損な役回りだ。多くが〝悪役〟とされ、因果応報と言わんばかりに、狸が犯した罪以上に酷い仕打ちを受けることもままある。太三郎狸はそれが気に入らないのだという。

「若い狸が物語の中で虐げられる同族を見たらどう思う？　衝撃的な内容に傷つき、人間へ恨みを募らせるかもしれぬ。そして、仕返しだと悪行を働く。その狸を人間は追い払い、迫害し、また狸を悪者とした物語を創る……哀《かな》しいことだと思わぬか？」

小さく首を振った太三郎狸は、丸い瞳で私をじっと見つめ断言した。

「同胞が傷つくのを防ぐためであれば、貸本屋が潰れてもやむなし。芝右衛門の計画に手を貸した結果、それが貸本屋の営業継続に繋がるのであれば、それは〝悪行〟であろう」

瞬間、思わず息を呑《の》んだ。

――嘘でしょう……!?

ああ、とんでもないことを聞いてしまった。なんてことだろう。

どうして――どうして、こんな誤解をされているのか。

私は堪らず動き出した。太三郎狸へ歩み寄り、やや強引に抱き上げる。

怒りを押し殺しながら、けれども目は笑っていないまま言った。

「ちょっとお時間よろしいですか」

「待て待て待て！　なにをするつもりだ！」

すると、玉樹さんが止めに入った。私の手から太三郎狸を奪い取って腕の中に隠す。

……むむ、酷い。まるで私が取って食おうとでもしていたみたいだ。

「玉樹さん、どうして止めるの」

「わからないのか。相手は島の守護神だぞ。冷静になれ。この間の東雲を思い出せ！」

ハッ！　として息を呑む。

――私、東雲さんの轍《てつ》を踏むところだった！

背中に視線を感じる。そろそろと振り返れば、どこか不安そうな孤ノ葉と月子の姿があった。途端に頭に上っていた血が引いていって、慌てて頭を下げる。

「ごっ、ごめん！　親子共々ご迷惑をおかけしました！」

「わかっているならいい。まったくもって手間のかかる……」

ブツブツ言っている玉樹さんに苦笑しつつ、私はコホンと咳払《せきばら》いをした。

冷静になったものの、太三郎狸の発言は聞き過ごせない。

「それはそれとして！　太三郎様！」

「な、なんであるか……」

ちょっぴり怯《おび》えている様子の太三郎狸の顔を覗き込み、ニッと笑顔になる。

「永く残る物語には、話の筋や……もちろん登場人物にも、きちんとそうなった理由があるんですよ。よかったらその話をさせてくれませんか」

「……理由？」

こてんと首を傾げた彼に、私はちらりと空を見上げた。

遠くの空が茜《あかね》色に染まってきている。これ以上遅くなると、境内から追い出されてしまうだろう。どうやら時間切れらしい。準備もしたいし、逆にちょうどいいかもしれない。

「明日、時間を下さい。協力したくなるように、あなたの考えを変えてみせます……！」

自信満々に高らかに宣言すれば、目を丸くしていた太三郎狸が小さく噴き出した。

「プッ。ククク……。好きにすればいい。儂はいつもここにおるからな」

「わかりました。絶対に納得してもらえるよう準備してきますからね。では、明日！」

勢いよく言い放って振り返ると、どこか微妙な顔をした三人と視線が交わる。

――うっ。ちょっと好き勝手にやりすぎたかなあ。

「大丈夫。あ、明日は私に任せておいて……！」

ちょっぴり気まずく思いながらも、私はグッと親指を突き立ててみせたのだった。

――その日の晩。民宿に部屋を取った私たちは、翌日に備えて休むことにした。

高台にある民宿からは、遠く瀬戸内海を望むことができる。私は部屋に備え付けられたバルコニーへ出て、海を眺めながらひとり考えごとをしていた。

「それにしても、話が貸本屋不要論にまで及ぶなんて。意外だったなあ。あやかしは、誰かに語られるものだし、不満だったんだろうな……」

養父である東雲さんが、本を出版しようと思い立ったのもその理由からだ。

あやかしと人間の距離は、科学の進歩と共に確実に離れて行っている。自分たちで記録を残すことが文化として根付いていないあやかしは、人間に認識してもらい、物語や書物などに記録してもらえないと生きた証《あかし》を残せない。誰にも知られぬまま消えてしまうあやかしを減らしたい。そう願って筆を執ったのが東雲さんだ。私もその考えに賛同している。

「だからこそ、〝描かれ方〟にこだわるのかな」

今回の問題の根幹にあるものは、恐らくそれなのだろう。

「そりゃあそうだよねえ。誰だってかっこよく描いて欲しいに決まってる。〝悪役〟に描かれて喜ぶあやかしなんていないよ。なら太三郎様に納得してもらうには……」

グルグル悩みつつも、実は、明日話そうと思っている内容は決まっていた。

買い出しもしたし、成功の確率を高めるため、どうすればいいかもわかっている。

でも、それが正しいのか自信が持てないでいた。だって、失敗したら大変なことになる。

孤ノ葉の恋路も、私の大切な店もなにもかも失ってしまうのだ。それが怖い。

……誰かに背中を押して欲しい。

お前のすることは間違いないのだと、力強く励まして欲しい。

これまでだって、重要な決断を迫られることはあった。別に私は自信家というわけじゃない。いつだって、正しい道を選べているか不安でいっぱいで、迷ってばかりいる。

こんな時は、いつだって東雲さんやにゃあさん、ナナシなんかの身近な人たちが背中を押してくれていた。本当に私は人に恵まれていると思う。でも、今はそばに誰もいない。

「あっ！」

その時、パタパタとなにかの羽音が聞こえた。視線を巡らせれば、暗闇の向こうから白いものが飛んでくるのが見える。――手紙の鶴だ！

「おっと。暴れないで……」

慌てて鶴を捕まえて、慎重に開いていく。

すると、どことなく生真面目さが滲む水明の文字が姿を現した。

「……わあ！　水明も手伝ってくれるんだ！」

そこには、日本三大狸のひとりである団三郎狸の説得に向かう旨《むね》と、白蔵主のその後のことが綴《つづ》られていた。鞍馬山で、東雲さんと白蔵主は話し合いを続けているのだそうだ。しかし、延々と平行線を辿《たど》っていて解決の目処《めど》が立っていないらしい。だから、私たちの計画を手伝うために、双子と一緒に佐渡島へ出発したのだそうだ。

「水明の困った顔が目に浮かぶなあ。金目銀目に振り回されて、渋い顔をしてるだろうな」

クスクス笑いながら書かれた文字を指でなぞる。

そして、手紙の続きを読んで思わず噴き出してしまった。

『お前のことだから、また無茶をやらかしているんじゃないか。暴走しかけたら、深呼吸をしろ。落ち着け。ちゃんと周りを見ろよ。俺がそばにいないから心配で気が気でない』

「玉樹さんみたいなことを……」

そんなに私って暴走しがちだろうか。

ううむ、と唸りながら続きを読んで――息を呑んだ。

『だがきっと、お前の判断は間違っていない。やり方は滅茶苦茶《めちゃくちゃ》でも、いつだってお前は正しい道を選んできた。だから今回も大丈夫だろう。自信を持っていけ。万が一にでも失敗した時は、俺が話を聞いてやるから。頑張れ。今度、会う時間を作ろう。水明』

ぱたん、と手紙を閉じて、ぎゅうとそれを抱きしめる。

「んん～～～～～っ！」

ジタバタと足を踏みならして、今にも溢れそうな気持ちに悶《もだ》えた。

――水明が背中を押してくれた……！　ああ！　どうして私が悩んでるってわかったの!?

幸福感と充足感がじわじわと体中に満ちてきて、思わず手紙に頬ずりした。

「……嬉しい。うん、頑張るよ。水明……」

壁にもたれて座れば、ふと眩しいものが目に入ってきた。

それは、夜空に煌々《こうこう》と輝く上弦の月だ。

幽世に比べれば、光源が多い現し世は見える星の数が少ない。昏《くら》い空にぽっかり浮かぶ月はどこか寂しそうで。弱った時に目にしたら、しみじみ心が寒くなりそうな印象がある。

けれど、水明の手紙のおかげでそれに引きずられることもない。

すっかり自信を回復した私は、青白い月の光を全身に浴びながら目を閉じた。

すると、室内にいた孤ノ葉が声をかけてきた。

「夏織ちゃん、どうしたの？」

私はハッと顔を上げると、ある決意を固めて立ち上がった。

「実は明日のことでお願いしたいことがあって」

そう言うと、ふたりはキョトンと顔を見合わせた。

なにか決心したように頷き合うと、決意のこもった瞳で私を見る。

「私たちもお願いがあるんだ」

「……明日、絶対に成功させたいから。ふたりでいろいろと考えたの」

「夏織ちゃんだけに任せておけないもの。だって私の恋のことだし！」

ふたりの力強い言葉に、じんと胸が熱くなった。

——そうだった。私はひとりじゃない。問題をひとりで抱える必要なんてなかったんだ！

「ありがとう！　よし、これから作戦会議を開こう！」

——孤ノ葉の恋路のため。貸本屋を守り抜くため。できることはなんでもやろう！

にっこり笑って言えば、月子と孤ノ葉は頬を染めて頷いてくれた。

それから数時間。私たちは夜が更けるまで話し合いを続けたのだった。

＊　＊　＊

太三郎狸にすっぱり協力を断られた翌日。暑くはあるが、日陰であれば風が心地よいような空模様。屋島寺の境内へ戻ってきた私は、蓑山大明神の社の前で待ち構えていた太三郎狸を木陰へ誘い、用意しておいた敷物の上で真っ正面から向き合った。

「おい、本当にお前に任せて大丈夫なのか……」

玉樹さんはどこか不安げだ。昨日、私が暴走したことを思い出しているに違いない。

「心配してくれてありがとう。でも、大丈夫。三人でいろいろ考えたんだよ」

するとお孤ノ葉と月子が笑った。

「知ってる？　今まで、月子と私が揃っていて、解決できなかった問題はないのよ」

「だから今回も……頑張る」

「それは安心材料と呼べるのか……？」

いまだに不安そうな玉樹さんをよそに、孤ノ葉と月子はにんまり笑い合った。

そそくさと太三郎狸の両脇へ座り、甲斐甲斐しく世話を始める。

「さあさ、太三郎様」

「なっ……これこれ、なにをする」

太三郎狸を抱き上げた孤ノ葉は、彼を柔らかそうな膝の上に乗せた。困惑している太三郎狸へ、すかさず月子が杯を差し出す。朱塗りの漆器の杯の中には、なみなみと日本酒が注がれていた。それは「川鶴《かわつる》」。香川県を代表する銘柄のひとつだ。

「初めて知ったんですが、香川県は清酒の発祥の地だと言われているらしいですね？」

「ああ。ヤマトタケルの弟の神櫛王《かみくしおう》が、十二人の王子と共に、この地で酒造りをしていたと伝わっておる。米作りは昔から盛んであったしな。うどんが取り上げられがちだが、清酒の美味さは格別じゃ。……が、それが今の儂らになんの関係がある？」

「あら、お酒は嫌いですか？」

「……そうは言っておらぬ」

くい、と杯を飲み干した太三郎狸は満足げだ。

「――食べて」

そこへすかさず月子が料理を差し出した。

民宿の女将《おかみ》さんにお願いして作ってもらったそれは、香川県の郷土料理。まんばのけんちゃんと言って、高菜の一種であるまんばを、豆腐と一緒に出汁《だし》で煮込んだ料理だ。

「ぬっ……これはいいのう」

それを口にした途端、太三郎狸は嬉しそうに笑んだ。

ほんのりと舌を刺激する高菜の苦み、豆腐のまろやかさ。出汁を引き立てるように控えめな醬油《しょうゆ》の風味。まんばのけんちゃんは、なんとも優しい味がする。そこに川鶴を流し込めば、至福のひとときだ。川鶴はあっさりとした飲み口が特徴で、出汁の風味を損なわないどころか引き立ててくれるのだそうだ。

　ぷはっとお酒を飲み干した太三郎狸はまんざらでもない様子だった。

　孤ノ葉はコロコロ笑って、島の守護神でもある狸の頭を撫でている。

「ふふ、これで夏織ちゃんのお話を素直に聞く準備ができましたね」

「ぬ……。主ら、それが目的か。したたかじゃのう」

「まあ！　私は狐ですよ。人を誑《たぶら》かすのはなにも狸の専売じゃありません」

　孤ノ葉の発言が面白かったのか「なるほど」と太三郎狸はクツクツと笑っている。

　そこには、昨日までの頑《かたく》なな態度は見られない。これなら素直に話を聞いてくれそうだ。

『私は、太三郎様が気持ちよく話を聞けるように、おもてなしをしようと思うの』

　自分からそう申し出てくれただけあって、孤ノ葉の手腕は見事なものだった。

　――よっし。私もそれに応えられるように頑張ろう……！

　私は、空になった太三郎狸の杯へお酒を注ぎながら言った。

「このお酒、〝川の流れの如《ごと》く、素直な気持ちで呑み手に感動を〟っていう初代の言葉を守って作られているそうです。私の嘘偽りのない素直な気持ちが、まっすぐに太三郎様に届くことを願っています。じゃあ、そろそろお話を始めましょうか！」

　他の三人の分のお酒と料理を用意する。そして、彼らの前に並べながら言った。

「では、みんなも食べながら聞いてくださいね。まずは〝狸〟という存在の成り立ちから始めましょう。〝狸〟がいかにして〝狸〟となったか。そして〝悪戯好きの悪役〟という役目を背負わされた理由を――」

ちらりと月子に目配せすれば、彼女は少し恥ずかしそうに頷いた。

恐る恐る酒を舐《な》め、じっくり味わっている。

――さあ、準備万端。私は瞼をわずかに伏せ、静かに語り始めた。

「私たちが思う〝タヌキ〟が〝狸〟へ成ったのは、実は中世の終わり頃になってからのことなんです」

＊　＊　＊

「日本という国は、他国の文化を巧みに取り入れ独自に進化させてきました」

漢字もそのひとつ。日本人は元々文字を持たない民族だった。朝鮮半島や中国大陸から伝わってきた漢字を学び、文化として受け入れ、その上でひらがなやカタカナといった新しい文字を作り上げてきたのだ。そして〝狸〟という〝動物の名〟も中国から伝来したものだ。

「ご存知ですか。中国で〝狸〟というと、ジャコウネコやヤマネコなんかの、中型の猫型野生動物のことを指すんです」

「猫……？　いや、〝狸〟とは、儂らのような存在を言うのではないのか？」

「確かに日本ではそうです。どうしてそんなことになったのか、もちろん理由があります。これは想像ですが……〝狸〟という言葉が伝来した時、それがどういう動物を指すのかわからなかったのではないでしょうか。例えば……そう、中国の六朝時代に書かれた『捜神記《そうじんき》』という民間の説話を集めた本。そこにも〝狸〟が登場します。その中の一篇《ぺん》『狸老爺《たぬきおやじ》』の話を読んだことがありますが、〝狸〟に関する具体的な描写はありませんでした」

「説話……庶民が口伝えで語っていた物語をもとにしているのならそうであろうな」

「なら、前後の文章から推測するしかありませんよね。その本を読んだ人たちは、恐らく彼らがよく知る既存の動物を当てはめたのではないでしょうか」

こんな悪事を働く奴はどんな姿をしているのだろう。

わが国にもいるのだろうか？　いるのだとしたら、一体どんな動物だろう……。

彼らが〝狸〟へ当てはめた動物は多岐に渡った。

「その過程で、中型の悪さをする野生動物……例えば、タヌキやイタチ、テン、アナグマやらムササビ、果ては小さめの猪までが〝狸〟とされたんです。鎌倉時代の『古今著聞集《ここんちょもんじゅう》』では狸なのに木から木へ飛び移るようなものもいました。多分、ムササビだと思うんですが」

するると、太三郎狸の頭をゆっくり撫でていた孤ノ葉がクスクス笑った。

「混沌とした時代だったのね。今の常識で考えると混乱しそう」

「ですね。知らない分、自由に想像できて楽しそうだなとも思いますが。そうやって日本人は独自の〝狸〟像を作り上げてきました。とはいえ、室町時代に成立したとされる『十二類《じゅうにるい》絵巻《えまき》』には、分類的に正しい〝タヌキ〟らしい姿が描かれています。紆余《うよ》曲折ありつつも〝狸〟がどの動物かという認識がその時代にようやく定まったのですね」

つまり、それが確立されるまでの〝狸〟は、狸であって狸ではなかったのだ。

山中に棲まい、人へ危害を加える中型の獣類の総称が〝狸〟なのである。

「場合によっては、われらは狸でなかったのかもしれぬのか！　興味深い！」

太三郎狸は愉快そうに笑った。じゅっと日本酒を美味しそうに吸い、つまみに手をつけては、また日本酒を勢いよく呷《あお》った。気がつけば、持ち込んだ一升瓶も半分空いている。

太三郎狸の機嫌は悪そうには見えない。このまま順調にいってくれればと願う。

なぜなら、ここから先の話を聞けば、太三郎狸は怒るだろうと考えているからだ。

――でも、きっと大丈夫。自分を信じて。

水明からもらった手紙のことを思い出し、私は意を決して話を再開した。

「こうして〝タヌキ〟が〝狸〟となりました。テンでも、イタチでも小さい猪でもなく〝タヌキ〟が〝狸〟へ選ばれたのはきっと、それだけ人間に近い場所にいて、同時に――人に嫌われていたからでしょう。だから狸は、人間へ害を及ぼし、時に人に駆逐され、時に犬に噛み殺されて死んでしまう〝悪役〟に抜擢《ばってき》されたんです」

――つまりは、この時点で太三郎狸が嫌っていた〝狸〟への扱いが完成したと言える。

私の言葉に、上機嫌に肴《さかな》をつまんでいた太三郎狸の動きが止まった。

「……儂らの〝悪役〟としての歴史は、ずいぶんと長いようであるな？」

あまりにも冷え切った声に、こくりと唾を飲み込んだ。

「いっ……今と違って、人間と狸の生活圏が近かったのでしょう。けれど、犬や猫とは違い、狸はあくまで野生動物で、田畑を荒らされたり、噛みつかれて病気をうつされたりしたのだと思います。闇夜に浮かぶ狸の光る目に、人々は怯えたに違いありません」

「やはり、狸はいつだって損な役回りばかり」

太三郎狸がため息をこぼした。

「……お、おじさま。どうぞ」

不穏な空気を察したらしい月子が、慌てて杯を差し出した。しかし、太三郎狸はそれを拒否して私を睨みつけた。その瞳には複雑な感情が滲んでいる。

「主はなにをしたい？　今の話を聞いても人間への不信が募るばかり。つまりはこう言いたいわけか。人間にとって狸は害悪で、だから悪役にされ、虐げられても仕方がないと――」

――まずい！

「違います」

ここで失敗するわけにはいかない。結論まであと少し。まだ挽回できるはずだ。

大きく息を吸って深呼吸。私は、改めて太三郎狸へ語りかけた。

「当時は今と違って、誰もが生きるために懸命でした。狸に作物を荒らされれば死活問題、病気になったら命を落とす危険性は今に比べて格段に高かった。だからこそ、外からやって来る存在を……狸を畏《おそ》れたんです。そしてその恐ろしさを伝えるために物語を創りました。営みの中で必要なことだったからです。でも、ずっとそうだったというわけではありません。価値観は常に変わりゆくもの。太三郎様の思う〝狸〟は――」

こくりと唾を飲む。そして意を決して言った。

「すでに過ぎ去った価値観と言えます」

「……儂の考えが古くさいと？」

みるみるうちに太三郎狸の機嫌が悪くなっていく。私は見て見ぬ振りをして続けた。

「今の人間が思う〝狸〟と、あなたが考えている〝狸〟とで、決定的なズレがあることは確かです。それこそ中国と日本で〝狸〟の言葉の意味が違うように」

そう。日本人の〝狸観〟は時代と共に変わっていくのだ。

ただの〝悪役〟で因果応報が当たり前であった〝狸〟から。

とぼけた雰囲気のある〝滑稽でどこか憎めない狸〟へ！

「近世も後半になると、狸の役割が変わってきます。江戸時代の怪談ブームを経た後、人々の語る狸は〝滑稽さ〟を身につけました。変化《へんげ》の術を使い、人間のように観劇し、うっかり馬脚を現しては成敗される。お腹はぽっこり前へ突き出していて、笠を被って大きな睾丸《こうがん》を持っているような……ほら、社のそばにある信楽焼の狸。あんな感じでしょうか」

全員が一斉に社へ目をやった。とぼけた顔をした狸がじいとこちらを見つめている。

「同時に物語の中で狸は僧侶の姿を得ました。『分福茶釜《ぶんぶくちゃがま》』の説話を始め、狸が寺へ繁栄をもたらした話は枚挙に暇《いとま》がありません。〝人間のために尽力する狸〟の姿がそこにあります」

狸へ任される役割は〝悪役〟だけではなくなった。物語上の扱いが変わったのだ。

しかし、それでも太三郎狸は納得しなかった。首を横に振り、ため息をこぼす。

「結局は成敗されることには変わらぬ。〝滑稽さ〟が増した分、惨めでもある。そういう扱いをされ続けている限り、儂は認めることはできぬ」

じっと私を見つめる。そこには真摯《しんし》な光が宿っているように思えた。

「同胞を傷つけたくはない。それは儂のなによりの願いじゃ」

なんて高潔なのだろう。神様らしいと思うし、その想いには頭が下がる。

けれど――ここで諦めるわけにはいかない。さあ、本題に入ろう！

ごくりと唾を飲み込んだ。緊張で心臓が破裂しそう。なにせ、この後の話に関して、私自身あまり詳しいとは言えない。だから、その道に詳しい人にお願いしたのだけれど――。

「だから〝時代遅れ〟なの。太三郎おじさま……！」

――その時、いやにふわふわした声が割って入った。

＊　＊　＊

しん、と一瞬、辺りが静まり返った。

その場にいた全員の注目が、ある人物に集まる。それは――月子だ。

「ひいっく」

月子がしゃくり上げた。顔は真っ赤で、着物からすらりと伸びた細い首まで鮮やかに色づいている。明らかに酩酊《めいてい》している様子だった。急いで「川鶴」の一升瓶を確認すれば、いつの間にやら空になって地面へ転がっていた。

「ウッフフフ。お酒、美味しい」

色ガラスの眼鏡越しに潤んだ瞳で太三郎狸を見つめ、月子はどこか妖艶に笑んだ。

「つっ……月子？　酔っておるのか？　いつの間にそんなに飲んだ！」

「おじさまが夏織さんとのお話に夢中になっている間。いいでしょ。わたくしも飲みたい時くらいはあるもの」

ひっく。再びしゃっくりした月子は、指先で太三郎狸の頬を突《つつ》いてケラケラ笑い出した。

「おい、夏織……」

玉樹さんの顔がとんでもなく青ざめている。トラブルかと気が気でないらしい。

私はニッと口もとを引き上げ、親指を立てて笑った。

「大丈夫。予定どおりだよ！」

「おっ、お前！　なにを企んでる……！」

「玉樹さんの企みを教えてくれたら、答えてあげようかなあ」

「今はそんなこと言ってる場合か！」

「痛いっ！」

脳天にチョップが落ちてきて涙目になった。うっ、脳細胞がいっぱい死んだ気がする！

痛みを堪《こら》えて見上げれば、玉樹さんが弱りきったような顔で私を見下ろしていた。

「フォローする側の身にもなれ。土壇場《どたんば》のどんでん返しなんて、物語の中だけで充分だ」

――やりたいようにさせてくれつつ、いざとなったら助けてくれる気だったのか……。

じんわり胸が温かくなる。

そんなこと言われたら、もっと、もっと玉樹さんを親しげに思ってしまうじゃないか！

「大丈夫。ちゃんと三人で考えた結果なんだから」

すると、今まで静かに状況を見守っていた孤ノ葉がにこりと穏やかに笑った。

「餅は餅屋と言うでしょう？　ここから先は、月子の得意分野よ」

「だ、だがあれだけ酔っ払って正体をなくしているんだぞ!?　正気か……!?」

「ううん。むしろ――あの子ったら引っ込み思案すぎて、酔っ払いでもしないと本音を言えないのよねえ」

「はあ？」

玉樹さんの素っ頓狂な声が響く。すると、月子が持参した鞄をゴソゴソ漁り始めた。ニッと子どもみたいに笑んで、ゆらゆら揺れながら話し出す。

「おじさまったら心配性。他の狸のために貸本屋が潰れてもいいなんて、神様っぽくて。うん、面白い……かも。でも視野が狭すぎる！」

パッと手を広げ、鞄の中に入っていたものをぶちまけた。

それは大量の絵だった。ひらひらと、まるで木の葉のように宙を舞っている。

やがてそれは地面に花びらのように散らばった。そこに描かれているものを見て、太三郎狸がギョッと目を剥く。

「こっこれは……!?」

「世は〝萌え〟の時代……!　狸は人々から愛される存在へと昇華したの」

月子が用意した絵の数々。それは耳や尻尾を生やした、狸をモチーフとした〝萌え〟イラストだったのだ……!


――月子は貸本屋の常連だ。

なにも、貸本屋のラインナップは文芸小説ばかりではない。漫画からライトノベル、小説のコミカライズ作品まで。顧客のニーズに合うようにと、様々な本が取りそろえてある。

そんな中で、月子はどちらかというとエンタメ色が強い作品を好んで読んでいた。映画化されたり、アニメ化されていたりするものが大半だ。私自身は東雲さんの影響もあり、どちらかというと近代の作品を好んでいる。だから、今回の件に関して考えた時、現代作品を取り扱うべきだとは思いつつも、どうしても力不足が否めなかったのだ。

そこで月子の出番である。現代作品は彼女の主戦場。

〝新しい〟今まさに創られている作品を語るなら、月子が適任だ。

「おじさまは過去にこだわりすぎ。モフモフしすぎなの」

「儂の毛の具合は関係ないであろう……?」

太三郎狸の頭を執拗《しつよう》なまでに撫でくり回した月子は、きらりと目を光らせて言った。

「ううん。おじさまは分厚い毛のせいで、耳が遠くなっているとしか……思えない。夏織さんの話、ちゃんと聞いてた？　自分の頭で考えた？　今の日本をちゃんと見てる？」

「今の日本……？」

「昔の人は、今と比べものにならないくらい物知らずだった。無知は罪ね。知らない現象はすべて恐ろしいなにかや神様の仕業《しわざ》にしてしまうの。狸もそう。ねえそれっておじさま」

すう、と黒曜石のような瞳を細め、ゆらゆら揺れながら月子は言った。

「とってもあやかしに似てる」

月子はヒョイと太三郎狸を持ち上げると、かの守護神へ続けて語り出した。

「当時、狸はあやかしと同じだった。恐ろしい、人間の力が及ばないなにかだったの。でも、今は違う。人間は多くの知識を身につけた。科学の光に照らされ、文明の進化の渦に巻き込まれた狸は、得体の知れない化け物から哺乳《ほにゅうもう》網食肉目イヌ科タヌキ属になった」

自分の鼻と太三郎狸の鼻をくっつける。

酔いで蕩《とろ》けた瞳で、月子はにいと笑う。さらりとおかっぱ頭が揺れて顔にかかった。

「纏っていた闇を引っぺがされた狸は、ただの動物になった。人間は、今のわたくしたちを見ると、みんな〝可愛い〟と褒めてくれる。今は狸を愛《め》でる時代なの。〝萌え〟なの」

「もっ……萌え……!?」

すると、月子は地面に散らばったイラストを指して言った。

「さあ現実を見るの。昔、人間が狸に向けていた嫌悪感や恐怖なんて、この絵にはないでしょ。人間がわたくしたちに向けているのは〝萌え〟。ただひたすら、優しい感情なの」

「ぐむ……」

返す言葉がないのか、唸り声を上げた太三郎狸へ、月子は更に続けた。

「人間はすぐ死ぬ。だから価値観もあっという間に変わる。今は、身分も性差も立場も種族すら関係ない場所を目指しているの……かも。わたくしもそうなって欲しい、と思う」

月子の大きな瞳がじんわり滲んだ。

涙を湛《たた》えたまま、月子は腕の中の太三郎狸へ必死に語りかける。

「人間の創る物語にはいろんなものがある。犯した罪をなにもかも赦《ゆる》してくれるような、優しいお話もたくさん。だから、好きなの。読まず嫌いは駄目。おじさまも読んで」

その目はキラキラ輝いていて、本当に好きなものを語っているのがありありとわかる。

「…………」

月子の言葉は、そして想いは、太三郎狸へ届いたらしい。彼はついに黙ってしまった。

頃合いを見計らって近づく。私は月子に抱かれたままの太三郎狸へ言った。

「——月子さんの言う通り、時代は変わりました。ですが、狸が悪役の物語が完全になくなったわけではありません。過去に創られた作品が目につく可能性は大いにあります」

「やっ……やはりそうなのじゃろう。ならば！」

焦ったような声を上げた太三郎狸へ、私は首を横に振って続けた。

「太三郎様は誤解していいます。物語は〝選べる〟のですよ」

はっきりと断言すれば、太三郎狸は息を呑み、恐る恐る口を開いた。

「選べる……？」

「……はい。今は、昔とは比べものにならないほど多くの物語が創られるようになりました。内容も千差万別。込められた想いも様々です。きっと……ある人には最高の物語も、別の人にとっては、不愉快なものである場合も考えられるでしょう。狸が悪役として虐げられる物語を、太三郎様が他の狸へ読ませたくないと思うように」

誰かが創り上げたものには、作者の考えや主張が少なからず含まれている。それを受け入れられない事態は容易に想像できる。諍《いさか》いや戦争がなくならないように、万人に受ける物語なんて存在しないのだ。かといって、それが物語そのものを拒む理由にはならない。

「同胞を傷つけたくない気持ちは理解できます。誰だって、仲間や大切な人が傷つくおそれのあるものを近づけたくはないですよね。今回、狸の物語が日本に伝わってきた最初期からお話しさせてもらったのは、ちゃんとわかって欲しかったからです」

「わかる、とな？」

「はい。物語が創られるのには、きちんと理由が、そして背景があります。その時代、時代に必要とされていたもので、決して意味なく創られたものではありません。物語には誰かの想いが必ずこもっていて、長く残った物語ほど誰かが大切に語り継いできたものです。簡単になくせばいいと言っていいものじゃありません」

「じゃ、じゃあ……どうすればいい。儂は……狸は、そんなもの見たくないのに」

「無理に読む必要はありません。自分にとって、面白くて有意義な物語だけ選べばいいんですよ。合わないと思ったら本を閉じればいい。海外ではこれを〝NOT　FOR　ME〟と言うんだそうですよ。選べるなら傷つく心配をしなくてもいいでしょう？」

私は空を見上げて、どこまでも広がる夏空に目を細めた。

「この世界に、物語は数え切れないほどあります。新しい価値観のもとで、新しい物語がどんどん生まれている。若い狸たちが、狸が大活躍する物語を知らずにその生を終えるなんて、もったいないないと、私なんかは思っちゃうわけなのです！」

一息で言い切って、ぺこりと頭を下げる。

「ね？　読まない手はないでしょう？　物語はいつだって誰かがページを繰ってくれるのを待っています。……これが私の言いたいことです。ご清聴ありがとうございました！」

合わない物語、理解できない話運び。そういうものは、強烈な忌避感を喚《よ》び起こす。それは仕方のないことだと思う。誰もが自分にとって大切にしているものがあって、それを否定したり傷つけたりするものを見たら、目を背けたくなるに違いない。

物語を楽しむためには、広い視野と逃げてもいいのだという覚悟があればいい。

NOT　FOR　MEな物語は見ない。むしろFOR　MEな物語を探して、深遠なる世界へ大冒険に出かけるような気持ちを持つこと。それが読書じゃないかと思うのだ。

「……クッ、ククク……」

すると、笑い声が聞こえてきた。

そっと顔を上げれば、そこには小刻みに体を揺らしながら笑う太三郎狸の姿がある。

「儂の負けじゃ！　若い者には勝てぬ！　これでは、貸本屋の継続が悪行とは言えぬ。正論を言ったつもりが、すべてが年寄り狸のわがままになりよった。ホッホッホッホ！」

まるで吹っ切れたかのようだ。月子の腕の中で大きく尻尾を揺らした太三郎狸は、どこか嬉しげに言った。

「仕方あるまい。儂も……白蔵主を化かす計画に協力するとしよう」

「…………！」

孤ノ葉、月子、そして私は互いに顔を見合わせると——。

「「「やったあ！」」」

と、女子三人で手を合わせ、笑い合ったのだった。

＊　＊　＊

「孤ノ葉もお酒、飲んで。ウフフフフ、お酌してあげる……」

「やっ……待って月子！　わ、私はそんなにお酒はっ……ひいいっ！」

話が一段落した後、残ったおつまみを食べてしまおうという話になり、私たちは引き続き香川の郷土料理に舌鼓を打っていた。酔った月子に孤ノ葉が弄《もてあそ》ばれている。その様子をみんなで苦笑しながら眺めていれば、玉樹さんがぽつりとこぼした。

「同胞を守るために……か。さすがは善行で知られる狸らしいな」

杯に残っていたわずかな酒をちびちび舐めていた太三郎狸は、こてりと首を傾げる。

「らしい？　そうか、お主はそう思うか。ホッホッホ！」

「……どういう意味でしょう？」

意外に思って訊ねれば、太三郎狸は茶目っけたっぷりに片目を瞑る。

「――これは儂の〝秘めごと〟。他言無用であるぞ」

神妙に頷けば、太三郎狸は差し込んできた木漏れ日に目を細め、ポツポツと語り出す。

「善行をするという人との盟約。今まで、それを意識したことはそう多くないのじゃよ。それよりも大切なことがあったからのう。儂はただ――同胞の汚名を濯《そそ》ぎたかった」

悪さをする狸もいるが、もちろん善性の狸もいる。太三郎狸はそういう存在が一律〝悪〟とされることが赦せなかったらしい。だからこそ人間の創る物語にあれほど反発したのだ。

「善行はあくまで結果なのだよ。同胞のためならば、場合によっては悪事に手を染めたかもしれぬ。いやはや、実に人間が考える狸らしい思考ではないか。儂は運がよかっただけだ」

しかし、玉樹さんは首を横に振って否定した。

「本心はどうであれ、お前が善性の狸で居続けたことには間違いない。がむしゃらにそのことだけを考えて生きてきたのだろう？　それが今に繋がっている。……〝誰か〟が言っていた。後世に〝名〟を残す人物とはそういうものだと」

しみじみと語る。すると、太三郎狸は朗らかに笑った。

「おお。その〝誰か〟とやらの言う通り。ホッホ。まさに、まさに。実に面白いことを語る御仁《ごじん》であるな。ぜひとも酒を酌み交わしてみたいものだ」

「……それは無理だ。すでに故人だからな」

「そうか。それは残念じゃのう」

その話を聞きながら、私は少しドキドキしていた。

秘密主義な玉樹さんの背景が垣間見えたような気がしたからだ。

——一体、誰のことだろう……。金刀比羅宮に来たがっていた〝アイツ〟だろうか？

少なくとも幽世に来てからの知り合いではなさそうだ。

いつか聞いてみたいものだ。彼の過去のことも。例の〝企み〟のことも。

——野暮だ～って怒られそうだけどね！

思わずニコニコしていれば、玉樹さんが私を見てギョッと目を剥いたのがわかった。

「おっ……お前、まさか飲んだのか!?」

……どうやら、顔が真っ赤になっているのを見つかってしまったようだ。

今回、初めて知ったのだが、どうも私は——。

「うへへへへへ～」

……酒に弱いらしい。

「飲んじゃった～。変らの。私ってば東雲さんの娘らのにねえ」

「義理の親子関係なんだから当たり前だろうが！　ああもう、水はどこだっ……！」

玉樹さんが大慌てで鞄を漁り始めた。物語に準える癖をすっかり忘れている。

「優しいねえ〜」

ふわふわしながら玉樹さんを見上げ、その癖っ毛をワシャワシャと撫でてやる。

「東雲さんみらいね。よし、玉樹さんを私のお父さんに昇格してあげゆ」

「はっ……!?　叔父だと言っていただろうが！　勝手に格上げするな、勝手に！」

なにやら玉樹さんが騒いでいる。気にせずに、こてんと玉樹さんの膝の上に頭を着地させた。固い。寝づらい。でも……なんだかこうしていたい気分だ。そっと目を閉じる。

――なにはともあれ、一匹目の協力者を獲得できた。

順調……なのかどうかはわからないけれど、この先も上手くいけばいいなと思う。

とりあえず、この成功を水明へ手紙で報《しら》せなければ。

微睡《まどろ》みながら好きな人の顔を思い浮かべて……私は襲い来る眠気にその身を任せた。

「待て。そこで寝るつもりか？　おいっ、おいって、夏織っ……！」

一時間後。足を痺《しび》れさせ、怒りで顔を紅く染めた玉樹さんにしこたま怒られ、二度と酒を飲まないと誓わされたことは言うまでもない。

第二章　二ツ岩の出家狸

夏の鞍馬山。冴《さ》え冴えしい青空が広がる夏のとある日。

目に染みるほどの木々の緑。巨木を縫うように渡る風は平地に比べると涼やかだ。

平安の頃より、鞍馬山は貴族たちの避暑地として親しまれてきた。葉と葉の間を戯《たわむ》れ遊ぶ鳥たちの声。むせ返るような緑の匂い。都の喧噪を忘れさせてくれるこの場所は、彼らの身と心を癒やし、大いに創作意欲を誘ったに違いない。

そんな穏やかな鞍馬山で、俺、白井水明は——。

耳を塞ぎたいほどの騒音の最中《さなか》にいた。

「いいから、即刻本を貸し出すのを止めろ！」

「絶対に無理だって言ってんだろうが！」

鞍馬山山中にある、今にも崩れ落ちそうなほどにくたびれた庵《いおり》。そこでふたりの男が激しく言い争っている。ひとりは幽世の貸本屋店主東雲。もうひとりは狐のあやかし白蔵主だ。

二日前、幽世であわや大火事を起こしそうになったふたりは、ここ鞍馬山で話し合いという名の延長戦を行っていた。今にも床が抜けそうな庵のど真ん中で、一升瓶を片手に行われているふたりの口論は、実のところ一昼夜続いている。

「私の話を正しく理解していれば、お前だって危機感を持つはずだ」

「だあっ！　んな、言いがかりみたいなこと理解できっかよ、ふざけんな！」

しかし、その内容は堂々巡りしているように思えた。永遠にわかり合えないのではないかと思うほどに平行線。彼らの様子を見守っていてくれと、ここの主である鞍馬山僧正坊から頼まれた俺は、すでに耳にたこができそうだった。

そんな議論にも新たな展開が訪れる。気の短い東雲がぶちキレたのだ。

「そもそも、娘が人間にうつつを抜かしたくらいで、店に乗り込んでくるのはお前だけだ。非常識め。モンペかこのクソ狐！　娘に嫌われろ、バーカ！」

すると、東雲と同じくらい気の短い白蔵主もキレた。

「なんだと、私はいたって常識的だ！　人間とあやかしは別の世界で生きるべきだ。お前こそ娘に愛想尽かされろ、このガラクタ店主！」

途端、東雲の周囲に稲光が走り、彼らを取り囲むように白蔵主の狐火が出現した。

しかし、すぐにしゅるしゅると勢いを失っていく。俺の中で妖術を使おうとしても、効果を発揮しないように、鞍馬山僧正坊が仕掛けを施しておいたのだ。

「「……っ！」」

ふたりは互いの力の象徴が消え去ったのを確認すると、おもむろに拳を握った。

「「うおおおおおおおおっ！」」

同時に雄叫《おたけ》びを上げ、渾身《こんしん》の力を込めて拳を相手の顔に向けて打ち込む。

「「…………ッ!!」」

綺麗に交差したその腕は、見事にそれぞれの顔を変形させ、ふたりは同時に白目を剥いた。まるでスローモーションのようにゆっくり倒れ、ピクリとも動かない。

ピチチチと小鳥の声が耳に届いた。

こうして——ようやく鞍馬山は、元の静けさを取り戻したのである。

正直、まったくもって無駄な時間だった。ため息をこぼし、ふたりを睨みつける。

「……コイツらのせいで」

その時、俺の脳裏に浮かんでいたのは、先日、白蔵主越しに眺めた夏織の姿だ。

「アイツ……珍しく化粧なんてしてたな」

それに前に会った時よりも、髪が短かった気がする。服もいつも着ているものとは違ったような。言うなれば、あの日の夏織はなんだか……綺麗だった。

「あああ〜……」

ぐしゃぐしゃと髪を手でかき混ぜた。じんわりと頬が熱を持っている。どうにも感情を持て余して仕方がない。走り出したいような、大声で叫び出したいような、それでいて泣きたいような。恐ろしく不安定な感情で身体の内がいっぱいだ。

頭を抱えてしゃがみ込む。途端に狭くなった視界の中、俺は小さく弱音をこぼした。

「——いつになったら夏織へ返事ができるんだ……」

チュン、ピチュン。

弱りきった俺を慰めてくれたのは、自由奔放に遊び回る小鳥の声だけだった。


俺の受難は、夏織の告白を受けた瞬間から始まったと言える。

『水明のことが、好きですっ……!!』

実父が巻き起こした騒動が終わったあの日。夏織は、唐突に俺へ気持ちをぶちまけた。心の準備をしていなかった俺は、咄嗟《とっさ》になにも言えずに黙り込んでしまったのだ。

その時、頭の中をグルグル回っていた考えはひとつ。

先を越されてしまった！　それだけだ。

——夏織の奴！　雰囲気もへったくれもないあんな場所で告白してきて！

当時のことを思い出すだけで鼓動が早くなる。それにしたって、時と場合というものがあるだろう。夏織はいつもそうだ。勢いに任せて思いもつかないことを仕出かす。善《よ》くも悪くも素直な奴なのだ。それがいいところでもあるが、一緒にいる側からすれば、振り回されっぱなしで面白くない。だから、告白くらいは自分からと思っていたのに！

「………はあ」

感情が昂ぶりすぎたようだ。深呼吸をして冷静さを取り戻す努力をする。

まあ、夏織の気持ちを確認できたのはよかった。感情を制限されて生きてきたせいで、恋愛のことなんててんでわからない。正直、不安でしかなかったのだが——。俺の初恋はどうやら報われるようだ。それは喜んでいい……はずなのだけれど。

あと一歩、というところで俺はお預けを食っていた。

「……クソが。まったく災難にもほどがある……」

夏織へ告白の返事をしようと出向いたあの日。白蔵主のせいで、夏織とひと言も話せずにとんぼ返りをする羽目になった。あれから二日。再び幽世を訪れる目処は立っていない。

「おっ！　オッサンたち、また相打ちかよ」

「アハハ～。面白いねえ。逆に示し合わせたんじゃないかってレベル」

するとそこに賑《にぎ》やかな声が聞こえてきた。

羽音と共に俺の前へ舞い降りたのは、烏天狗の双子だ。銀目は地面に降り立つなり、抱きかかえていた黒い毛玉を地面へ解き放った。バビュン！　と効果音でもつきそうな勢いで駆けてきたのは、俺の相棒である犬神のクロだ。

「水明、水明っ！　オイラ、すんごい頑張ったんだぜ！　褒めておくれよう！」

「そうなのか？」

双子へ訊ねれば、金目は垂れ目がちな瞳を細めて頷いた。

「滅茶苦茶張り切ってたよ～。襲ってくるあやかしたちを、ちぎっては投げ、ちぎっては投げ～。一瞬さ、北欧神話のフェンリルかと思ったたね！」

「ふぇんりる……！　ふぇんりるってなんだ？　なんだかかっこいいな！」

「遠い国の伝説にある、狼の姿をした巨大な怪物のことだ。よかったな、クロ」

「うん！　オイラが狼かぁ〜。ヒヒヒッ」

頭を撫でてやると、クロは気持ちよさそうに目を細めた。

どうやら、思う存分暴れられたらしい。その表情からは達成感がありありと見て取れた。

「それにしても、アイツらもしつけえよなあ。なあ、クロ？」

「うんうん。毎日毎日……飽きないのかなぁ」

銀目が言う〝アイツら〟とは、はるばる幽世からやってくるあやかしたちのことだろう。

彼らは〝ある人物〟の命を狙っている。

それは俺の実の父である白井清玄だ。奴は、幽世で起こした騒動のせいで、多方面から恨みを買っている。復讐《ふくしゅう》に駆られた大勢のあやかしが、鞍馬山へ押しかけてきているのだ。

「すまないな、うちの父親のせいで」

「いやいや、構わねえぜ。俺らからすればいい修行になるしなっ！　それに……」

ニカッと爽やかに銀目は笑った。よくよく見れば、その顔にも返り血がついている。

「楽しいだろ？　敵を蹴散らすの。喰《く》えば飯代わりにもなるし」

にんまり、銀目が薄ら寒い笑みを湛える。金目も「だよね〜」と頷いた。

その時浮かべた金目銀目の表情は、どう見たって捕食者の顔だった。人間と同じような形《なり》をしているが、彼らはどう足掻《あが》いてもあやかしだ。

そう、誰かを傷つけることを厭《いと》わず、その血を啜ることを至上の喜びとする存在――。

『人間とあやかしは別の世界で生きるべきだ』

先ほどの白蔵主の言葉を思い出して、眉を顰めた。

去年までの自分なら、その言葉に頷いてしまいそうだ。けれど――。

「それならよかった」

さらりとふたりの発言を流し、護符の残量を確認する。あやかしたちと過ごすようになって一年。これくらいで驚いたり怖がったりはしなくなった。

幽世は俺の〝居場所〟だ。徐々に、その流儀に染まりつつある。

「なあ敵はまだ残っているか？　俺も行ってもいいだろうか……」

「ああ、いいぜ！　麓の方には、赤斑《あかまだら》ひとりじゃ始末できない程度にはいると思う」

「東雲たちも、あと一時間は起きないだろうしね。一緒に狩ろうよ！」

「助かる。ちと鬱憤《うっぷん》が溜《た》まっていてな。突出しすぎるかもしれん。その時はフォロー頼む」

そう言って双子を見遣《みや》れば、彼らは目をキラキラ輝かせて笑った。

「「任せて！」」

フッとわずかに笑みをこぼす。

――夏織への恋心は置いておこう。それよりも、今の俺にはやるべきことがある。

「さあ、修行へ行こうか」

その時、ふと脳裏に浮かんだのは、清玄にいとも簡単に組み伏せられてしまった無様な自分。あんなのはもう懲り懲りだ。好きな女へ想いを告げようと思っているのなら、ソイツを守りきれるだけの実力がなくてどうする。

「よっしゃ、やったろうぜ。水明！」

「あっ！　オイラも、オイラもー！」

「もちろんだ、クロ。お前は俺の相棒だからな」

「へへへっ！　水明がいれば、オイラはもっと活躍できるんだからね！　楽しみだなあ」

　全員で庵を出る。俺たちは互いに頷き合うと——一気に駆け出した。

＊　＊　＊

　とっぷり日は暮れて、辺りには虫の鳴き声が満ちている。

　古びた本堂の中に、カチャカチャと食器が触れる音が響く。ここは、鞍馬山僧正坊が管理する名もない古寺だ。蜘蛛《くも》の巣がかかった毘沙門天《びしゃもんてん》に見守られながら黙々と食事をしていれば、僧正坊がおもむろに口を開いた。

「そういやお前ら、ずいぶんとあやかしどもを狩ったらしいじゃねえか。ご苦労だったな」

「おう！　バッタバッタ倒してやったぜ！」

「みんなで頑張ったんだよ〜。修行は順調だね！」

　元気いっぱいに答えた双子へ、鞍馬山僧正坊は苦笑を浮かべた。

「それはいいが、このままじゃあ山があやかしたちの血に染まるな。殺された奴らの怨嗟《えんさ》で土地が穢《けが》れちまいそうだ。いい修行になるのは確かだが……どうしたもんか」

すると、僧正坊の隣に座っていた男が動いた。

男は、仕立てがいいと一目でわかる淡茶の単衣《ひとえ》の着物を纏っていた。白髪交じりの茶色がかった髪を丁寧に撫でつけたその男は、しゃんと背筋を伸ばして僧正坊へ向かい合う。

「それならば、私に任せてもらえないか。これでも祓い屋だからね。浄化も仕事のうちだ」

「おお、そりゃあ助かるな。だが、まだ体調が万全じゃねえだろう？」

「いつまでも世話になりっぱなしというもの気が引ける。気にしないでくれ」

「そうか！　なら頼む」

ニッと豪快に犬歯を見せて笑った僧正坊へ、その男は穏やかな笑みを返した。

男の名は白井清玄。件のあやかしどもが襲ってくるようになった元凶だ。

――なにが気にするな、だ。自分が厄介ごとを持ち込んだ癖に。

清玄がここ鞍馬山で療養することになった理由《わけ》は東雲にある。これから大勢に命を狙われることになるであろう清玄のことを慮《おもんぱか》り、現し世でも強大な力を持つ僧正坊へと預けたのだ。

日本全国に名が知れた大天狗に、幽世で騒動を起こした祓い屋。

普通ならば絶対に相容《あいい》れないように思えるが、意外と気が合っているようだ。

それもこれも、お互いの利害が一致したからだ。清玄は怪我が治るまで身を守りたい。僧正坊は、古寺を改修したいとかねてから考えていた。襲ってきたあやかしから剥《は》ぎ取った素材は現し世の祓い屋へ高く売れる。清玄の伝手《つて》を使い、少なくない額を稼いでいるようだ。

——同胞を金儲《もう》けの手段としか見ない僧正坊も僧正坊だが、清玄も清玄だ。

自分の望む世界を創るため、あやかしに対してあれほどのことを仕出かしたというのに、いざとなったらその相手に面倒を見てもらうなんて……。

じとりと睨みつければ、俺の視線に気がついた清玄がフッと笑んだ。

「なんだい？　私の顔になにかついているかな」

「………。別になにも。胡散臭《うさんくさ》い顔をしていると思っただけだ」

「おや、そうかな。それは困ったな。生まれた時からこの顔だからなあ。ははは」

朗らかに笑った清玄にますます苛立ちが募る。むしゃくしゃして勢いよく沢庵《たくあん》に箸を突き立てれば、どこか笑いを堪えているような声が聞こえてきた。

「水明様は胸中にいろいろと複雑なものを抱えておいでなのですよ、ご主人様。あの年頃の男児はなかなか難しいと聞き及んだことがあります。ご主人様も覚えがあるのでは？」

そう言って、清玄の湯呑みに茶を注いだのはひとりの青年だ。

黒髪に紅いメッシュ。真っ赤な瞳にパーカーの上に着流しを着た今風の若者は、清玄の使い魔である犬神の赤斑だ。忠実な飼い犬の言葉に、清玄は軽く片眉を上げて頷いた。

「確かに！　私も水明の歳の頃はいろいろ思い悩んでいたなあ。お先真っ暗な感じが否めなくて、日々絶望に身を浸していたような気がするよ」

「……おい、食卓で闇を覗かせるな、闇を」

虚《うつ》ろな目になった清玄に思わず突っ込めば、父は心底楽しそうに笑った。

「アッハッハ。悪いね。どうにも歳を取ると昔のことばかり口にしてしまう」

「うわ、発言がオジサンそのものじゃん」

「金目君。オジサン呼ばわりはさすがに傷つくなあ……」

──クソッ。ヘラヘラ笑いやがって。

俺の心中は、赤斑が言うように複雑だった。感情を殺せと自分を虐げてきた清玄のことは、ずっと憎らしく思っていた。なのに、騒動の中で父の過去と想いを知ってしまい、簡単には憎めなくなってしまったのだ。

……正直、今後どう関わり合っていけばいいか見当もつかない。

堪らずため息をこぼしていれば、赤斑が寄ってきた。その手に鶴を見つけて目を見開く。

「そういえば、先ほど外に来ていましたよ。これは水明様宛《あて》では？」

「……！　そうだ。あ、ありがとう……」

──夏織から手紙が来た！

破かないように慎重に鶴を開く。何度も鶴を折り直した跡がある。意外と不器用なところがあるらしい。中から現れたのは、丸っこくて柔らかな筆跡。夏織らしい言葉選び。書きたいことがたくさんあったのだろう。紙面は文字で溢れんばかりだ。

『この間は会えなくて残念だったよ』

最初にその一文が目に飛び込んできて、思わず頬が熱くなった。

「おっ。夏織からの手紙じゃ〜ん」

瞬間、面白そうなことを察知したらしい金目が背中にのしかかってきた。

「かっ……勝手に見るな」

慌てて手紙を閉じる。金目はニヤニヤ嫌らしい笑みを浮かべ、俺の耳もとへ口を寄せた。

「文通してんだあ？　ふうん。ラブラブじゃん」

「ラッ……なにを言う。からかうのはやめろ。それに重い。離れろ！」

「ええ〜。僕としては、早くふたりが付き合ってくれたら嬉しいのにな」

「……!?」

金目の言葉に思わず目を瞬く。慌てて声を潜めて訊ねた。

「……お前まさか。俺の気持ちを知っていたのか……!?」

すると、金目は垂れがちな目を見開き、次の瞬間には盛大に頭を抱えた。

「──はあ!?　水明、バレてないと思ってたの？　馬鹿じゃん！　あんなにあからさまな態度とっておいてさあ！　水明が夏織のこと大好きだって、誰が見てもわかるっての！」

「こっ、コラ！　声が大きい……！」

慌てて金目の口を塞ぐ。モゴモゴ言っている金目を無視して、恐る恐る他のみんなの様子を窺えば、彼らから注がれる生ぬるい視線に気がついて硬直する。

「てっきり、相思相愛なのかと思っていたのだが。赤斑、あのふたりはまだ付き合ってなかったのかな？　さすがにそれは奥手すぎないかい」

「シッ！　ご主人様。そういうデリカシーのない発言は思春期の男児を傷つけます」

「まあ……なんだ。わかっちまうよなあ。ガッハッハッハッハ！」

「水明、ごめん！　さすがのオイラも気づいてたっ！」

清玄と赤斑、そして僧正坊とクロは訳知り顔で気まずそうにしている。

――そんなにあからさまだったか……!?　クロがわかるレベルはさすがにやばい。

一体、どんな態度で夏織に接していたのだと、己の所業に頭を痛めていれば、先の人たちとまったく違う反応を示している存在に気がついた。それは……銀目だ。

「あっ……おっ……うおおおおおお!?」

目を限界まで見開き、顔を真っ赤にして俺を指差している。どうやら完全に想定外だったらしい。あまりの衝撃に頭の中が白くなっているのか、なにも言えないでいるようだ。

居心地が悪くなって銀目から目を逸《そ》らす。すると、僧正坊が俺に訊ねた。

「それよりも、夏織の手紙になんてあった？　どうせ、白蔵主の件だろ？」

「あ、ああ……」

気を取り直して話し出す。手紙には、太三郎狸と団三郎狸、そして妖狐の玉藻前に協力を求め、白蔵主を説得しようと思っている旨が書いてあったことを伝えた。

「夏織たちは、明日にも香川の太三郎狸のもとへ行くとあった」

ちらりと本堂の隅へ視線を向ける。そこには、東雲と白蔵主が寝ていた。ふたりは目覚めた後も話し合いを続けていたようだ。貸本屋の存在を許容できない白蔵主と、仕事に誇りを持っている東雲。意見が一致することはなく、結果的に酔い潰れてしまったらしい。

「僧正坊。このまま、東雲と白蔵主の話し合いが平行線を辿り続けたらどうなる？」

鞍馬山を守護している大天狗は「ううむ」と、長い髭を手で撫でた。

「いずれは決裂すんじゃねえかね。そうしたら、白蔵主は手勢を率いて貸本屋へ攻め入るだろうし、東雲はそれを真っ向から迎え撃つだろうな。ぬらりひょん辺りが出張ってくるかもしれねえ。ともかく、貸本屋一帯が火の海になるのは間違いねえだろう」

「そんな……。貸本屋は夏織にとって大切な場所なんだぞ」

「そう言われてもな。暴力じゃねえと決着がつかねえこともあるだろ？」

「馬鹿なことを。そんなわけがあるか！」

あやかしらしい短絡的な考えに苛立ちが募る。これじゃ埒《らち》が明かない！

「……悪いが、しばらく留守にしてもいいか」

「なんだ？　親父さんの怪我が治るまでここにいるんじゃなかったのか？」

「そのつもりだったが、やることができた。夏織たちの計画を手伝う。頼む、準備が整うまで、白蔵主をここへ留めておいてくれないか。定期的に連絡を入れる。万が一にでも話し合いが決裂したら、すぐに手紙を飛ばして欲しい」

「まあ。それは構わねえけどよ」

すると、俺のそばに清玄がやってきた。

「ならばこれを持って行くといい。修行でかなり在庫が減っているだろう？」

清玄が懐から取り出したのは、分厚い護符の束だ。

「……なんのつもりだ」

胡乱《うろん》げに見つめれば、父はクスクスと楽しげに笑った。

「なあに。少しくらいは父親らしいことをしてみようかと思ったまでだ。気まぐれさ。それに夏織君には私もお世話になったしね。あの子が困っているなら助力をしたい」

眉根を寄せて、護符の束を凝視する。頭の中で、清玄に抱いている感情と、護符を自分で作る手間を天秤《てんびん》にかけて——引ったくるようにそれを受け取った。

「まあ。一応……もらっておく。ありがとう、オジサン」

「……プッ。アッハハハハハ！　酷いな。水明にまで言われた」

「…………」

楽しそうな清玄に反応を返さず、黙ったままポーチへ護符を仕舞い込んでいれば、瞬間、場違いに大きな声が響き渡った。

「ちょおおおおおおおっと、待ったああああああああっ！」

「銀目、どうしたんだ。落ち着け」

「これが落ち着いていられるか！　水明が夏織を好き？　俺はなにも聞いてねえぞ！」

銀目は俺の肩をがっしと掴み、ガクガク揺さぶりながら涙目で叫ぶ。

「ど、どうして言ってくれなかったんだよ！　知らなかったの俺だけか！」

「い……いや、俺も自覚したのは最近で」

「最近ってなんだよお！　俺はちっこい頃から夏織のことが好きだったんだぞ！」

そんなに長く片想いしていたのかと感心すれば、銀目は顔を顰《しか》めて俯いてしまった。

「……なんだよ。俺が先に好きになったのに。抜け駆けするなよって言ってあったのに」

「ぎ、銀目……？」

らしくない様子で呟き始めた銀目に声をかければ、彼は勢いよく顔を上げて叫んだ。

「――勝負だっ！」

「……は？」

「夏織をかけて、どっちが先に団三郎狸を説得できるか……勝負だ‼」

「はあああ……⁉」

何度か目を瞬いて、まじまじと銀目を見つめる。

「冗談だろ？」

「いいから。俺と勝負しろよ、水明」

わざと戯けた口調で訊ねたものの、返ってきたのはこの上なく本気な言葉。

俺をまっすぐに見つめるその瞳は、月光のように冷たく輝き、そしてどこまでも真剣だった。はぐらかすべきではない。真摯に受け取るべきだと思わせる強さがある。

「…………。わかった。その勝負、受けよう」

神妙に頷く。どうやら、受ける以外に道はないようだ。

銀目はホッとしたように表情を和らげ、そして俺の胸にトンと拳を当てて言った。

「負けねえからな」

いつになく真剣な声色に、俺も同じくらいの熱量でもって返した。

「……こっちこそ」

こうして――どういうわけか、夏織をかけて銀目と勝負することになったのだ。

＊　＊　＊

好きな相手をかけての勝負。きっと苛烈《かれつ》な戦いになるのだろうと、出発前から覚悟していた。なにせ絶対に負けられない。夏織から告白を受けているからといって油断できない。これは男のプライドの問題だ。

なのに――。

「……ああ～。お湯が染みる～。気持ちいいねえ、銀目」

「日本海が一望できるなんてすげえな、金目。クロも水明もそう思うだろ？」

「オイラ……ここから出たくない……」

「…………」

――なぜ、露天風呂に入ることに？

「どうしてこうなった……」

ぶくぶくとお湯の中に沈む。

水中から眺める夏空は、俺の心のようにゆらゆら不安定に揺れて。

そして馬鹿な自分を嘲るかのように、塩化物泉は仄《ほの》かに塩辛い。

ゆっくり瞼を閉じた俺は、ここ佐渡島へ来るまでの出来事に想いを馳《は》せた。


夏織の計画を手伝うと決めたその日のうちに、俺は手紙を夏織へ飛ばした。

翌日、念のためにと、清玄を狙うあやかしたちを掃討しておく。それに一日かかりはしたが、次の日には目的地へ向かって出発することができた。場所は、新潟《にいがた》県沖に浮かぶ佐渡島。そこに、日本三大狸のうちの一匹、団三郎狸がいるからだ。面子《メンツ》は俺と双子とクロ。

団三郎狸は佐渡の狸の総大将だ。よその狸同様、人を化かした逸話に事欠かないあやかしで、他と違うところを挙げるとすれば、人間に対して金貸しを営んでいたことである。

佐渡金山で得た金子《きんす》で、人間よりもよほど裕福。人に退治されたりすることもあるが、ときおり義理深い一面も見せるのが団三郎という狸だ。

そんな狸をどう説得したものかと悩んでいる俺たちに、出発前、僧正坊はいろいろと教えてくれた。なんと、僧正坊と団三郎狸は古くからの飲み仲間らしい――。

『アイツはいい奴だぜ。さすが、佐渡島の狸の頭を張っているだけのことはある。酒も博打《ばくち》もやるが、女房を大事にする気風《きっぷ》のいい奴だ。困ってる相手を見捨てられねえ。人間相手に、担保もなしに金貸しを始めるくらいには情に厚くもある。そこがたま～に瑕《きず》だけどな』

だから、説得にはそれほど苦労しないだろうというのが僧正坊の言だった。

しかし、僧正坊は最後にひとつ気になることを言ったのだ。

『アイツにゃ悪癖があってな。懲りもせず〝妙なこと〟をしてなかったらいいんだが』

〝妙なこと〟……。どうにも嫌な予感がする。

佐渡島へと到着した俺たちは、なにはともあれ、かの狸に会ってみることにした。

しかし、ことはそう簡単にはいかなかった。

やはりというかなんというか……僧正坊の懸念が当たってしまったのだ。


俺たちと団三郎狸が会ったのは、二ツ岩《ふたついわ》神社だ。

そこは団三郎狸が祀られている場所で、静かな森の奥にあった。真っ赤な鳥居の向こうには白木の鳥居。京都《きょうと》の伏見稲荷《ふしみいなり》を思わせるような鳥居のトンネルが森の中を延々と続く。

木漏れ日の中、奥へ奥へと進んで行けば、俺たちは異様な雰囲気に包まれた場所へ到着した。小さなお堂の前が、なぜか石で埋め尽くされていたのだ。

それは、どこにでもあるような平べったい石だった。同じような大きさの石が、何個も何個も積み重ねられて塔のようになっている。それもひとつではない。あちこちにある。

石の塔の前には、一匹の狸がぽつん、と座り込んでいるのがわかった。

『〝妙なこと〟をしてなかったらいいんだが――』

僧正坊の言葉が蘇り、背中に冷たいものが伝う。俺は意を決して狸へ声をかけた。

「お訊ねしたい。あなたが団三郎狸だろうか……？」

くるりと狸が振り返った。

「いかにも。拙僧が団三郎狸でござる」

「……ッ！」

瞬間、ギョッとして目を剥く。なぜならばその狸は、頭巾に鈴懸《すずかけ》、手甲、脚絆にわらじ、今にもホラ貝を吹き鳴らしそうな修験者《しゅげんじゃ》風の出で立ちだったのだ。

ちらりと金目銀目を見遣る。似たような格好をした双子へ、まさかここへ来る前になにかしたのかと疑いの目を向ければ、ふたりは勢いよく首を横に振って否定した。

——まあ、とりあえずは話をしてみるか。

さっそく団三郎狸へ事情を説明する。すると、かの狸はきっぱりとこう言い切った。

「申し訳ございませぬ。拙僧は人を化かすことをやめたのでござる」

「……そ、そうか。よければ理由を聞かせてもらえないか？」

愛想笑いを浮かべ、再び団三郎狸を見遣れば、彼は神妙な顔で手を合わせていた。

「理由は簡単。拙僧、信心の道を歩むと決めたのでござる」

「しっ……信心……？」

「拙僧、これまで大勢の人間を騙《だま》してきたでござる。少々の善行もしてきたものの、屋島の太三郎に比べれば微々たるもの。この世に生を受けて幾年月……そろそろ来世のことも考えねばと思いましてなあ。金貸しはやめ、貯めた金子も困窮している者へ配りきり、あとはこの身ひとつだけ。残された命が尽きるまで、善行を積むことと決めたでござるよ」

「……そ、そうか」

思わず頷けば、団三郎狸は目を瞑って厳かに言った。

「そなたらも、死後に地獄の釜へ沈められたくなくば、現世で精進するでござる。酒を絶ち、博打をやめ、女もやめる。それだけで、いくらかは罪が軽くなりましょう。祓え給《たま》い、清め給え、なんまんだぶ、ほうほけきょ、般若《はんにゃ》ぁ、いいい、般若腹満たし心経《しんぎょう》……らぁめん！」

最後に、お経らしきものを口にし、くるりと俺たちに背を向ける。

再び石の塔の前に座り込んだ団三郎狸は、手を合わせて瞑想を始めたのだった。

団三郎狸のもとを離れた俺たちは、なんとも複雑な気持ちを抱きながら向かい合った。

「……今のお経、仏教どころか神道だの鳥だの食い物だの……なんだあれは？」

俺が首を傾げた途端、双子がお腹を抱えて笑い出した。

「ほうほけきょ！　般若腹満たし心経……らぁめん！　かえって地獄に落ちそう！」

「あっはははは！　それに、ござるだってよ！　お侍かねえ？」

「確かにな……。正直、修験者のコスプレをした狸にしか見えなかった」

「「コスプレ!!」」

その瞬間、ひい、と双子はお腹を抱えてしゃがみ込んだ。ツボにはまったらしい。泣きながら笑い転げている。そんなふたりをよそに、俺はひとり思案に暮れていた。

「胡散臭すぎる。なにかにかぶれたか？　それとも、なにかを隠しているのか……」

ぽつりと呟けば、途端、金目の瞳がきらりと光った。

「なら、その秘密を先に暴いた方が勝ちかな〜？」

「だな〜！　そんで奴から協力の約束をもぎ取る！　勝負の内容はそれでいいか」

「……わかった」

――それにしても、僧正坊から聞いた話とずいぶん違うな……？

酒も博打もやるが、女房を大事にする気風のいい奴じゃなかったのだろうか。

気になるのは〝女をやめる〟という言葉だ。一体これはどういう意味を持つのだろう。

――信心の道を歩むことに決めた結果、女房を捨てた……？

これは確認しなければと思っていると、突然、両脇から肩を組まれてしまった。

なにごとかとジロリと睨みつければ、双子は悪戯っぽく目を輝かせる。

「まあ、とりあえず今日はもう遅いからさあ」

「せっかく佐渡島くんだりへ来たんだし」

「お前ら、まさか遊ぶつもりか？」

嫌な予感がして訊ねれば、双子は満面の笑みを浮かべて頷いた。

呆れてものが言えなくなる。そうだった！　コイツらは、ダイダラボッチへ絵本を届けに静岡に行った時も、時間潰しに遊園地へ行くような奴らだった……！

「お前ら、いい加減にしろ。勝負はどうしたんだ！　俺の勝ちでいいのか」

「ええ……。それとこれとは話が違うだろ？　勝負は明日から。遊ぶ時は遊ぼうぜ。俺、砂金採り体験とかしてみてえよ！」

「そうそう。無策で挑んだって返り討ちに遭うだけだよ。情報収集がてら遊ぼう？　ここって温泉もいっぱいあるんだからね。露天風呂でポカポカしない？」

「だから、お前ら……！」

絶対に駄目だと、怒りに任せて口を開きかけた時だ。

近くの草むらの中に、やたらキラキラした赤い瞳があるのに気がついた。

「……お、温泉って言った……？」

そこから姿を現したのはクロだ。狸にとって犬は天敵だ。団三郎狸を刺激してはいけないと、草むらの中に隠れさせていたのだが、魅惑的な言葉に反応して出てきたらしい。

「水明……」

ぽてぽてと足もとへやってきたクロは、つぶらな瞳で俺を見上げた。

「オイラ、水は苦手だけど温泉には興味があるんだよねえ〜……」

「ぐっ……！」

——そういえば、クロを温泉に連れて行ったことはなかった。

がくりとその場にくずおれ、ゆっくり尻尾を揺らしているクロを見つめる。

「ク、クロ……行きたいか？　温泉」

そっと訊ねれば、クロはその瞳をますます輝かせて言った。

「うん。行ってみたい！　オイラ憧れてたんだあ……！」

——ならば、仕方ない!!

俺は勢いよく立ち上がると、双子へ言った。

「おい、温泉に行くぞ。愛犬連れを受け入れている宿を探せ！」

「「あいあいさー！」」

——こうして。勝負もそこそこに、温泉へ浸かる羽目になったのである。

なぜ露天風呂へ行くことになったのか——それは紛れもなく俺の自業自得だったのだ。

＊　＊　＊

なんとか見つけ出した、愛犬同伴可能の露天風呂。

犬用の大きな桶《おけ》に浸かったクロは、初めての温泉を満喫しているようだった。

「ひゃ〜。極楽ってこういうことを言うんだねえ。水明」

「……そうだな。よかったな、クロ」

ご機嫌なクロへ返事をしながらも、頭の中は後悔でいっぱいだ。

「俺もまだまだ未熟だな」

ブツブツ呟きながら、湯をかけ合ってはしゃいでいる双子を見遣る。この時、双子は人間の姿へ化けていた。羽と鳥のような脚はどこへやら、どう見ても普通の人間にしか見えない。

——むう……。

そっと自分の体を見下ろす。日焼けしておらずなんとも薄い体だ。対して、烏天狗の双子……特に、銀目の体格は見事なものだった。日々、山の中を駆け回って修行しているせいか、ほどよく焼けて引き締まっている。異性が見たら見蕩《みと》れてしまうに違いない。

——夏織もあれくらい逞《たくま》しい方が好みなのだろうか。

しかし、すぐに考えるのを止めた。そんなこと本人にしかわからないじゃないか……。

再び温泉の中に沈みかければ、金目が笑いながらこちらを見ていることに気がついた。

「……なんだよ」

「いや、別に～？　なんだか楽しそうだなって。昔の水明なら考えられないよね～」

図星を指され、ついと視線を逸らす。

確かに、後悔はしているがそんなに悪い気分じゃない。

「……変わりたいと思ってる」

ぽつりと呟けば、金目が意外そうに目を見開いた。

「へえ？　どんな風に？」

「気まぐれなお前たちの流儀に合わせられるように。……これは予想だが、きっとここに夏織がいたら、アイツも遊ぼうと言い出したような気がして」

いつだってどこでだって、楽しむことを忘れないのが夏織だ。

香川へ行ったアイツも、なんだかんだ観光ぐらいしている気がする……。

「幽世で生きると決めた。だから、あやかしたちのやることなすことに目くじらを立てるんじゃなく、理解を示したい」

遠くを眺める。ここの露天風呂からは日本海が望めた。

どこまでも続くように見える海原。絶え間なく押し寄せてくる波音。綺麗だと思う。いい音だと思う。そういう風に思えるようになったのは最近だ。感情を制限されていた頃は、景色なんてまるで見えていなかった。

「今までの俺は、上手く囲われた世界から抜け出したものの、あまりの視界の広さに目が眩《くら》んでたような気がする。……最近、やっと見えてきたんだ。だから、もっといろんなことを知って、大抵のことを受け止められる懐の深い人間になりたい」

──それに、そういう人間が夏織に相応しいのだろうとも思うのだ。

彼女がいつも尊敬の眼差しを向けている東雲というあやかしには、そういう強さがある。

「クロも、俺と同じで狭い世界の中で生きてきたからな。いろんな経験をさせてやりたいし、命を懸けて戦ってくれている分、普段はなるべく甘やかしてやりたいんだ」

くすりと笑みをこぼせば、いつの間にやら隣に金目が来ていた。

彼は真夏の果実みたいな黄金色の瞳を嬉しげに細め、俺の顔を覗き込んで言った。

「なあんだ。僕とちょっと似てる。水明はまるで雛《ひな》みたいだねえ。かわいいねえ」

「痛っ……やめっ……なにするんだ、馬鹿！」

バシバシと背中を叩かれ、あまりの強さにむせそうになる。

ジロリと睨みつければ、金目は心底楽しげに言った。

「恋ってここまで人を変えるんだね。興味深いなあ。面白い！」

「……まるで他人事《ひとごと》だな。お前はどうなんだ、お前は！」

思わず言い返せば、金目はけろりとしてこう言った。

「恋愛なんて、心の弱い奴がするもんでしょ？」

「……お前なあ」

呆れて眉尻を下げれば、金目はニコニコ笑って言った。

「心が弱いなら弱い者同士で寄り添えばいい。寂しいなら抱き合えばいい。ずっと一緒にいたいなら番えばいい。そう素直に思える人が恋愛できるんだと思うんだよね。……うん。僕には無理そうだけど、それはいいことだと思うよ」

一瞬、金目の本音が垣間見えたような気がして黙り込む。

烏天狗の双子の片割れは、クスクスと小さく笑って……それから首を傾げた。

「……あれ？　銀目は？」

気がつけば、露天風呂の中から銀目の姿が消えている。

俺は金目と顔を見合わせると……勢いよく立ち上がった。


……ああ、海が眩しい。

入浴後。着替えた俺は、海岸線を歩いていた。

空はどこまでも穏やかで海は凪《な》いでいる。風がないからか海鳥たちはなりを潜め、波音だけが辺りへ響いていた。東京湾を見慣れているせいか、透明度が高い佐渡島の海は、異国に来たような気分にさせてくれる。ミシュラン二つ星を獲得した海水浴場もあるらしいが、シーズンには少し早い。あまり人気のない浜辺を、銀目を捜して歩く。

「アイツ、どこ行ったんだろうな……」

露天風呂から忽然《こつぜん》と消えた銀目。

子どもじゃあるまいし、心配することはないと思う。だが、なにも言わずにいなくなるなんて銀目にしてはらしくない。なんだかそれが引っかかっている。

金目も同じように感じたらしい。顔色を変えてどこかへすっ飛んで行った。

ちなみに、湯あたりをしてしまったらしいクロは部屋で寝ている。

クロが目覚める前までには見つかればいいんだが……。

すると、視界の中に白いものが飛んでいるのを見つけた。……手紙の鶴だ！

手を伸ばせば、そこにストンと鶴が舞い降りた。労《ねぎら》いを込めて頭を撫でてやる。

近くにあった階段へ腰かけた。そっと鶴を開けば、夏織の文字が姿を現す。

『手紙をありがとう。明日、太三郎狸を説得してくるね』

そんな言葉で始まった手紙は、夏織の気持ちを表しているかのように明るいものだった。

『香川はとてもいいところです。ご飯も美味しいし、なにより同世代の女子との旅がすごく新鮮でドキドキします。途中、金刀比羅宮に寄ったの。玉樹さんたら汗だくになっちゃって、すんごい恨み節を吐いててさ、呪われるかと思っちゃった！　お守りを買ったから、多分大丈夫だろうけどね。水明のも買ったよ！　今度会った時に渡すね』

「そりゃあ大変だったろうな……」

夏織に尻を叩かれて、金刀比羅宮の長い階段を上った玉樹の苦労が偲《しの》ばれる。

やはり、夏織も観光をしていたらしい。相変わらず自由にやっているようだ。

『とうとう、明日は決戦です。実はね、水明の手紙が来るまで、すごく自信がなかったの。どうしようかなって、真っ暗な海を見ながらモヤモヤしてた』

ふと視線を上げた。目の前に広がっているのは澄みきった紺碧《こんぺき》の海だ。真っ暗な海……それはよほど心を不安にさせたんじゃないだろうか。再び手紙へ視線を落とす。

『でもね、君の手紙を読んで勇気が出たんだ』

そこまで書くと、夏織はいったん筆を止めたらしい。

少し迷ったようなインクの痕があり、改行した先に内容が続いた。

『また君に助けられちゃったね。水明の言葉に背中を押してもらったから、明日は頑張るよ。この手紙が届く頃には決着してるかもしれないけどね。本当にありがとう。夏織』

「……！」

息を呑んで、思わず手紙を閉じた。

じわじわと頬と胸が熱くなっていく。

なにかしたつもりはないのに、自分の言葉が夏織の支えになった。

それが途方もなく嬉しくて、擽《くすぐ》ったくて。

叫びながら走り出したくなるくらいの爆発力を持った感情が、内から溢れてきて――。

『お前が生まれさえしなければ。お前が……みどりを私から奪ったんだ!!』

それが、父から投げられた〝呪いの言葉〟の効力を和らげてくれる気がした。

俺はここにいてもいい。俺は誰かに必要とされている。

俺は——生きていてもいいんだ。

「……水明ってよお」

その時、ストンと俺の横に誰かが座った。

驚いて顔を上げれば、不機嫌そうな銀色の瞳と視線が交わった。

「お前って、夏織に関することとなると、本当にいろんな顔をするよな」

「……銀目！」

捜していた当人の登場に驚いていれば、銀目は不貞腐《ふてくさ》れたように頬杖を突いた。

「どうしたんだ。急にいなくなったから、金目が心配していたぞ」

「うっ！　そういうの水明っぽくないんでやめてくんねえ？　心配そうに見るな。口調が優しいんだよ！　齧めっ面で〝俺は群れるつもりはない〟的な、一匹狼感を出せよ！」

「なんだそれは……どこの馬鹿の話だ……？」

「いや、水明って初期はそんな感じだったろ」

「……なん、だと……？」

思わず目を見開けば、銀目は呆れ返ったように肩を竦めた。

「あ～あ。自分のことなのに。これっぽっちもわかってねえんだな」

「そ、そうなのか？　あの頃は、感情を出さないように必死だったからな」

感情を殺せと強いられてきたからか、俺は自分の顔が嫌いだ。無表情なせいで死人の顔のようで気味が悪い。だから自分が、普段どんな顔をしているかなんて考えたこともなかった。

「もしかして不快にさせたか？　あまり表情を作らない方がいいんだろうか……？」

不安になって訊ねれば、銀目の顔がほんのり染まった。

「そっ……そんなことは言ってねえだろ！　表情がコロコロ変わるようになったお前のことも好きだよ!!　そのまんまでいろよ！　変なこと考えんな！」

「お、おう。そうか……それならよかった」

――なら、なんで怒られたんだろう……？

首を傾げれば、はあああ……と銀目が盛大にため息をこぼしたのがわかった。

「本当になんなんだよ。ずりいだろ、これ。天然かよ。こんな奴の表情が変わってくのを、夏織はずっと隣で見てたんだろ？　そりゃあ、誰だって……」

「……銀目？」

なにやらブツブツ呟いている銀目へ声をかければ、彼はぷくりと頬を膨らませた。

「別に。なんでもねえよ……」

「そうか？　今日は変だぞ。なにも言わずに露天風呂からいなくなったりするし」

「そ、それは！　水明がかっこいいこと言い出すからむしゃくしゃして!!　……ぐあああああっ！　水明っていい奴なんだよな。それがまたムカつく!!」

「いや、褒めるか貶《けな》すかどっちかにしろ」

ぜいはあ。真っ赤になって息を荒くした銀目は、ビシッと俺を指差して宣言した。

「あっ……明日！　明日は絶対に、俺が勝つ！」

唐突に突きつけられた宣言に、俺はフッと柔らかく笑んで応えた。

「俺も負けないさ。お互いに全力を尽くそう」

「だあああっ！　そういうのが水明らしくねえって言ってんだ！　バーカバーカ！」

「なんで罵倒されなくちゃいけない……」

「おっ！　その顔～。それだよそれ。そういう不愉快さを隠さねえ感じが水明だよな！」

「馬鹿にされているような気がするんだが」

盛大に顔を顰めれば、逆に銀目は満面の笑みになった。しかし、途端にその表情が曇る。

「じゃ、じゃあ……俺は行くぜ！　明日の勝負、楽しみにしてっからなー！」

なにかに怯えたように瞳を揺らした銀目は、勢いよく空へ飛び上がった。なにごとかと訝しんでいれば、遠ざかっていく銀目へ、今にも追いつこうとしている黒い影を見つけた。

瞬間、晴れているというのに空中に稲光が走る。

轟音と共に雷が直撃した。黒煙を上げて、銀目が真っ逆さまに落ちていく。

「銀ッ……！」

慌てて立ち上がる。しかし、上空で仁王《におう》立ちしている人物の正体に気がついた途端、口を閉ざした。そこにいたのは、まるで般若のような顔をした金目だったのだ――。

「……怖い兄だな」

明日の勝負に支障がなかったらいいが。そんなことを思いながら踵《きびす》を返す。

ちらりと手紙に視線を落とし、軽く笑んだ。どう返事を書こうか。夏織の反応を思い浮かべ、俺は知らず知らずのうちに鼻歌を口ずさんでいた。

＊＊＊

団三郎狸には大勢の配下がいるが、その中でも四天王と呼ばれる狸がいる。

その中のひとり、関《せき》の寒戸《さぶと》と呼ばれる狸が団三郎狸の妻だ。

あくる日のこと。『女をやめる』という団三郎狸の言葉が気になった俺は、クロと共に寒戸のもとへと向かった。ちなみに、双子とは別行動だ。勝負はすでに始まっている。アイツらはアイツらで、独自に調査をするようだ。

寒戸神社を奥に進むと、お堂へ続く道を守るかのように、蛇のようにうねる杉の大樹がある。巨木を潜《くぐ》った先、そこに寒戸の棲み家とされる洞穴《ほらあな》があった。

「団三郎のことでございますか」

四天王だのと呼ばれているのだ。どれほどの女傑だろうかと想像していたのだが、意外にも寒戸は普通の狸のようだった。獣と違いがあるとすれば縞《しま》の着物を着ていることだけだ。

「五年ほど前より、信心の道をゆくと宣言しまして。それからは清廉潔白を信条に生きているようでございます。極楽浄土へ行くためには、あらゆる煩悩を捨て去るべきだと言って、私のもとへも滅多に寄りつきません」

「……それは、なんというか」

やはり、寒戸は捨てられたのだろうか。

そんな考えが過《よぎ》って口を閉ざせば、寒戸はゆるゆると首を横に振った。

「お気遣いは結構です。あの人とは長い付き合いでございます。思いつきで変なことを仕出かすのはいつものこと。すっかり以前より活気がなくなった人の町を見かね、金山を復活させてやるんだと、ひとり山にこもったこともございました」

「なんとも思いきりのいい狸だな……？」

「それを人は情に厚いと呼ぶのです。私からすれば、ただの考えなしの大馬鹿ですが」

「苦労しているんだな」

「まあ、惚《ほ》れた弱みという奴でございます。今は、団三郎との子も独り立ちいたしました。アレがどうひとりよがりに暴走しようとも、それほど問題ではございませんから」

「そ、そうか……」

長年連れ添うと、これほどの境地に達するのだろうか……。

どっしり構えている寒戸に驚きつつ、重ねて質問をする。

「五年前だが、その頃になにか特別なことはあったたか？」

「そうでございますね。確か……大雨がございました。狸の棲み家が多く流されまして、団三郎も救助にあちこち駆け回っていたかと思います。あの頃から奇行が目立つように」

大雨……その時、なにかがあったのだろうか。

ちらりと澄まし顔の寒戸を見る。俺は意を決して訊ねた。

「俺は……団三郎狸はなにかを隠していると踏んでいる。会ったばかりの、それも人間の若造がなにを言っていると思うかもしれないが、団三郎狸の〝秘めごと〟について、もし心当たりがあるなら教えて欲しい」

「………」

なにかを考え込むかのように、寒戸はゆっくりと目を閉じた。

さわさわと葉擦れの音が満ちている。木漏れ日に照らされた寒戸が再び口を開くのを、緊張しながら待っていれば、目を開けた彼女はまっすぐに俺を見た。

「昔から――団三郎は地獄や死後の世界を畏れておりました。なぜそうなったかと申しますと、かつて金の産地として賑わっていた佐渡島には、大勢の修験者がおりましたからです。団三郎は、人々が仏に縋《すが》り、教えを乞う様をつぶさに見つめ、罪を犯した人間が受ける処罰の話に耳を傾けて参りました……」

「まさか、自分も死後は罰せられるのではないかと……？」

「そのようです。地獄は人の理に連なるもの。我々獣には関係ないのだと言っても、耳を貸そうとはしません。団三郎は、罪を軽くしようといろいろ試しておりました。わざとらしいほどに善行を重ねていき、五年前からは更にその行動が顕著になりました」

——それが団三郎狸の〝奇行〟の正体か！

あやかしの癖に、人間のように死後に怯える団三郎狸。

いずれは転生できる。戻ってくるのだからと、死を厭わない幽世の住民とは全然違う。

価値観、そして信条というものは、育った場所や環境で培われるものだ。佐渡島で生まれ育った団三郎狸には、体の芯まで修験者たちが語り継いで来た教えが染みついているのだろう。しかし、どうにも腑《ふ》に落ちない。どう考えても行動が極端すぎる。

「己を律し、罪を濯ごうとすること自体は悪いことではないと思う。しかし、妻であるお前を〝捨てる〟と言い放ったのは納得いかない。愛し合い、子をなした相手だろう。なによりも大切にするべき相手だ！　なぜ、そうやって割り切れる……？」

怒りを感じたままに口にすれば、寒戸がクスクスと楽しげに笑った。

「ふふふ……。真摯なお方。きっと、あなたに好かれた人は幸せでしょうね」

「なっ……！」

思わず顔を赤らめれば、寒戸はにこりと穏やかに目を細めた。

「ですが、あなたの言う通りでございます。あれは少々怯えすぎている」

寒戸ははっきり断言すると、俺に向かって頭を下げた。

「お願いでございます。恐らく——五年前。夫は、なりふり構わず仏へ縋る他ないほどの、大きな、大きな罪を犯したのでしょう。きっと、夜も不安で仕方がないに違いありません。どうか、どうか……夫の〝秘めごと〟を暴き——目を覚ませてやっておくんなまし」

寒戸と別れ、神社の敷地外へ出た。

「水明……？」

寒戸とのやり取りを隠れて見守っていたクロは、不安げに俺を見つめている。

そんな中、俺はひとり思案に暮れていた。頭の中を占めているのは寒戸とした話だ。

――地獄での裁きをなによりも畏れている団三郎狸。

なりふり構わずに行動を起こすくらいには〝罪への恐怖〟が強い。彼の一見奇妙に見える行動は、すべては罪を軽くしたいという想いからくるものだ。無担保で金を貸し、人の道案内をし、愛する妻を捨て、滅茶苦茶な経をあげる。意味不明に思える行動にも理由がある。

「だが、あの石の塔はなんだ？　どうして、団三郎狸はあんなことをしている？」

お堂の前に作られていた、平べったい石を重ねた石塔。

あれも罪を逃れるための行為だとしたら、一体どんな意味を持っているのか。

団三郎狸が変わった五年前。その時の大雨にも原因があるはずだ。

――駄目だ。なにか、最後のピースが足りていない気がする。

いったん息抜きをしようと伸びをする。

「なんだ……？」

その時、やたら周囲が騒がしいことに気がついた。それは鳥の鳴き声だ。見れば、上空で大量の鳥たちが群れている。青い空がそこだけ黒くぬり潰されたのかと誤解するほどには、尋常じゃない数が集まっていた。

「――よお、水明！　首尾はどうだ！」

するると、頭上から聞き慣れた声が降ってきた。

ストンと目の前に降り立ったのは烏天狗の双子だ。瞬間、集まっていた烏たちが散開していった。さすがは烏天狗。どうやら、あれだけの数の烏を従えていたらしい。

「お前たちか。一応、情報収集は進んでいるつもりだ」

「へえ？　そうか、そうか。情報収集ねえ……」

銀目はソワソワと落ち着きのない様子で、チラッチラッと俺に視線を寄越してくる。

――言いたいことがあるらしい。俺に聞いて欲しいんだろうな。めんどくさい奴。

なんとなく素直に聞きたくない。むっつりと黙り込めば、金目が楽しげに言った。

「水明、僕たちは決定的な証拠を見つけたよ～」

「あっ！　勝手に言うなよ、金目ぇ！」

「ごめんごめん。でも水明だよ？　銀目の下手くそな誘いには絶対に乗らないって」

さらりと辛辣なことを言い放った金目に、銀目は不貞腐れた様子だった。

――まったく。仕方ないな……。

「証拠とはその毛玉か？」

仕方なしに銀目が抱きかかえているそれを指差してやれば、パッと彼の表情が輝いた。

銀目の腕には一匹の狸が抱かれていた。正直なところ、気になってはいたのだ。

「そうなんだよ〜。島中の烏に命じて調べさせたんだぜ。普段、団三郎狸がなにしてんのかとか、よく行くところとか……。そんでわかったことがある。おい、顔を見せろよ」

銀目が声をかければ、寒戸よりも一回り小さい狸が顔を上げた。

「は、初めまして。私は、髙橋《たかはし》おろくと申します……」

どこか怯えた様子のおろくに眉を顰めれば、銀目はニヤリと不敵な笑みを浮かべた。

「なあ、水明。狸は一夫一妻なんだってな。知ってたか？」

「ああ……そうらしいな」

「団三郎狸の妻は関の寒戸だ。社同士が、洞穴で繋がっているくらいには仲がいい」

「さっき会ってきたが肝の据わった雌だった。長年連れ添っているだけあって、夫の奇行にも慣れた様子だったな。ここ最近、会っていないようだったが」

「へえ……やっぱり、古女房よりも若くて可愛い雌のがいいのかね？」

「なんだって？」

意外な言葉に思わず聞き返せば、銀目はどこか嬉しそうに言った。

「実はな、コイツの棲み家は大野《おおの》川にかかる髙橋って橋のたもとだ。そこへ毎日、毎日、団三郎狸はわざわざお経をあげに行ってんだよな」

「あの、滅茶苦茶な？」

「そうだぜ。それはそれは熱心らしい」

「……ふうん」

冷静な様子を装いながらも、実のところ俺は少し興奮していた。

——橋。大野川。たもとにある棲み家。おろく。そして……団三郎狸が犯した大きな罪。

足りなかったピースがはまっていく感覚がする。

俺はどこか自慢げな銀目を見つめると、最後の確認のために問いを投げかけた。

「つまりは……その雌狸は団三郎狸の不倫相手ということでいいのか？」

途端、銀目の顔が今までにないほどに輝いた。くしくしと得意げに鼻の下を擦る。

「——ああ！　そうだぜ。団三郎狸のあの妙な様子は、不倫を隠すための偽装工作だ！」

銀目はニッカリ笑って、俺を指差した。

「これでこの勝負は俺の勝ち……って、聞いてるか？　水明〜」

情けない声を出した銀目を無視して、俺はおろくをじっと見つめた。

「ヒッ……」

小さく悲鳴をあげた彼女の耳もとに顔を近づけ、ボソボソと小声で訊ねる。

「……っ！」

それを聞いた瞬間、おろくはパッと勢いよく顔を上げた。

コクコクと頷き、つぶらな瞳に涙を滲ませている。

「やっぱりそうか」

——すべてが繋がった。

満足げに頷けば、銀目が最高に不機嫌そうな顔をしているのに気がついた。

「どうした？」

「どうしたもこうしたも。俺の推理にちっとも驚かねえし、なんかコソコソやってっし！

なんだよ……もっと、ウワーッとか言えよ」

「子どもみたいなことを……」

「うっ。うるせえな、ワクワクしてたんだよ！　驚くだろうな〜って」

がっくりと肩を落とした銀目は、弱りきったような顔になって言った。

「ちえっ。お前が驚かねえってことは、俺の推理は外れてたってことか……」

「……？　なんだ、ずいぶんと諦めるのが早いな」

「俺は頭脳担当じゃねえんだよ！　なら、水明が考えたのが正しいに決まってる」

きっぱり言い切られて、思わず目を瞬く。

「……俺の考えているものも、的外れかもしれないと思わないのか？」

「なに言ってんだよ。お前が間違うわけねえだろ。だって水明だぜ？」

「お前なあ。どれだけ俺のことを信用してるんだ……」

思わず苦い笑みをこぼせば、銀目は複雑そうな顔で頭を掻いた。

「そりゃあ夏織が好きな相手だからな。できる奴じゃないと困る」

「…………。ちょっと待て。今、なにを言った」

——銀目が、夏織の気持ちに気がついていた？

虚を突かれて言葉を失う。銀目はくるりと俺に背を向けた。

「お前の気持ちには気づかなかったけどよ、俺は……ずっとずっと夏織を見てきたんだぜ。アイツの目が誰を追ってるかくらい、すぐに気づいたさ」

その言葉に堪らず息を呑んだ。心なしか、銀目の背中が小さく見える。

「お前が夏織のことを好きだってわかった時、勝てねえって思ったんだ。だって、お互いに想い合ってんだぜ。俺の入り込む余地はねえ。負けた！　って思った」

ボリボリと頭を掻く。顔だけをこちらに向けた銀目は、弱々しい声で言った。

「今回の勝負は、最後の悪あがきだったんだ。でも――これも負けちまった。結果を見るまでもねえ。水明、お前の勝ちでいいや……」

ひらひらと手を振って、ゆっくりと歩き出す。

どうやら、夏織を俺に譲るという意思表示らしい――。

俺はその背中にズカズカと近寄ると、容赦なく肩を鷲掴《わしづか》みにした。

「なにをかっこよく去ろうとしているんだ、馬鹿め」

ピタリと歩みを止めた銀目へ、少し迷いながら口を開く。

「夏織に自分の気持ちを伝える前に諦めるなんて、そんなのは絶対に間違ってる！」

心臓が早鐘を打っている。どう言えばいいかなんてわからない。でも、ここは自分の気持ちをはっきりと言葉にするべきだと思った。夏織も大切だが、この能天気な烏天狗も俺にとっては大切なアレだから。だから俺は、銀目の背中へ向かって言った。

「抜け駆けするなと言われていたのにすまない。だが、自分の気持ちに嘘はつけなかった」

そして幽世へ来た当時、銀目に言われた言葉をそっくりそのまま返した。

「なあ銀目。夏織は……〝いい女〟だな？　〝あんなにいい女、他にいない〟」

すると、銀目が小刻みに震え始めた。

「あっ……当たり前だろ。かっ、夏織はいい女だ。俺が惚れた女だからな」

ノロノロと振り向く。銀目の顔は涙と鼻水でグチャグチャだった。

「——すごい顔だ」

「わざわざ口に出すな、バーカ。……情けなくて死にたくなる」

「死ぬのか？　それは困るな」

じっと見つめれば、銀目は小さくしゃっくりして——笑みをこぼした。

「あ〜あ。お前には勝てねえや……」

銀目の中でなにかが決着したらしい。裾でゴシゴシと顔を擦ったかと思うと、勢いよく拳を天に向かって突き上げる。そして、俺には到底理解できないことを言い出した。

「よっしゃ！　仕方ねえな。今世は諦めるか！」

「……はあ？」

思わず変な顔をして首を傾げれば、銀目はどこか得意げに鼻を擦る。

「なんたって俺はあやかしだからな。人間みたいに生き急ぐ必要はねえ。次を待てるくらいには永く生きられる。だから今世の夏織はお前にやる。だが来世のアイツは俺のもんだ！」

「………。また、変なことを……。夏織はものじゃないぞ」

「んなことわかってんよ。もちろん、無理矢理ものにするなんてことはしねえ。夏織が転生するまできっちり男を磨いて、来世で生まれ変わったアイツを心の底から惚れさせてみせる。へへっ……明日からまた修行の日々だぜ。やってやる！」

なんともあやかしらしい結論だ。むしろ、あやかしでなければできない考えとも言える。しかし、好きな相手が転生してくるまで待ち続けるなんて……人間の俺には想像もつかないほど、苦しいことなのではないかとも思う。

「……いいのか、それで」

確認のために訊ねれば、銀目はニッと笑って頷いた。

「いいんだ。いつか来る日を信じて、俺はずっと待っていられる」

──本当に夏織のことが好きなんだな……。

俺は小さく苦笑をこぼした。銀目を心底惚れさせてしまった夏織に感心すると同時に、なんとも言えない複雑な感情がこみ上げてくる。しかし、本人が決意したのであれば仕方がない。俺はやるべきことを確実に成し遂げていくだけだ。

「よし、わかった。じゃあ、団三郎狸の説得に付き合え」

「──は？」

キョトン、と口を半開きにした銀目に畳みかけるように言う。

「必要な情報はすべて揃ったように思う。後は、奴の〝秘めごと〟を突き止めるだけなんだが、普通にやっただけでは逃げられてしまいそうでな。そうなっては元も子もない。せっかく烏天狗のお前たちがいるんだから、少し捻った解決方法もいいかと思うんだが」

一息で考えを吐き出せば、硬直していた銀目が途端に噴き出した。

「アッハハハハハ！　なんだそれ。お前っ……！」

「な……なんだ。なんで笑うんだ」

「……いや？　なんかこう、水明ってわがままで可愛いよなあって」

「気持ち悪いことを言うのはやめろ」

「だあってよお！　失恋したばっかの恋のライバルに手伝えとか言うか!?　普通!!」

「言わないのか……!?」

「言わねえよ！　ここは友人関係が続けられるか不安だ……とか思うとこだろ！　来世でいいとは言ったが、傷ついてねえとは言ってない。こう見えて落ち込んでんだぞ！」

思わず首を傾げる。数瞬、言われたことを脳内で咀嚼《そしゃく》して……再び首を傾げた。

「銀目は……もう、俺の友人を辞めたのか？　勝手だな」

「勝手って……はあ!?」

「あれだけしつこく言っていた癖に」

――いつもいつも騒がしくて、無理矢理、馬鹿みたいなことに連れ回されて。

最初はうんざりしていた。生きるだけで精一杯で、まるで余裕がなかったからだ。放っておいて欲しかった。でも、周りがよく見えるようになった今は、それを楽しく思っている自分がいる。銀目と金目は――多分、いや……紛れもなく。

「……友だちなんだろ？　付き合えよ」

無性に恥ずかしい。思わず俯けば、なぜか銀目が唸りながらしゃがみ込んでしまった。

「どうした？　腹でも下したか」

「う、うううううっ、うるせえ！　放っておいてくれ！」

なぜか銀目の耳が真っ赤だ。一体どうしたのだろう……。

「相変わらず、水明は殺し文句が上手いよね～。そういうとこ夏織にそっくり」

すると、ひょっこり金目が割り込んできた。

「まあまあ！　友だち問題は置いておいて、まずは作戦を詳しく聞かせてよ。勝負云々《うんぬん》は別にして、夏織のためにも失敗するわけにはいかないんだし」

そして俺の耳もとに顔を寄せると、普段よりも低い調子で言った。

「弟から好きな人を奪ったんだ。きっちり仕事してくれるんだろ？　水明」

厳冬のごとく冷え切った声。ひやりとしながら苦笑を浮かべる。

「本当に、お前は怖い兄だな」

ポーチの中を手で探り、一冊の本を取り出す。

それは夏織から借りた小林八雲の『怪談・奇談』だ。

「実は――夏織から面白い本を借りてな。この中に〝天狗《てんぐ》の話《なはし》〟という物語がある。今回の件におあつらえ向きだと思うんだが――」

俺の言葉に、双子は好奇心いっぱいにその目を輝かせたのだった。

＊＊＊

風に煽《あお》られ、ざわざわと木々が騒いでいる。前日とは違い、今日は生憎《あいにく》の曇り模様。石の塔が並び立つお堂の前で、俺と双子は団三郎狸と再び向かい合っていた。

「──そろそろ、佐渡島を発とうと思っている」

俺がその旨を口にすれば、団三郎狸は小さな両手を合わせて頷いた。

「そうであるか。はるばる佐渡島まで来てもらったというのに、力になれずにすまぬな。芝右衛門へは、後で拙僧から文を出しておくでござる」

「こちらこそ、祈りの時間を邪魔して申し訳ない。……なあ？　銀目」

ちらりと銀目へ目配せする。銀目はにこりと笑みを浮かべ、話を引き継いだ。

「確かにな。俺らも修行を邪魔されたらムカつくしよ。金目もそうだろ？」

「だよね〜。だから、なにかお詫《わ》びをしたいと思ってさ」

「──お詫び？」

首を傾げた団三郎狸へ、金目は大きく頷いて言った。

「そう、なにか願い事はない？　僕らこれでも天狗だから、多少は神通力が使えるんだ。今、幽世で噂《うわさ》になってる人魚の肉とまではいかないけど、ある程度は希望に添えると思う」

「……願い」

金目の言葉に、団三郎狸はじっとなにごとか考え込んでいる。

俺はすかさず、かの狸へと声をかけた。それもこれも話の筋から逸れないためだ。

「団三郎様、寒戸から聞いたんだが、どうも死後に受ける罰に怯えているらしいな」

「そ、それは……」

サッと目を逸らされた。

ただの根拠のない想像であったものが、確信に近づくのをひしひし感じながら続ける。

「なら、双子に釈迦《しゃか》の説法を聞かせてもらったらどうだろうか。ああ、もちろん本物の、だ。かのお方が存命のおり、天竺《てんじく》の霊鷲山《りょうじゅせん》の霊峰で大会《だいえ》があったことは知っているか？」

「ああ、いつかどこかの僧が語っていたでござる。時空を超越してでも目にしてみたいと」

「――ならば話が早い。この双子ならば、それを見せることができる」

「なっ……!?」

目をまん丸にしている団三郎狸へ、菩薩《ぼさつ》のような笑みを浮かべる。

「団三郎様もいまだ修行の半ばとお見受けする。釈迦如来《にょらい》の説法を聞くことには意味があるはず。俺は仏教についてあまり詳しくないが、もしかしたら――現世《げんせ》で犯した罪を濯ぎ、極楽へ行くための方法がわかるかもしれないと思っているんだ」

瞬間、団三郎狸が勢いよく立ち上がった。

「そっ……そうであるか！　ならば、ならば！　ぜひとも！」

どこか切羽詰まった様子の団三郎狸へ、銀目と金目は静かに語りかけた。

「了解した。釈迦の説法を聞かせてやろう——だが、俺らもまだ未熟でな」

「ふたりでようやく一人前なくらいでね〜。だから、ひとつ約束して欲しいんだ」

「「絶対に声を出さないこと」」

「それを破ったら大変なことになっちまう。一声も漏らすなよ」

「万が一、なにがあったとしても文句は受けつけないんだからね！」

はっきり言い切った双子に、団三郎狸は戸惑いながらも頷いた。

途端、にや〜っと双子が妖《あや》しく笑う。彼らは互いに手を合わせ、同時に言った。

「「二ッ岩の団三郎狸！　天狗の神通力、とくとご覧《ろう》じろ！」」

瞬間、辺りに強い風が吹き荒れた——。

＊　＊　＊

目を瞑っていた団三郎狸は、そろそろと目を開けた。風がやんだ瞬間、どこからともなく心地よく響く澄んだ声が聞こえてきたからだ。しかし、すぐに目を眇《すが》める羽目になった。なぜならば、眼前に広がっていた光景があまりにも眩しすぎたからである。

そこは住み慣れた二ッ岩神社の敷地内のはずだった。しかし、生えているのは金・銀・瑠《る》璃《り》・玻璃《はり》・珊瑚《さんご》に瑪瑙《めのう》、そして硨磲《しゃこ》の七宝とされる宝石でできた木々。数多《あまた》の星々が彩る空からは、曼珠沙華《まんじゅしゃげ》や曼陀羅華《まんだらげ》の花が絶え間なく降り注ぎ、地面を覆い尽くすほどだった。

この世の場所とは思えない光景に見蕩れていれば、遠く離れた場所で、人々がある人物の説法に耳を傾けているのに気がつく。声の主はその人だった。

――あれが釈迦如来。その教えを知れれば……。

説法を聞いている一団に加わろうと、一歩踏み出す。しかし、ざらりと光景に似つかない音がしたので、すぐに立ち止まった。

ふと視線を落とすと、団三郎狸の足もとに丸い石が敷き詰められていた。再び顔を上げれば、すぐそこに一本の川が轟々と流れているではないか。知らぬうちに、団三郎狸と釈迦如来たちがいる場所が川によって分断されていたのだ。向こう岸とは対照的に、石ばかりで草木も生えないこちら側は色褪《いろあ》せて見える。どこか寒々しい光景に、団三郎狸は震えた。

――天狗め。なにを企んでおる。ともあれ川を渡ろう。説法を聞くのだ。

決意して歩き出す。すると――どこからともなく誰かの泣き声が聞こえてきた。

聞き覚えのある声にハッとする。慌てて辺りを見回せば、少し離れた場所で蹲《うずくま》っている一匹の狸を見つけた。雄ではない。雌の狸だ。小さな体を丸め、手ぬぐいを頭から被り泣いている。見たことのある後ろ姿に、団三郎狸は堪らず息を呑んだ。

――寒戸……！

ここ数年、滅多に目にしなかった姿だ。当たり前だ。意図して避けていたのだから。

胸が耐えきれないほど苦しくなって、けれども無視を決め込もうとする。しかし、色のない風景の中、ひとりさめざめと泣いているその姿はあまりにも憐《あわ》れだった。

団三郎狸はわずかに躊躇《ちゅうちょ》すると、そろそろと寒戸へ近づいて行く。

「……！」

瞬間、団三郎狸は必死に悲鳴を呑み込んだ。寒戸の体がゆっくりと倒れ、地面に伏したからだ。慌てて様子を確認するが、再び団三郎狸は悲鳴を呑み込む羽目になった。

倒れた衝撃で手ぬぐいが外れている。その下から現れたのは——寒戸ではなく。

団三郎狸が愛してやまない、もう一匹の雌狸であったのだ。

「——お、おろく」

おろくの体の下から、じわじわと赤い血がにじみ出した。首を掻き切られたばかりのようだ。うっすら開いた瞳は涙で滲んでいて、ひゅうひゅうと声にならない声を上げている。

「ど、どうして。どうしてだ!!」

双子とした約束をすっかり忘れて叫ぶ。身につけていたものを脱いで傷口に当てた。しかし、血は止まらない。おろくの体からはみるみるうちに体温が失われていく。

すると、砂利を踏みしめる音が背後から聞こえた。

絶望に苛《さいな》まれながらゆっくりと振り向く。そして——大きく目を見開いた。

「団三郎様」

そこにいたのは、口もとを真っ赤に血で染めた寒戸。

寒戸はボロボロと大粒の涙をこぼしながら、掠《かす》れた声で言った。

「……私を裏切りましたね」

「うわあああああああああああああっ!!」

団三郎狸がとうとう悲鳴を上げた、その時だ。

フッと風に吹かれた煙のように寒戸とおろくの姿が消えた。煌《きら》びやかな七重宝樹はことごとくが砕け散り、地面に降り積もっていた花々は見る間に枯れて、釈迦如来の姿は立ち込めてきた霧の向こうに見えなくなる。説法の代わりに耳に届いたのは、亡者があげる悍《おぞ》ましい悲鳴だ。周囲を見回せば、そこは極楽のように美しい光景から一変していた。角の生えた鬼が跋扈する、血と炎と悲鳴で満ちた地獄へと変貌を遂げていたのだ。

「……やめ、やめてくれ」

途端に恐怖が襲ってきて、団三郎狸はその場に蹲った。

全身の毛が逆立っている。震えが止まらない。どうしてこんなことに。

そこに、やたら能天気な声が聞こえてきた。

「あ〜あ。やっちまったなあ」

「本当に。声を出したら駄目だって、あれほど言ったのに」

ノロノロと顔を上げた団三郎狸の鼻先にいたのは、烏天狗の双子だ。

彼らはニヤニヤ嫌らしい笑みを浮かべ、震えている団三郎狸を見下ろした。

「僕らの術は未熟だ。だからこそタブーを犯した時の反動は大きい。なにせ、その人物にまつわる地獄が再現されてしまうんだ。ねえ、銀目?」

「そうだな金目。ここは衆合地獄じゃねえか？　衆合地獄っていやあ〝邪淫〟の罪を負った人間が来る場所だ。おいおい、信心の道を極めようと修行してたんじゃなかったのか？」

銀目と金目は互いに顔を見合わせ、いやに楽しそうに続けた。

「ねえ銀目。ここ衆合地獄はね、罪によって落とされる場所が違うんだよ」

「そうらしいな金目。団三郎狸が落とされるところはどこだろうな？」

「そりゃあ、大鉢頭摩処《だいはちずましょ》じゃない？　出家僧じゃないのに、身分を詐称した人が行くところ！　なにせ、おろくのところでお経をあげてたっていうじゃないか！」

さあ、と団三郎狸の顔から血の気が引いていく。すると、銀目が調子よく続けた。

「そうかもなあ金目。でも……俺は確信してるぜ。コイツが落ちる地獄は、無彼岸受苦処《むひがんじゅくじょ》に決まってる。——なにせ」

ニィ、と銀目が妖しく笑む。彼は団三郎狸の耳もとへ顔を近づけて言った。

「寒戸ってもんがありながら、よその狸と通じてたんだからなあ」

「……！」

「浮気はいけねえと思うぜ、俺は」

銀目の言葉に、団三郎狸はごくりと唾を飲み込んだ。

震えが止まらない。頭の中はひたすら混乱していて、なにが正しいのかすらわからない。

しかし——このことに関してだけは、団三郎狸は以前から決めていた。

「すっ、すまなかったと思ってる！」

僧侶らしくと飾り立てていた言葉遣いをかなぐり捨て、素のままの自分になって叫ぶ。

「これは紛れもなくオレの罪だ。償う覚悟はできている。寒戸にも誠心誠意謝ろう。そ、そうだ。オレはおろくを愛している！　それは嘘偽りのない気持ちだ。だが、罪は罪！　死後にどんな地獄に落とされようと――オレはそれを受け入れる」

銀目は、じぃと団三郎狸を見下ろし、どこか冷たく聞こえる声で言った。

「意外だな。地獄が怖くて怖くて堪らないから修行をしていたんじゃねえの？」

「違う。怖くない！　そうじゃないんだ！　だから、だから頼む」

団三郎は涙で顔をグチャグチャにしたまま、プライドを捨てて、銀目と金目に縋った。

「もう一度、釈迦如来の説法を聞くチャンスをくれ！　オレにはどうしても必要なんだ！」

「――やはりそうか。お前が畏れているのは〝自分の罪〟ではないんだな」

するとそこへ淡々とした声が響いた。顔を上げた団三郎狸が目にしたのは水明である。

「――以前より、お前はおろくと関係を持ち、何度も逢瀬《おうせ》を重ねていた」

「…………。そ、そうだ」

「お前が〝極端になにかを畏れるようになった〟のは、五年前。記録的な大雨が降った日のことだ。おろくの棲み家は橋のたもとにある。大雨が降れば当然流されてしまうだろう。狸の巣なんてもろいものだ。すべてをあっという間に濁流に持って行かれる」

「おろくも流されたってことか？　……でも、アイツは元気そうだったぜ？」

「そうだな。団三郎狸にとって――〝それだけが救いだった〟」

そう言うと水明は口を閉ざした。赤々と燃える地獄の炎が水明の瞳に映り込んでいる。

どうにも、自分の奥底に隠しているものを覗かれている気がして落ち着かない。

堪らず団三郎狸が目を逸らした――その時だ。

――かつん。かちん。かつん。

どこからか、石が触れ合うような音が聞こえてきた。

なんの音だ。これは一体、なんの……。

――かつん。かちん。かつん。がら、がらがらがらっ！

その時、一際大きく石が鳴った。それはまるで――積み上げた石が崩されたような。

ハッとして団三郎狸は水明を見た。しかし視線は交わらない。水明は、団三郎狸を通り越し、その背後にあるなにかをじいと見つめている。瞬間、鮮やかに金目の言葉が蘇った。

『僕らの術は未熟だ。だからこそタブーを犯した時の反動は大きい。なにせ、その人物にまつわる地獄が再現されてしまうんだ』

――〝その人物にまつわる〟。

まさか。まさか、まさか、まさか！　オレの後ろには――。

「ああああああああああっ！」

瞬間、団三郎狸は悲鳴を上げ、その場に蹲った。

――振り返ったら駄目だ、絶対に駄目だ……！

「怖い。怖い……っ！　やめろ、やめろよ！　お前たちはなにがしたいんだっ！」

滂沱《ぼうだ》の涙を流しながら必死に訴えかける。丸裸にされた心が寒くて。同時に、自分の背後にある〝なにか〟を無表情に見つめている水明が空恐ろしくて――。

団三郎狸は、心の内に仕舞い込んでいた〝秘めごと〟を耐えきれずに暴露した。

「そうだっ！　オレがこんなにも足掻いているのは……すべて〝アイツら〟の罪を濯ぐ方法を見つけるためだ。五年前……濁流に呑まれて死んでしまった〝わが子〟の……！」

ブルブル震えながら団三郎狸が言うと、水明が静かな声で訊ねた。

「二ツ岩神社のお堂の前にいくつもあった石の塔――あれは賽《さい》の河原の石塔だな？」

団三郎狸はこくりと頷いた。水明は更に続ける。

「賽の河原は、早死にした子どもが行くとされる場所だ。親より先に死んだ罪……親不孝に報いるため、石を積み上げる苦行を課せられる。しかし、完成間近になる度に鬼に壊されてしまうのだそうだ。酷い仕打ちだな」

水明は震えている団三郎狸の前にしゃがみ込むと、はっきりと断言した。

「――五年前。お前は大雨でおろくとの〝子〟を亡くした。そして、賽の河原へ落とされたであろう子の罪をあがなう方法を、ずっと探し続けている」

「…………ああ。そうだ」

がくりと団三郎狸が項垂《うなだ》れた。ポタポタと大粒の涙をこぼしながら呟く。

「生まれたばかりだったんだ。ちっこくて、まだ母親の乳も上手く吸えないくらいで。みゅうみゅう鳴いてた。可愛くて、でも雨続きで寒そうで……オレは藁《わら》を取りに外に出た。すぐに戻るつもりだったんだ。なのに――戻ったら、巣は完全に流されていて」

あの日感じた恐怖、絶望、悲しみ……。

それらがまざまざと蘇ってきて、団三郎狸は頭を抱えて蹲った。

「アイツらは、なんにも悪くない。オレが……父親のオレが悪いんだ。戻るのがあと数分早かったら、アイツらが死ぬことなんてなかった……!」

――からり、から、からん。

石が崩れる音がする。ああ、これはきっとわが子が自分を責めている音なのだ。

不倫の果てにできた子。大手を振って親子なのだと言えない関係。

果てはその命すら守れなかった父を、不甲斐ないと恨みを募らせているに違いない。

「悪いのはオレだというのに、どうしてだ。どうしてあの子らが罪を償う必要がある!? お前たちが苦しむことはなにもないんだ。だから、もう少し待っていてくれっ……! 一刻も早く、賽の河原での苦行から解き放ってやるからな! それが、それがっ!」

すうと息を大きく吸う。そして万感の思いを込めて叫んだ。

「――それが、オレが父親としてすべきことだと思うから……!!」

瞬間、辺りに満ちていた亡者たちの叫び声が静まり返った。

――からり。

響いたのは、石が崩れた音だけである。

「ふん。どこの父親も、お前のように志が高かったら違ったんだろうがな」

すると、水明が苦々しげにぽつりとこぼした。

「……？」

不思議に思って団三郎狸が顔を上げれば、今まで様子を見守っていた銀目が口を開いた。

「まあ、話はわかったぜ。大変だったな。罪ってもんは簡単に濯げるもんじゃねえからな。そのために地獄ってもんがあるくらいだし」

しみじみと呟く。しかし次の瞬間には、銀目はどこか冷たい表情になって言った。

「まあでも……一番罪深いのは――お前の〝無知〟さだと思うけどな」

「はっ……!?」

思わず言葉を失えば、銀目は犬歯を剥き出しにして悪戯っぽく笑った。

「なあ、団三郎。さっきから、変な音が聞こえてねえか？」

「えっ……あ、ああ……」

――から、からり。

ああ、またあの音が。団三郎狸が身を竦めると、銀目は団三郎狸を抱き上げ――。

「見てみろよ。音の正体をさ」

その体を、くるりと反対側へ振り返らせた。

「……え」

瞬間、団三郎狸は目を剥いた。

そこには賽の河原が広がって――いなかったのだ。

「やっほ～」

いたのは、足もとの石を適当に放り投げている金目だけだ。

「なんっ……なんで……どうして」

拍子抜けしている団三郎狸へ、銀目は苦笑しながら言った。

「知ってるか？　賽の河原ってえのは〝俗説〟って奴でよ。仏教の教えには出てこねえ」

「ぞっ、〝俗説〟……？」

「法華経《ほけきょう》の経典に元ネタがあるっぽいけどな。本来はなんも関係ねえ。誰かが言い出した、本当かどうかも知れねえことだ。だから……」

銀目はポンと団三郎狸の頭に手を載せ、優しい声色で言った。

「きっと、お前の子どもは賽の河原で石積みなんてしてねえさ」

「……ッ！」

みるみるうちに、団三郎狸の瞳に涙が滲んでいく。すると水明が言った。

「団三郎様。ひとつ提案がある」

「提案……？」

「佐渡島から一度出て、外の世界を識《し》る努力をしてみないか。今回のことは、視野が狭く、誤った知識を信じたせいで起きたことだと思う」

——五年間も畏れ続けていたものが、そもそも存在していなかったのか。

途端、団三郎狸は強烈な羞恥に見舞われた。

「ハハ……。なんというか。お恥ずかしい限りで……」

堪らず目を伏せた団三郎狸へ、水明はゆっくりと首を横に振った。

「恥じることはない。確かに〝無知〟は罪だ。しかしそれは、自身の努力で濯げる〝唯一の罪〟だとも言える。これから正しいことを知っていけばいい」

するると、水明の後ろからひょっこり金目が顔を出した。

「あのさ、本気で出家してみない？　賽の河原はないかもしれない。でも、亡くなった子どもの霊はきちんと弔ってあげるべきだと思うんだよね。あのでたらめなお経じゃ、子どもの霊も浮かばれないだろうし。よかったら、うちの師匠を通じて人間のお坊さんを紹介するよ。きっと、狸を弟子にしてもいいって奇特な人がいると思う」

「ほ……本当か!?」

団三郎狸は目を輝かせ、次の瞬間には大粒の涙をこぼし始めた。

「……ああ、ありがたい。本当にありがたいことだ。このご恩をどうお返しすれば……」

水明はちらりと双子へ目配せすると、少し気まずそうに言った。

「なら、俺たちの願いも聞いてくれ。白蔵主を説得するための計画に協力して欲しい。お前が自分の子を守りたかったように、俺も大切な人を守りたい。そのために必要なことなんだ。人を化かしたくない気持ちはわかるが……頼む」

そして団三郎狸へ向かい、水明は深く頭を下げた。

団三郎狸は水明の様子をじっと見つめ――こくりと小さく頷いた。

「ああ、わかった。オレも君たちの計画を手伝おうじゃないか」

そう言った団三郎狸の表情は、まるで夏の日の空のように晴れ晴れとしたものだった。

＊　＊　＊

「……手紙で報せないと」

双子が創り出した世界から抜け出した俺は、空を見上げてホッと胸を撫で下ろした。

小泉八雲の本にあった〝天狗の話〟。それは鎌倉中期の教訓説話集『十訓抄《じっきんしょう》』の中の一篇を再話し、収録したものだ。とある高僧が天狗を助け、恩返しにと天狗は高僧が望んだ光景を見せる約束をするという話で、あらかじめ「なにもしゃべるな」と釘を刺していたのにも拘わらず、高僧は感激のあまりに祈りの言葉を発してしまい、その光景が霧散してしまう。

団三郎狸のことを知った時、ふと、その物語が頭に浮かんだ。似ていると思ったのだ。

現実に存在しない光景に感激し、それに夢中になってタブーを犯してしまう高僧の心と。

ありもしない〝賽の河原〟でのわが子への責め苦に怯え続けている団三郎狸の心が。

一見すると、正反対の心の動きに思える。しかし、どちらも狭い世界しか見えていないからこそ、そこに囚《とら》われ、正しい判断ができなくなった結果と言えるのではないだろうか。

『祓え給い、清め給え、なんまんだぶ、ほうほけきょ、般若腹満たし心経……らぁめん！』

あのでたらめなお経も、彼の心のうちを知った今、笑うことはできない。

まるで、少し前までの俺のようだと思うからだ。感情を制限され、相棒であるクロに去られ、あやかしの跋扈する暗闇の世界に紛れ込んだ時の俺は――。

「水明～！　次は栃木《とちぎ》県だよ！　確か、那須湯本《なすゆもと》温泉郷が近いはず！」

「おっ、また温泉か～。傷心を癒やすためにも立ち寄り湯をしないとな！」

「ひゃ～！　また温泉に入れるの？　オイラ、温泉まんじゅう食べてみたい！」

――あやかしが、あんなに愉快な奴らだって想像すらできなかったから。

「さすがに、栃木では温泉は入らないからな！」

「「ええ～～～！」」

不満げに頬を膨らませているふたりと一匹に苦笑をこぼす。そっと空を見上げれば、徐々に日が落ちてきて、辺りが薄暗くなり始めていた。

「夏織は今ごろなにをしてるんだろうな……」

上手くいったと知れば喜ぶだろう。飛び跳ねるくらいには嬉しがるに違いない。

「……手紙の悪いところだな。姿が見えない」

なんだか無性に夏織の顔が見たい。次に会えるのはいつになるのだろう。

俺はわずかに頬を緩めると、大騒ぎしている双子とクロのもとへ向かったのだった。

閑話　優しい人、厳しい人、愛おしい人

心が挫《くじ》けそうになった時。

どうしようもないほどに追い詰められた時。

未来が暗くて、なにも見えないと感じてしまった時。

そばに優しく言葉を投げかけてくれる人がいたのなら、どれだけいいだろうと思う。

長い人生のうち、一度も道に迷わなかった人なんていないに違いない。迷った時、誰かが行き先を示してくれたならと、誰しも一度は考えたことがあるだろう。優しく、そして時に厳しく、手を取り引っ張ってくれる人に出会えたなら、それは紛れもない幸運だ。少なくとも、行き先の見つからない旅人のような寂しさからは解放される。

薬屋のナナシは、迷えるあやかしや夏織にとって、いつだって道標《みちしるべ》のような存在だった。温かく力強い言葉をくれる彼は、大勢のあやかしたちに慕われている。

彼がそうするのは、過去に自分も同じようにしてもらったからだ。

その人がいなければ、きっと今のナナシはいなかったに違いない。

これは——大いなる使命を持ちながら失意のまま逃げ出し、やがて幽世で薬屋を営むこと

になる男と。優しく彼を支え、時に厳しく導いた普通の女性。

……それと、絵に生涯をかけたとある男の物語だ。

＊　＊　＊

江戸の町に暮れ六つの鐘が鳴る。

通りに面した大店の前では、奉公人たちがせかせかと店じまいを始めた。煮炊きの煙が空に立ち上り、食欲をそそる匂いが鼻孔《びこう》を擽る。そろそろ夏の盛りだ。日の入りが遅くなり、太陽はとうに顔を隠しているというのに空は薄明に彩られ、夜の訪れを焦らすように不思議な色合いを醸し出していた。しかし、それもすぐに終わるだろう。半刻もしないうちに江戸の町は粘つくような闇に沈んでしまう。灯油《ともしあぶら》の明かりでは、江戸の町をすっぽり覆う夜を払うには心許《こころもと》ない。だから、人々は早々に寝支度を終えて眠りへ落ちた。

それは明日に備えるため。もちろん油の節約の意味もあった。

同時に、あやかしと遭遇しないためでもあったのだ。魑魅魍魎《ちみもうりょう》に肝を潰されるよりかは、楽しい夢でも見た方がいいに違いない。ひとり、またひとりと夢の世界へ旅立てば、賑やかだった町に静寂が広がっていく。薄明が星空に塗り替えられ、丑《うし》の刻に差し掛かろうとする頃。夜風が吹き付ける縁側で、ひとりまんじりともせず夜空を見つめる男がいた。

老齢の男である。やや捻《ねじ》れた鼻筋、三白眼は、どこか一筋縄でいかなそうな偏屈な印象を相手に与える。ひょろりとした体はどこまでも薄く、見るからに武人ではない。頭には、白髪交じりの薄くなった髪でかろうじて髷《まげ》を結っていた。夏とはいえ、夜も更けると冷えてくる。だのに男は襦袢《じゅばん》のまま、寒さをまったく意に介していない様子だった。

「今宵は一際、月が綺麗でございますね」

すると、男の背後にひとりの女が立った。上掛けをそっと男にかけてやる。

「また、あやかしが来るのを待っているのですか？」

男よりもいくらか年下に見えるが、なんとも優しげな風貌の老女だ。

くすりと笑って、男の手から煙管《キセル》を抜き取る。とうに冷めきった金属製の火皿が、女が持って来た行灯《あんどん》の明かりをちかりと反射した。

「……ああ。こんな夜は、決まって誰かがやってくるからな」

男はおもむろに視線を上げた。空には煌々と真円の月が照っている。

「丑の刻はまだか？　お雪《ゆき》、墨の用意はしてあったか……」

「準備は万端でございますよ。ふふ。豊房《とよふさ》様、まるで子どものよう」

「仕方ないだろう、楽しみで仕方がないのだ」

豊房は年甲斐もなくソワソワすると、キョロキョロと辺りを見遣った。しかし、目当てのものが見つからず、途端に肩を落とす。それがまた老女……お雪の笑いを誘った。

「ふふふ……。あなたったら」

お雪は口もとを着物の袖で隠し、豊房へ柔らかな眼差しを注ぐ。その瞳が持つ温かさ。行灯の光を取り込んだ栗色の瞳の鮮やかさに、豊房は一瞬だけ目を奪われた。

しかし、長年連れ添った妻に見蕩れた事実に、気恥ずかしさが勝ってすぐに目を逸らす。

「これ。あまり茶化すでない」

「すみません。『画図百鬼夜行《がずひゃっきやこう》』の評判がよかったのが、よほど嬉しかったのですね」

すると、豊房の頬がほんのりと淡い色に染まった。

「——わ、悪いか」

「いいえ。ようございました。わたくしも自分のことのように嬉しく思います」

ぱあ、と豊房の顔が輝く。そして、照れくさそうにポリポリと首筋を指で掻いた。

——男の名は佐野《さの》豊房。またの名を鳥山石燕。

狩野派の狩野周信《かのうちかのぶ》を師に持ち、自身も多くの弟子を持つ御用絵師だ。『画図百鬼夜行』とは、先ごろ発表されたばかりの新作で、これがたちまち評判になった。様々なあやかしを描いた画集なのだが、まるで〝本物を見てきたようだ〟と巷《ちまた》で噂になっているらしい——。

「ふふふ。まさか、実際に本物を見て描いているとは誰も思うまい」

「本当に」

「お雪、誰にも話すではないぞ？」

「ええ、もちろん。そもそも、誰も信じてくれませんよ」

……そう、『画図百鬼夜行』は、伝承や噂をもとに想像して描いたものではない。

豊房が実際にあやかしを見て描いた画集だったのだ。

きっかけは、豊房の家にたまたま、あやかしの総大将であるぬらりひょんが上がりこんだことである。ふたりは人間とあやかしでありながら意気投合した。酔った勢いで、豊房が絵に描かせてくれと頼んでみたところ、かの総大将は快く受けてくれたのだ。

ぬらりひょんは豊房の画力にいたく感激したらしい。それからというもの、度々あやかしが訪ねてくるようになる。豊房は、訪れてくる彼らの姿を一枚一枚丁寧に写し取った。それを発表したのが『画図百鬼夜行』なのだ。

ちなみに、完成までに最も苦労したのがぬらりひょんの一枚だ。最初に描いたにも拘わらず、なかなか本人に納得してもらえずに、何枚も書き直す羽目になった。上中下三巻構成の〝下〟に収録されているのはそのためだ。

「この年で、後世に〝名〟を残せるような傑作ができた。ぬらりひょんには感謝してもしきれない。なあお雪、自分は『画図百鬼夜行』だけで終わるつもりはないぞ。もっともっと、多くのあやかしの姿を描くのだ……！」

そう語った豊房の表情は生き生きとしていた。お雪は柔らかな笑みを湛えて頷く。

「お雪はいつでも応援しておりますよ」

そのどこまでも温かな微笑《ほほえ》みに、顔が火照《ほて》ってくる。じわじわじんじん、冷え切った耳に勢いよく血が流れ込んだものだから、どうにも擽ったくなってポリポリ掻いた。

——豊房が絵の道を志そうと思ったきっかけは、ある一枚の屏風《びょうぶ》絵だった。

江戸城の雑用をこなす御坊主の家に生まれた豊房は、ひょんなことで一枚の屏風絵を目にした。その細やかな筆遣い。大胆な構図。息づかいが聞こえてきそうなほどに生き生きと描かれた人々。豪勢に金箔で彩られた屏風が眩しくて仕方がなく、豊房は堪らず父へ訊ねた。

『もし、あれは誰の作でしょうか』

すると、父はいかにも当たり前のことのように、こう答えた。

『あれはかの有名な狩野永徳《えいとく》の作よ。天下人に重用された傑物だ。いい機会だ。目に焼きつけておくがいい。〝名〟を残す人物の仕事とはああいうことを言う』

『〝名〟を——？』

とうの昔に死んだ人間の〝名〟が今もなお残っている。

そのことは豊房の胸を大いに揺さぶった。

豊房の家は武家ではない。徳川《とくがわ》の世になってからは、そもそも戦《いくさ》すらない。普通ならば、豊房の〝名〟を残す機会など巡ってはこないだろう。

しかし〝名〟が残るほどの〝傑作〟を生み出せれば話は別である。

連綿と続く歴史に深い爪痕を残すような、古くとも燦々《さんさん》と輝く〝傑作〟。

絵師ならば、たとえこの身が失われようとも生きた証を残せるのではないか——。

『父上、自分は永く後世に〝名〟を残す絵師になりたいと思っています』

結果、豊房は絵の道を志すに至った。父の伝手を使って狩野派に弟子入りをし、御用絵師となることもできた。しかし——どうにも満足のいく結果を出すことができない。

とはいえ、なにもできが悪かったわけではない。豊房の作品は高く評価されていた。

おかげで弟子も多く取れたし、生活に困ることなどない。きっと、はたから見れば成功者の部類に入ったに違いない。だが――それでは駄目だった。豊房の目的は、鳥山石燕という〝名〟を後世に残すことであって〝それなり〟の成功ではない。

しかし、傑作はなかなか生まれなかった。己が凡才なのではないか。その疑念を拭うことができずに、豊房は日々苦しみ抜いた。

『……死のう。死んで、生まれ変わるのだ。それしか手段はない』

疑念に耐えきれなくなる度、豊房は己の命を絶とうとした。現世で絵の才が足りぬのであれば、来世に願いを託すしかない。そう考えたのだ。しかし、そんな豊房を止めたのは、いつだって妻であるお雪だった。

『諦めるのが早《はよ》うございます。今は耐え忍ぶのです。絵の道たるもの、そうそう簡単に極められるものではありません。それはご自身が一番よくご存知でしょう!』

きっぱりと断言し、心をすり減らしている豊房にそっと寄り添う。

『わたくしは、豊房様の才能を心から信じております。諦めなければ、いつかきっと。ずっとそばで見守ってきたわたくしが言うのですから、間違いありません。どうか今世をまっとうくださいませ。それでも駄目でしたら、来世を考えましょう。ですから、それまで耐えてください。わたくしにも準備というものがございます』

『準備……?』

『ええ! わたくしは豊房様の妻ですから、来世でもこうやって発破をかけなくてはなりません。そのための準備でございます！』

お雪のまっすぐな言葉は、いつだって豊房を慰め、勇気づけてくれた。

そうして豊房の生涯における晩年、ようやく『画図百鬼夜行』の刊行に至ったのである。

「ここまで続けられたのは、お前がいてくれたおかげだ。お雪、感謝している」

神妙な顔でそう告げた豊房に、お雪はコロコロと笑った。

「まあ！　これで終わりのようなことを。後世に残る傑作はいくらあっても困りません。もっと、もっとたくさんの作品を創ってくださいませ」

にこりと目尻に皺《しわ》を作って笑う。途端、豊房が泣きそうな顔になった。

「……もちろんだ。お前は相変わらず厳しいな。厳しくて……誰よりも優しい」

若い頃とは違い、皺が寄って固くなった手がお雪の指先に触れた。

「約束する。自分はもっともっと絵を描くぞ。それで……もしお前さえよければ」

じっとお雪を見つめる。すると、お雪の顔がほんのりと色づいたのがわかった。

「次の生でもそばにいてくれないか。来世でも〝名〟を残したいのだ」

「まあ……！」

お雪は目を何度か瞬くと、心から嬉しそうに笑った。

「もちろんでございます。わたくしなどでよろしければ」

お雪の瞳が潤む。温かい涙で濡れた栗色の瞳に、豊房は再び見蕩れた。

「本当に、わたくしは幸せ者ですね」

「……そう言ってくれると、助かる」

ふたりとも、いつ死んでもおかしくない年頃だ。残り幾ばくかの日々をお雪と過ごせること、来世を約束できたこと――豊房はその幸福をしみじみ噛みしめていた。

「……いい雰囲気のところ、悪いんだけど」

その時だ。庭木の向こうから声をかけてきた者がいた。

ふたりはハッとして居住まいを正す。

「んっ！　んんんんっ！　失礼つかまつった。どちら様だろうか」

わざとらしく咳払いをした豊房は、慌てて行灯を掲げる。

そして――灯油の黄みがかった明かりに浮かび上がった人物の姿に目を見張った。

鮮やかな深緑の長髪。拗《ねじ》くれた牛の角。長い睫毛《まつげ》に縁取られたのは、透き通った黄褐色の瞳。目を見張るほどの美貌を持った青年だ。しかも瞳は額にもあった。三つの瞳が暗闇の中から豊房をじいと見つめている。明らかな異形である。来たか、と豊房が心躍らせた時、ふと――そのあやかしの顔に深い隈《くま》が刻まれているのに気がついた。

まじまじと見つめれば、肌は黄ばみ、頬はこけ、どことなく疲れ切っている様子だ。その人物は、糸が切れたかのようにかくりと地面に膝を突いた。

「見事な姿絵を描く絵師がいると聞いてきたのだけれど……悪いわね。その前に、少し休ませてもらえないかしら」

「……あ、ああ。お雪」

「はい、豊房様。すぐに寝床を用意して参ります」

素早く動き出した妻の後ろ姿を見送って、豊房は困惑気味にそのあやかしを見遣った。

「──そなた、名は？」

「…………」

その問いかけに、あやかしはなかなか答えようとしない。

──どうも、いつもやってくるあやかしとは様子が違うようだ。

心配そうに見つめる豊房に気がつくと、あやかしは苦み走った笑みを浮かべた。

「……ああ、ごめんなさいね。〝名〟を訊ねられたのだったわね。〝名〟……そうよね、名乗らなければアタシが何者かすら証明できない」

そして、美しい顔を今にも泣き出しそうなほど歪め、こう名乗った。

「アタシの〝名〟は──〝白沢《はくたく》〟。かつて瑞獣《ずいじゅう》と呼ばれた、役立たずの獣」

ぽろり、と白沢の瞳から透明な雫《しずく》がこぼれる。

豊房は涙の行方を視線で追って──とんでもない大物が来たものだと目を瞬いた。

＊　＊　＊

白沢はゆっくりと目を開けた。目に飛び込んできたのは、見慣れない天井である。

どうも、鳥山石燕との邂逅《かいこう》を果たした後、通された部屋でしばらく眠りこけていたらしい。

ノロノロと辺りへ視線を遣れば、すぐそばにお雪が座っているのがわかった。

「お目覚めですね。ご気分はいかがですか」

「アンタ……」

ちらりと障子を見れば、外は昏いままだ。白沢がこの屋敷にやって来たのは丑の刻より少し早いくらいだった。どれくらい眠ったかはわからないが、もうずいぶんと遅いはずなのに、この老女はつきっきりで看病をしてくれていたらしい。

礼を言おうと口を開く。……が、そこへ有無を言わさずに湯呑みが差し出された。

中に入っていたのは茶褐色の液体である。白湯《さゆ》でも煎茶《せんちゃ》でもない。

「あ、ありがとう」

よくわからないまま、それを受け取る。少しだけ口をつければ、香ばしい匂いが鼻を通り過ぎて行った。瞬間、喉がカラカラだったことに気づき、勢いよく中身を飲み干す。

渋みはほとんどなく、とても柔らかな味わいだ。まるで、干からびた大地に雨が降り注いでいくように、水分が優しく体に染み渡っていくのがわかった。

「……美味しいわ」

「それはようございました」

お雪はにこりと笑むと、それが麦湯と呼ばれるものであること、昨今、町人たちの間で寝苦しい夜に好んで飲まれているものだと説明してくれた。

「白湯では少し味気ないと思いましたので」

麦湯は煎茶などと違って、眠る前に飲んでも目が覚めないのだと語る。

白沢はへえ、と相槌《あいづち》を打つと小さく首を傾げた。

「いいところの奥様に見えるけれど、町人が好むようなものも口にするのね？」

すると、お雪は栗色の瞳を丸くしてコロコロ笑った。

「なにが〝傑作〟のきっかけになるかわかりませんから。いろいろな知識を蓄えておくことは、〝鳥山石燕〟の妻として必要ですので」

「そう……」

――良妻の見本みたいな人。

お雪の第一印象はそれだった。たとえ相手が異形のあやかしであっても、夫の客人であれば丁寧にもてなすことができる。先ほどの口ぶりからすれば、夫のためならば身を粉にするのも厭わないのだろう。

「迷惑をかけたわね」

そう言って、熱を持っているらしい体をゆっくりと起こす。

「もう石燕は眠ってしまったかしら？　まだなら、さっそく絵を……」

「なりません」

「へっ？」

いきなり言葉を遮られ、白沢は目を丸くした。聞き間違えか、もしくは冗談かとお雪の様子を窺えば、かの老女は凜《りん》とした様子で白沢を見つめている。青白い月光を背景に、暗い部屋に佇《たたず》むその姿はどこか頑なで、彼女が本気で白沢の言葉を否定したことがわかった。

「……どうして？」

恐る恐る訊ねてみれば、お雪はゆっくりと首を横に振った。

「体調が万全になるまでお休みになるべきです。お顔の色が優れませんもの」

「でっ……でも！　アタシは一刻も早く辟邪絵《へきじゃえ》を描いてもらわないといけないの」

辟邪絵とは、瑞獣である白沢の姿そのものに力があると信じられ、広まった文化だ。門戸に飾っておけば、あらゆる鬼《き》や精魅《せいみ》……いわゆる、もののけがもたらす病から身を守ってくれる。白沢は、それを描いてもらおうとはるばるやって来たのだ。

「アタシはより多くの人を救わなくちゃいけないの。想像してみて。今、この瞬間にも誰かに疫鬼《えきき》が忍び寄っているかもしれない。死んでしまうかもしれないの。だから……」

「なりません」

「……っ！」

白沢の説得も虚しく、お雪は決して首を縦に振ろうとしない。怒りがこみ上げてくるが、看病をしてくれた相手を無下にできない。白沢は辛抱しつつもお雪に重ねて訊ねた。

「どうしてなの？　理由を聞かせてちょうだい」

「簡単なことでございます」

お雪は半眼になると、まるでそれが真理が如く、きっぱりと断言した。

「豊房様が描かれる〝傑作〟に、弱ったあやかしは必要ございませんので。どうしてもお急ぎだと申されるのでしたら、他の絵師をご紹介いたします。どうぞお引き取りください」

そして――畳に三つ指をつくと、おもむろに頭を下げた。

「すべては夫のためなのです。ご勘弁くださいませ」

その姿に、先ほど縁側で頬を染めていた乙女らしさは微塵《みじん》もない。

「…………。プッ！」

瞬間、白沢は思わず噴き出してしまった。

なんて融通が利かないのだろう。自分は瑞獣。それも、日本どころか中国にもその名を轟《とどろ》かせている白沢だ。普段ならば、瑞兆だと盛大にもてなし、どんな希望でさえ通ることが大半だ。なのに、なにがなんでも休めと言う。それどころか帰れだなんて！

「アッハハハハハ！　なあに、これ……！　おっかしい！」

白沢はお腹を抱えて笑い、その場に蹲った。お雪はキョトンとその様子を見つめている。

「お気を害したのならば……」

「いやいや！　いいわ。納得した。こちらこそ悪かったわね」

打って変わって上機嫌になった白沢は、ひらひらと手を振って言った。

「せっかくだわ。休ませてもらう。確かに、絵にしてもらうにはみっともない顔だもの」

そっと頬に触れれば、以前とは比べものにならないほどに荒れているのがわかった。

「駄目ね。本当に……」

小さく嘆けば、また涙が滲んでくる。そんな白沢へ、お雪は再び頭を下げる。

「なにかございましたら、すぐにお申しつけくださいませ」

足音ひとつ立てずに部屋を下がっていく。そして退室する寸前、ぽつりと言った。

「あまり気に病みませんよう。誰しも〝器〟というものがございます」

「……え？」

――すたん、と襖《ふすま》が閉まる。再び微睡みに身を任せようとしていた白沢は、驚きのあまりに目を瞬いた。部屋の中に静寂が満ちる。障子越しに青白い月光を浴びながら――白沢は、お雪の言葉の意味をしばらく考え込んでいた。

＊　＊　＊

天より、人へ恩恵をもたらすため遣わされためでたき徴《しるし》――それが白沢だ。

そんなものが屋敷に滞在しているなんて。そのことに、豊房は興奮を覚えていた。

かの瑞獣が現れた翌日のことである。

白沢は、古代中国……神話の時代とも言える初代皇帝、黄帝《こうてい》の御代《みよ》に現れた瑞獣だ。古来より中国では、王や皇帝の徳が高く、また世が安定していた場合に、天より吉兆がもたらされるという考えがあった。黄帝は優れた為政者で、そこへ天より白沢が遣わされたのだ。

白沢の姿は人面を持った〝白い牛〟の姿で描かれ、あらゆる鬼や精魅に関する知識があったとされた。そんな白沢の知識をもとに、黄帝は『白沢図《はくたくず》』という書物を作り出した。『白沢図』があれば、人ならざるものが及ぼすあらゆる脅威から逃れられたのだという。

その書自体は、宋代に失われてしまったらしい。だが、辟邪絵として白沢は多くの人々に親しまれている。日本でも狩野派の絵師たちが、かの瑞獣の姿をよく描いていた。その機会が自分にも訪れたのだ。絵を描き始めると寝食を忘れるほどの豊房にとって、それはなにより嬉しいことだった。

朝餉《あさげ》を素早く終えた豊房は、白沢がいるはずの部屋の近くをウロついていた。

小者たちが怪訝《けげん》そうな顔をしているのには気がついていたが、それどころではない。

豊房の頭の中は、あの恐ろしいほどの美貌を持つあやかしを、どう描くかでいっぱいだ。

——お雪はしばらく放っておいてやれと言っていたが。少しくらいはその姿を見られないだろうか。話もしてみたい。それに、あの緑色の髪。なんとも面妖な色だった。話に聞く白沢は白いはずであるのに、どうしてあんな色になってしまったのか……。

……ああ！　寸刻といえど惜しい！

そろそろと足音を消して客間へ近づいて行けば、あと少しというところで襖が開いた。

姿を現したのは、手桶を持った妻のお雪である。

「……なにをしていらっしゃるのです？」

お雪がにこりと綺麗に笑った。途端に豊房の背筋に怖気《おぞけ》が走る。

そういう笑みをした時の妻は、最高に機嫌が悪いのだと知っていたからだ。

「あっ、あの、その。自分は……」

慌てふためいて後退る。堪らず縁側から落ちそうになって、必死に踏ん張った。

すんでのところで落ちずにすんだ。ほうと安堵の息を漏らせば、そばに妻が立っているのに気がついて、まるで素人が繰った人形のようにぎこちない動きで顔を巡らせる。

「……豊房様」

「う、うむ」

「先だって申し上げましたように、お客人はかなり弱っておいでです。存分にお休みいただけるよう、わたくしが采配いたしますので、どうぞご心配なく」

「そうか」

「余計なちょっかいは無用です。すべては……〝傑作〟のためでございます」

「…………。あいわかった」

そう言われると豊房も弱い。思わず神妙な顔になれば、お雪はクスクス笑った。

「ご心配なさらずとも、すぐによくなります。すべて、心の持ちようでございますから」

それだけ言い残すと、お雪はくるりと踵を返した。

すぐさま意味を汲《く》み取れなくて首を傾げる。同時に、少し不安に思った。

「おい、お雪」

「……？　なんでございましょう」

「白沢様は瑞獣ではあるが、男だ。密室でふたりきりにはならないように」

お雪が目を瞬いた。栗色の瞳がまん丸になり、そして――さもおかしそうに細められた。

「変な豊房様。こんなお婆《ばあ》さんを、あんな綺麗な人がどうこうするものですか」

コロコロ笑って去って行く。その姿を見送りながら、豊房はなんとも言えない気持ちになって首を掻いた。じっと、白沢が寝ているはずの客間を見つめる。

「……まあ。そのうち会えるか。お雪の言うことは間違いない」

豊房は苦笑をこぼすと、軽い足取りでその場を後にしたのだった。

それから数日後のこと。またもや月の美しい夜のことである。真円から欠けてはいるものの、冴え冴えと輝く月は眩しいほどで、寝静まった江戸の町を青白く照らしていた。

誰も彼もが夢の世界で戯れている時刻、佐野邸はいつも以上に賑やかだった。さほど広くもない中庭に、小麦色の毛玉が犇《ひし》めいていたからだ。キャンキャン、ワンワンと大騒ぎしているのは、数え切れないほどの狐たち。その中心には、なんとも雅《みやび》な十二単《ひとえ》を纏った美女がひとり。美女は豊房が描いた下書きを眺め、その吊《つ》り上がった瞳をすうと細めた。

「石燕！　褒めてつかわす。噂に違《たが》わず見事なできよ！」

「恐悦至極に存じます」

「ふふ。妾《わらわ》の美しさが見事に再現されておる。素晴らしい。なんでも望みを言うてみよ」

「そんな。その美しい御姿を描かせていただけただけで……」

「遠慮はいらぬ。おお、なんなら……」

袙扇《あこめおうぎ》越しに、ちろりと豊房にあだっぽい流し目を送る。

「妾との同衾《どうきん》を許してもよいのだがのう」

「お、お戯れを……」

なんとも初心な反応を返した豊房に、美女はコロコロと楽しげに笑う。

中庭に降り立った美女は、かの有名な玉藻前だ。『画図百鬼夜行』の続編を作るにあたり、ぬらりひょんが紹介してくれた。この美女が強大な力を持っていることは、なんの特別な力も持たない豊房であっても肌に感じるほどで、機嫌を損ねないようにと、豊房は必要以上に慎重に言葉を選んでいた。そんな生真面目《きまじめ》な様子が、玉藻前からすれば楽しくて仕方がないようだ。どうみても遊ばれている。

「大変ねえ」

そんな豊房の様子を、白沢は面白く思いながら眺めていた。

かたわらにはお雪の姿がある。お雪はいやに不機嫌そうだった。年頃の少女のようにツンと唇を尖《とが》らせて、玉藻前に相対している豊房の背中を穴が開くほど見つめている。お雪を横目で見た玉藻前は、どこか底意地の悪そうな笑みを浮かべた。

「なるほど、奥方の目がある場所では言えぬか。ムフフ、ならば気が向いた時にでも文をおくれ。もちろん、熱烈な詩を添えてな。でき次第では妾が相手してやろう」

「あっ、相手……!?　いやいやいや。本当にご勘弁ください」

真っ赤になって否定している豊房。しかし、見方によっては喜んでいる風にも取れる。

「…………むう」

「……プッ！」

お雪の頬が正月の餅《もち》のように膨らんだ瞬間、白沢は噴き出してしまった。お雪はジロリと白沢を見遣ると、ふんと鼻から息を漏らした。

「なにがおかしいのですか。ちっとも楽しいことなんてありやしませんのに」

「フ、フフフ……フフ……！　やだわ。これが笑わないでいられる？　フフフ……」

「もう！　白沢様ったら」

「お雪、終わったぞ」

そうこう話しているうちに、例の悪女は帰ったらしい。

いまだ顔を紅く染めたままの豊房は、疲れ切った様子で縁側に座り込んだ。

「まったく、あの方はご冗談がすぎる。望みをひとつ叶えてくださるという申し出はありがたいことだが、年寄りにはそぐわないことばかりおっしゃって……」

「ええ！　まったくそうでございますね！」

「お、お雪？　どうしたのだ……」

そっぽを向いてしまったお雪に、豊房はオロオロと動揺している。ちらりと白沢に視線で助けを求めれば、かの瑞獣は非難めいた視線を豊房へ返した。

「お雪ちゃんって素晴らしい人がいながら、あ～んな年増のババアにデレデレして。いやあね～。これだから絵を描くことしか脳のない男は」

「な、なにを!?　お主も男であろう？　自分の気持ちも理解できるだろうに」

「やあね。アタシ瑞獣よ？　男も女もないわ」

「まあ！　白沢様。わたくし、とても心強うございます」

楽しげに目を細めたお雪に、心底弱り果てたように豊房は眉を下げた。

「か、勘弁してくれ。天に誓って、自分にはお雪だけだ」

「「アハハハハ……！」」

お雪と一緒にひとしきり笑った後、白沢はしみじみと言った。

「──冗談よ。本当、アンタたちみたいなおしどり夫婦、他にいないわよ」

白沢の言葉に、ふたりはちろりと視線を合わせ──驚くほど赤くなった顔を同時に逸らしたのだった。


──佐野家で数日過ごすうちに、白沢の体調はすっかり元に戻っていた。

佐野夫婦とも仲良くなり、この家に来た頃とは比べものにならないほど調子がいい。きっと、そろそろ辟邪絵を描いてもらえるだろうと白沢は考えていたのだが、なかなかお雪の許可が出ないで困り果てていた。お雪いわく、まだまだ全快にはほど遠いからだそうだ。

「なあんでかしらねえ？」

「なんでだろうな」

今日も今日とて、あやかしが屋敷を訪れるのを縁側で待っている。

月光浴をしながら、虫の演奏を肴に、井戸水でほどよく冷やした酒を嗜《たしな》む。刻んだネギと鰹節《かつおぶし》をたっぷり載せた冷や奴《やっこ》をつまみながら、男ふたりで首を傾げている次第である。

「いつになったら辟邪絵を描いてもらえるのかしらね」

ぽつりとぼやいた白沢に、豊房はクックッ笑った。

「お雪次第……いや、お主次第だろう。お雪が言うには〝すべてが心の持ちよう〟らしい」

「……心。そういえば、アタシも言われたわ。誰しも〝器〟というものがあるって」

「まるで謎かけのようだな？」

「まったくもってその通りだわ！　全然わからない。すべてを知る瑞獣のはずなのに」

むうと唇を尖らせている白沢を、豊房はじっと見つめている。

「まあ、事情はよくわからぬが、瑞獣ともあればいろいろと柵《しがらみ》もあるのだろう。幸い、お雪とも上手くやっているようだ。存分に滞在していかれるといい」

「……あ。ありがとう」

途切れ途切れにお礼を言った白沢は、ついと視線を宙にさまよわせた。何度か口を開いては閉じる。胸の内に抱えているものを打ち明けてしまおうかとも思うが、軽々しく話していいものではないように感じて、口を噤《つぐ》んだ。

それに――この親切な、自分を立派な瑞獣だと信じてやまない人間が、白沢の真実を知った時、一体どう思うのだろう？

――怖いわ。怖すぎる。

真夏の夜だ。やけに湿気が多い。決して涼しいとは言えないのに、どうにも寒々しく思うのは、自分が臆病なせいなのだろうと白沢は哀しく思った。

「――なにも焦ることはございません。ゆっくりでいいのですよ」

その時、柔らかな声が降ってきた。

白沢がハッとして顔を上げれば、そこには、追加の酒を持ってきたお雪の姿がある。

「豊房様のおっしゃる通り、体調を戻すことだけをお考えください」

「でっ……でも！」

白沢は声を荒らげると、すぐにしょんぼりと肩を落とした。

「アタシは白沢よ。人間を救うために天から遣わされたのに、のんびりだなんて」

「そういえば、先日もそんなことをおっしゃっていましたね」

お雪は空になった豊房の酒杯に酒を注ぎながら、不思議そうに首を傾げた。

「――誰かから、そうしろと言われたのですか？」

「えっ……？　いや、そう、じゃないけれど」

なんでもない問いかけなのに、なぜかお雪の言葉にうろたえてしまった。

白沢は無理矢理笑みを形作ると、冷静を装いながら言った。

「アタシは瑞獣よ？　普通の生き物じゃない。特別な力を持ち、知識もある。なら……やらない手はないでしょう？　〝そうするべき〟なのよ」

動揺したわりにまっとうな説明ができた。しかし、お雪はますます首を傾げてしまう。

「まあ！　不思議ですこと。〝そうするべき〟……〝そうしたい〟のではないのですね。ならば、他の方に任せてみては？」

「おっ……おい、お雪！　白沢様になにを言うんだ！」

豊房が焦って止めようとするも、お雪は毅然《きぜん》とした態度で続ける。

「世界を救うということは、歴史に残る大業かと思われます。ですが、わたくしはこうも思うのです。偉大なことを成し遂げ、歴史にその〝名〟を刻むような人物は、少なくとも自ら積極的にそれに関わるものなのではないかと」

お雪がまっすぐに白沢を見る。

栗色の大きな瞳が、きらりきらりと月の光を反射して不思議に揺らめいた。

「――例えば豊房様のようにです。年がら年中、したいことばかり考えるような人でないと、大業はなし得ないと思うのですよ」

瞬間、白沢は思わず苦笑をこぼした。

「拍子抜けだわ。……もしかしてアタシ、惚気話《のろけ》を聞かされたのかしら？」

堪らず白沢が肩を竦めれば、「そうです」とお雪はますます笑った。

途端、豊房が茹《ゆ》で蛸《だこ》みたいに真っ赤になってしまった。涙目で惚気た妻に抗議をする。

「お雪！　お前って奴は……！」

「ホホホホ。失礼いたしました。他ではおおっぴらに自慢できないものですから、つい」

夫婦がじゃれ合っている間、白沢はじっと考え込んでいた。鬱々とした気持ちでいれば、栗色の瞳と視線が交わる。再び口を開こうとして――お雪の言葉に遮られた。

「すぐに答えを出す必要はございませんよ。ゆっくりと申しましたでしょう？」

お雪がにこりと笑む。そしてこうも言った。

「自分がどういうものかを知るのは……人間ですら勇気がいりますから」

ぎゅうと胸が締めつけられたようになって、白沢は思わず顔を顰めた。

「……敵わないわね。アンタには」

思わずそうこぼせば、お雪は再びコロコロ笑った。

「わたくしの父もそれなりに高名な絵師でした。幼い頃から大勢の人と作品を目にして参りましたから、他の人よりかは真贋《しんがん》の見分けがつくと自負しております」

「あら。アタシが紛《まが》い物だとでも？」

「そうとは言っておりません。それともご自身が偽物だという自覚でも？」

返す言葉もなくなり黙り込む。するとと、泡を食った豊房が間に入った。

「なんだなんだ、どうしたんだお前たち。難しい話は後にしよう」

酒杯になみなみと酒が注がれる。白沢は、ちゅっとそれを啜った。上等な酒のはずだった。

しかし、舌の上に広がったわずかな苦みに耐えられず、堪らず弱音をこぼす。

「……よくわからないわ。アタシにはなにもわからない」

その言葉に、お雪はまるで独り言のように返した。

「わたくしどもは、いつでも構いませんよ」

——なにが、とは問わなかった。

こくりと頷き、虫の音に耳を傾ける。涼やかな虫の音が鼓膜を震わせている。

白沢は固く目を瞑り、己の内にじっと目を向けた。

「女の戦いとはこうも恐ろしいものなのか……」

ぽつりと豊房が呟いた言葉にだけは、少々異議を申し立てたかったが。

＊＊＊

『ゆっくりと申しましたでしょう？』

お雪の言葉は優しくて、けれどもどこか厳しい。

それはまっすぐ芯が通っているからだ。言われた相手は反発する前に納得してしまう。

佐野家で過ごしているうち、白沢は度々泣きたくなった。

なぜならば、お雪からもらう言葉がいやに胸の深いところに沁《し》みるからだ。

豊房が向けてくれる笑顔が、親しみに溢れていて仕方がないからだ。

思えば、瑞獣としてこの世に生を受けた白沢は、こんなにも誰かの近くに居続けたことはなかった。黄帝でさえ、一定の距離を保って接していたのだ。当たり前といえば当たり前だ。相手は自分を天の御使いだと思っていたのだろうから。

豊房とお雪の関係――それは〝家族〟だ。なんて温かな繋がりだろうと思う。人間は弱い。弱いからこそ互いに身を寄せ合う。瑞獣である白沢には必要のないものだ。白沢はひとりでも充分に強い。でも——その関係に無性に憧れるのはどうしてだろう。焦がれてしまうのはなぜだろう。眩しく思うのは、愛おしく思うのは。

ふたりの仲のよさに、ときおり胸が痛むのは——……。

——白沢は、佐野家での生活を通して、少しずつ彼らに心を開いていった。

簡単に、とは決して言わない。彼らを心から信用するのに一年かかった。己のもろい部分を見せても、決して見放さないと確信を得るまでもう一年。そして——彼らへ真実を告げるための勇気を得るまで、更に一年かかった。

結局、白沢が己の事情を彼らに打ち明けたのは、出会ってから三年後。

『画図百鬼夜行』の続編である『今昔《こんじゃく》画《が》図《ず》続百鬼《ぞくひゃっき》』が刊行された後のことだ。

「アタシの話を聞いて欲しいの」

神妙な面持ちでそう持ちかけてきた白沢に、佐野夫婦は嬉しげに頷いたのである。

まるで初めて会った時のように晴れ渡った満月の夜。

縁側に並んで座り、白沢は彼らにポツポツと己のことを話し始めた。

「三年間、ずっと考えていたのよ。自分の〝器〟のこと。そして〝心〟のこと」

哀しげに睫毛を伏せ、少し不安に思いながらも続ける。

「でも、まだ答えには至ってない。だから、忌憚《きたん》のない意見が欲しいの。答えを見つけられたら、豊房に絵を描いてもらえる準備ができると思う。……いいかしら？」

そっと訊ねれば、佐野夫婦はこくりと頷いた。

唾を飲み、息をゆっくり吸って――大きな月に見守られながら話し出す。

「これまでのアタシは、恐らく自分の〝器〟以上のことをしようとしていたと思うの。自分の弱さを棚に上げて、大きすぎるなにかを追い求めていた。だから心が折れてしまった」

白沢の足もとには、山ほどの屍《しかばね》が積み上がっている。血を流し、四肢が欠け、蛆《うじ》が湧き、濁った瞳を宙に向けているのは、誰も彼もが白沢が救えなかった人間たちだ。

白沢は彼ら〝すべて〟を救いたかった。けれど、多くの命を取りこぼしてしまった。

別に誰が悪いわけではない。白沢自身にも責任があったとは言えない。

ただただ、己の成果物である『白沢図』の効果を過信していただけなのだから。

「アタシには瑞獣の証である白色《アルビノ》がないの」

白い獣は古来より瑞兆とされた。それは白沢にも言えることだ。白沢は元々は〝白い牛〟だった。けれど今の白沢の姿に白色を見つけることは難しい。

「アタシは白色を失ってしまった。それが……課せられた使命を投げ出したアタシへの罰」

瑞兆の色を失うことになったきっかけは、ある年の春のことだ。

黄帝とふたりで作り上げた『白沢図』は、できあがり次第すぐに国内に広められた。そのおかげで、大勢の人々が鬼や精魅がもたらす禍《わざわい》から救われたのだそうだ。耳に届くのは賛辞の言葉と感謝ばかり。白沢の心は達成感と喜びに満ちていた。

その目には、黄帝の国はとても美しく映った。季節ごとに花が咲き乱れ、果実はたわわに実り、村々には笑い声が響いて――その平和の一端は己が担っているのだと、白沢は誇らしく思ってさえいたのだ。

しかし、すぐに思い知ることになる。世界の厳しさ、そして残酷さを。

己が――どれだけ、現実が見えていなかったのかを。

それはある日のことだ。

桃の花に誘われて、山間《やまあい》にある村を訪れた白沢はひとりの少女と出会った。

『ようこそ！　遊びにきたの？　うちの村の桃の花は綺麗でしょ？』

甘酸っぱい匂いに包まれたそこで、少女は桃の花にも負けないほどの可憐《かれん》な笑みを浮かべていた。白沢が瑞獣だと名乗れば、ぱあっと瞳を輝かせる。

『本当に？　確かに牛の角だわ！　おめめも三つ。素敵。あなたが『白沢図』をもたらしてくれた天からの使いなのね……！　お父さんとお母さんに教えなくちゃ』

少女は薔薇《ばら》色の頬にはにかみ笑いを浮かべ、キラキラした眼差しで白沢を見つめていた。

村人たちは白沢を大いに歓待してくれた。それは日々、使命だの世界を救うだのと気を張り詰めていた白沢にとって心地よいひとときだった。だから再会を約束して村を離れたのだ。

そして数ヶ月後――再び、白沢が村を訪れた時に事件は起こった。

白沢の目に飛び込んできたのは、見るも無惨に変わり果てた村の様子だった。

美しかった桃林は切り倒され、村のあちこちから煙が立ち上っている。疫病にかかり死んだ人々を燃やしているのだ。村人たちは誰も彼もが暗い表情で、呆然《ぼうぜん》と変わり果てた故郷を見つめていた。その中に、あの少女もいたのだ。春の水面のように輝いていた瞳はぼんやりと曇り、薔薇色の頬は煤《すす》で汚れていた。憔悴《しょうすい》した様子の少女は、両親の亡骸《なきがら》に縋りついて泣いている。それは野僮游光《やどうゆうこう》という疫鬼《えきき》の仕業だった。その鬼への対処法は、もちろん『白沢図』に記載があったが、その知識は正しく使われなかったのだ。

『……どうして？　なんでこんなことっ……！』

わけもわからず少女に駆け寄る。その瞬間、白沢は息を呑んだ。

『……私たちを助けてくれるんじゃなかったの』

どろり、白沢を見た少女のつぶらな瞳の奥に黒い淀《よど》みが見えた気がした。

それは人間が持つ昏い感情を煮詰めたかのような瞳だった。絶望、嘆き、悲しみ、怒り、直視するのも憚《はばか》るほどのなにかが純粋だった少女の内面に渦巻いている。そのことは、ただの一度も悪意を向けられたことがない瑞獣からすれば、恐怖以外のなにものでもなかった。

『ひっ……』

後退った白沢は、慌ててその場を後にした。逃げたわけではない。黄帝に助けを求めるためだ。しかし黄帝は救助要請を退けた。

『蔓延《まんえん》してしまった病を食い止める手立てはない。村は封鎖し、丸ごと焼き払うと言う。

あの村は切り捨てなければならぬ』

――大勢のために少数を見捨てる。為政者として、他の民を守るためにも、

黄帝の判断に、白沢は異議を唱えることができなかった。

すべてを知る瑞獣には、それが最適解であるとわかってしまったからだ。

瞬間、世界の見え方が変わった。

美しいと思っていた国の礎をそっと見遣れば、そこには無念のうちに死んでいった人々の骸《むくろ》が積み上がっている。為政者である黄帝は、それを踏みつけにして立っているのだ。

その事実は、無垢《むく》な瑞獣には耐えがたいものだった。なにも考えられなくなり、黄帝のもとを飛び出し、必死に村に舞い戻る。あの少女だけでも救いたい。その一心だった。

村へ到着した頃には、すでに紅蓮《ぐれん》の炎が舐めるように家々を覆っていた。

『どこっ……！　どこなの！』

必死に捜し続ける。しかし少女の姿は見当たらない。

そして――ある場所に来た時、ようやく捜していた顔を見つけた。

それは、うずたかく積まれた村人たちの死骸の中だ。

変わり果てた少女の姿を見つけた途端、白沢は思わずその場に膝を突いた。

『あっ……ああああああああああああああああああ……!!』

ズシン、となにかが背に覆い被さってきたような気がした。

脂汗を流しながら、苦労して背後を振り返る。当たり前だが、そこにはなにもいない。

なのに――確かに、白沢の目には死んだ人間たちの姿が映ったのだ。

彼らはみな、少女と同じ瞳をしていた。黒い淀みを湛えた、人間の昏い感情を煮詰めたような瞳。白沢を押しつぶそうとばかりにのしかかって来た彼らは、口々に怨嗟の声を上げた。

『……私たちを助けてくれるんじゃなかったのか』

『許して……！　ごめんなさい。ごめんなさい。ごめんなさいっ……！』

必死に赦しを請いながら、頭を抱えて蹲った。

鼻を刺すような煙の臭《にお》い。生き物が焼けていく異臭。息をするのもままならない。耳には死者たちの声が響き続け、彼らの重みで逃げ出すこともできない。あまりの恐ろしさに震えていれば、小さな手が体を這《は》い上がってきた。それは、あの少女の姿を持ったなにかだ。

『……どうして助けてくれなかったの？』

瞬間、心が壊れる音がした。

『いやあああああああああああっ！』

絹を引き裂くような悲鳴を上げた白沢は――まるで囚われでもしているかのように、そこから動けなくなってしまったのだ。

自分は天より遣わされた瑞獣だ。だから万能だと思っていた。すべてを救えるだけの力があると過信していた。だが『白沢図』とはいえ、ただの書物だ。書物が救えるものなど、そう多くはない。なのに驕《おご》ってしまった。〝器〟以上のものを望んでしまったのだ。

絶望のあまり現実から目を逸らし、三つの瞳はただ涙をこぼすだけのものになった。

後悔が、絶望が、悲しみが――尽きることなく湧き出てくる。

なにをする気にもなれず、呆然と座り込んだまま、雨風に晒《さら》されてもなお嘆き続けた。何年も、何年も、飽きることなどない。人ならば、そのうち体力が尽きて諦めもついたのだろう。しかし、瑞獣という人ならざる存在にとってはそうもいかなかった。

そんな白沢の上に、すべてを焼き尽くした白い灰が積もっていく。時の流れと共に灰は土となった。風や鳥に運ばれた種がそこに根付き、芽吹き——数百年と時がすぎていくうちに、白沢の姿は自然の中に埋もれていった。

一体、いくつの季節が通り過ぎていったのだろう。

大陸には数多の国が興り、滅んでいく。人を救う使命を忘れた白沢を嘲笑《あざわら》うかのように、其処此処《そこここ》で多くの血が流れた。そしてある日のこと。唐突に白沢は目を覚ましたのだ。

「目覚めた時、辺りは一変していた。村の名残なんてなにもない、むせ返るような緑の匂いを覚えてる。なめくじみたいな速さで土の中から這いずり出して、体に纏わり付いていた草や土を払った。ようやく一息ついた頃……髪が緑に染まってるのに気づいたの。それで悟ったわ。天から瑞兆たる証を奪われたんだって」

そこまで一気に語った白沢に、息をするのも忘れて聞き入っていた豊房は目を瞬いた。

深呼吸をしてようやく一息つく。隣で話を聞いていたお雪はどこか思案げだ。

「……それで日本に来たのか」

「ええ。……逃げてきたの。失望した？」

「いや、そんなことはない。……同じ状況になれば、誰だって逃げ出したくなるさ」

すると、今まで黙って話を聞いていたお雪が口を開いた。

「どうしてお目覚めになったのですか？　そのまま終わることもできたでしょうに」

なにか思うところがあるのだろう。辛辣な言葉だ。しかし、白沢はグッと顎《あご》を上げてお雪を見つめた。彼女には真摯に向き合いたい。そう感じたからだ。

「単純な話よ。――どうしても、誰かを救わなくちゃって気持ちが捨てきれなかったの」

灰の中でくすぶり続ける残り火のように、その感情は白沢を苛み続けていた。

守りたかった相手を救えなかったことに絶望しているというのに、人を救えと耳もとで誰かが囁き続けているようだった。まるで地獄の責め苦だ。だから、この小さな島国にやって来た。大陸と比べるまでもない小国ならば……きっと自分にも救える相手がいるはずだと考えたからだ。なのに辟邪絵を一枚描いてもらうことすらままならず、こうして足踏みしている。未来がなにも見えない。まるで袋小路《ふくろこうじ》にでも迷い込んでしまったようだった。

「……ねえ、お雪。豊房。アタシはどうすればいいと思う？　アタシは〝白沢〟なの。誰かを救うために生まれたの。なのに、白色も失ってしまった。たった一度の失敗で心が挫けてしまった。なにをしてもてんで駄目で」

話しているうちに涙が滲んできた。悲しさよりも情けなさが勝っている。どうすれば上手く行くか見当もつかなくて、白沢はひとり途方に暮れていた。

「はあ……」

すると、お雪がひとつため息をこぼした。

涙を流している白沢をまっすぐに見つめ、栗色の瞳を優しげに和らげて――綺麗に笑う。

そして、とんでもないことを言い出した。

「なら〝白沢〟をおやめになってしまったらいかがです？」

「はっ……!?」

ギョッとして目を剥く。豊房も驚きのあまりに言葉が出ないようだ。

驚いているふたりをよそに、お雪は口もとを袖で隠してコロコロ無邪気に笑った。

「心が挫け、白色も失った。ならもう、好きにされたらいいのでは？」

「まっ……待って。なにを言っているの」

「ですから、〝名〟を捨てればよろしいのではと申し上げているのです」

白沢の背中に冷たいものが伝った。

「冗談よね……？」

思わずそう訊ねれば、お雪はにこりと笑んで首を横に振った。

「いたって真面目でございます。その重すぎる〝名〟を捨てて、ご自分の〝器〟に見合ったことをすればいいと思うのです」

「そっ、そんなことできるわけないわ。アタシは……アタシは〝白沢〟として生まれたのよ。〝名〟を捨てたら、後になにが残るっていうの!!」

震えながら叫ぶ。しかし、まるでお雪は動じない。

いつもどおりにコロコロ笑って、いつもどおりにまっすぐな言葉を紡いだ。

「〝名〟を捨てたら、ただの一個人になるだけですよ。わたくしのように」

「アンタと……？」

「はい。特別な力をなにも持たないわたくしは、歴史に〝名〟を残せるようなものは持ち得ておりません。でも、ちゃんとここに生きておりますよ。この世界は、普通の人の方が大半なのです。特別な人はそれを忘れがちですけれどね」

「……でも。名前を捨てたとして、なにをすればいいかもわからないし」

モゴモゴ言い訳がましく呟く白沢に、お雪は更に続けた。

「ですから自身の〝器〟を知ることが大事なのです。そして自分の〝願い〟も」

お雪は豊房を愛おしげに見つめた。その瞳には温かな色が滲んでいる。

「家を守り、家族を支え、豊房様のお手伝いをすること。それがわたくしの〝器〟の精一杯。ですが、同時にそれはわたくしの〝願い〟でもあります。それに、わたくしがいませんと、すぐに豊房様はへこたれてしまいますし」

「お、おい。そんなこと、今はいいだろう」

眉尻を下げている豊房にクスクス笑って、お雪は白沢へ問いかけた。

「あなた様が今……望んでいることはなんですか？　誰かを救うこと以外に、どうしても叶えたい〝願い〟は？」

「〝願い〟……」

白沢はぱちくりと目を瞬くと、お雪と豊房を交互に見た。

つきんと胸が痛む。もしも──自分にお雪のような存在がいたのなら、こんなにも心挫けることはなかったのかもしれない。〝器〟そして〝心〟以前に、自分には絶対的に足りないものがあったのだと気がついて、徐々に胸の痛みが大きくなっていった。

「あっ……アタシは。家族が欲しい……」

どんな時にだってそばにいてくれ、辛《つら》い時は支え合い、苦しい時はともに前に進み、笑顔で同じ時間を過ごせるような、そんな家族。

天より遣わされた彼はいつだって孤独だった。逆に言えば、そういう存在を作ってはいけないような気もしていたのだ。〝白沢〟は〝孤高の存在〟であるべきだと思い込んでいたのかもしれない。けれど——もし〝白沢〟でなくなるのだとしたら？

もう、我慢する必要なんてないのだ。

「倒れそうになったら支えてくれる。逆に相手が苦しそうだったら、そばにいてあげたいって心から思えるような相手が欲しいの」

涙腺が耐えきれないほどの熱を持っている。ぽろ、ぽろりと流れ出した涙が、月の冷たい光を取り込んで。白沢が胸に抱えていた寂しさの分だけ、こぼれ落ちては小さく弾けた。

「どうか両腕で輪を作ってみてください」

お雪がそんなことを言った。疑問に思いつつ、素直に言われた通りにしてみる。

お雪は、腕の中に現れた空間を愛おしそうに見つめた。

「まるで〝器〟のようでしょう。そこに受け入れたいと思う相手を見つけるのです。それが家族を作るということ」

「受け入れる……」

「まずはそこからです。手の届く範囲の相手に心を砕いて、一生懸命それだけに集中してごらんなさい。そうしたら――いつの間にか救われていますわ」

お雪の言葉は白沢の胸を強く揺さぶった。

「――そう、なの」

ドクドクと心臓が高鳴り、どうしようもないほどに体が熱くなる。

そんなことをしても許されるのだろうか。

いや、決めるのは自分だ。きっと、誰の許可もいらないのだろうけれど――。

「ああ。自分がこんなに弱気だなんて知らなかった。不安で、不安で堪らない」

しかし、白沢の不安もそう長続きはしなかった。

彼の目の前にいたのは、三年もの間、同じ時を過ごしたふたりだったからだ。

「大丈夫だ！　自分らがついている。迷ったら相談でもなんでもすればいい」

「わたくしも、あなたの力になりたいと考えています。だって……ねえ、豊房様」

豊房は一瞬、照れくさそうに視線を泳がすと、ニッと歯を見せてこう言ったのだ。

「長い付き合いだ。自分らはもう友人だろう？　なんの遠慮もいらないさ」

「……っ！」

じんと優しさが胸に沁みた。息が詰まって、熱い涙が勢いよく溢れ出す。

「う、うえええええん。……や、優しすぎるのよ。馬鹿ああああああ……」

「あらあらあら」

思わず赤子のような声を白沢が上げれば、お雪が慌てて手ぬぐいを差し出した。号泣している白沢。必死に宥《なだ》めているお雪。元気いっぱいなのは豊房だけだ。

「……もしやこれは、姿絵解禁か!?」

勢いよく立ち上がり、バタバタと絵筆と紙を持ってくる。筆を手に白沢をじいと凝視すれば、泣きすぎて顔が真っ赤になっている瑞獣が慌てた。

「やっ……やめてよ！　こんな時に！」

「いやいやいや。三年も待たされたのだぞ。もう我慢ならん！」

「ちょっ……お雪～！」

「まあ！　困ったお人ですこと」

三人の賑やかな声が、月明かりが眩しい夜に響いていく。

こうして、白沢は〝白沢〟であることをやめる決心をした。そして〝白沢〟の最後の仕事として、豊房に姿絵を描いてもらったのだ。しかし、泣き顔を断固として見せたくないと、なかなか顔を見せようとしなかった。だから、鳥山石燕がその二年後に刊行した『今昔百鬼拾遺《こんじゃくひゃっきしゅうい》』にある白沢の絵は、尻をこちらに向けている——というのはここだけの話だ。

＊　＊　＊

季節は流れ、時は巡りゆく。

三人の付き合いはそれほど長く続かなかった。

別に仲違いしたわけではない。単純に人間の寿命の問題である。

天明八年（一七八八）に佐野豊房――鳥山石燕は生涯の幕を下ろした。妻であるお雪は、豊房の最期を見届けた数日後、後を追うように亡くなっている。

友人らを見送った白沢は、ぬらりひょんの伝手を使い、幽世へと棲み家を移した。白沢という〝名〟を捨て、薬学を学び、その知識を活かして薬屋を営むことにする。新しい名をつけずにいたら、知らぬ間にあやかしたちに〝ナナシ〟と呼ばれるようになっていた。

幽世へ来てから、本当にいろいろなことがあった。

東雲や河童《かっぱ》の遠近《とおちか》と出会い、やがて、幽世へ迷い込んだ小さな命を腕の中に受け入れたナナシは、家族としての幸せを享受していくのだが……それは、すでに語られた通りだ。

そんなナナシの生活の中で、ひとつ衝撃的な事件があった。

幽世へナナシが移り住んだばかりの頃。早朝に薬屋の門戸を叩く者がいた。寝ぼけ眼《まなこ》を擦りながら出てみると――そこにはひとりの男がいた。癖のある黒髪、三白眼の右目は白く濁っている。中折れ帽にド派手な羽織を着た三十代中頃の男が誰なのか、ナナシは一瞬わからなかった。けれど……どうにも見覚えがある。

「……えっ、待って。どういうこと――!?」

驚きのあまりに言葉を失っていれば、その男は中折れ帽を取って言った。

「久しぶりだな。白沢――」

「どうしてアンタがここに？　豊房……」

そう、それは死んだはずの佐野豊房。つまりは鳥山石燕だったのだ。

豊房がどうして幽世へいるのか。なぜ若返っているのか。

ナナシからすれば、聞きたいことは山ほどあったのだが、豊房は詳しくは語らなかった。

「今は玉樹と名乗っている。薬屋を営んでいるお前に訊ねたいことがあって来た」

「な、なに？　なんでも協力するわ。遠慮なく言って」

「——不老不死じゃなくなる方法を知らないだろうか」

わからないと答えれば玉樹は去って行った。残されたナナシは、ただ首を捻るばかりだ。

その後も、東雲という存在を介して、ふたりの人生は度々交錯する。

けれども、なかなか以前のように親しくはできなかった。玉樹側が壁を作っていたからだ。

寂しく思いつつも、なにか事情があるのだろうとナナシはそれに触れないでいた。

しかし、状況は一変する。

——太三郎狸の説得を終え、香川県から帰ってきた夏織から、とあることを聞いたのだ。

「どうも玉樹さんがなにか企んでるみたいなんだけどね。教えてくれなくて」

お土産を渡しがてら、何気なく夏織がこぼしたその言葉に、ナナシは違和感を覚えた。

ここ最近、幽世には変な噂が出回っていた。人魚の肉売りの噂だ。噂の広まり方が尋常じゃないほどに早く、どうにもきな臭い。最近、騒動続きだったこともあり、ぬらりひょんも警戒している様子だった。そんな状況の中で、玉樹がなにかを企んでいるという情報がもたらされたのである。人魚の肉と言えば不老不死の妙薬だ。不老不死から脱する情報を欲しがっていたあの男と無関係であるはずがない。

「――ねえ、夏織？　よかったら詳しく聞かせてくれないかしら」

こうして……再び、元瑞獣と元絵師は急接近することになったのだ。

＊　＊　＊

から、から、から、からり。

香川県から幽世へ帰ってきた玉樹は、下駄を鳴らしながら幽世の町を歩いていた。

太三郎狸の説得を終えた一行は、玉藻前がいる栃木県へ向かう前に休むことにした。とはいえ明日の朝には出発する予定だ。独り者の玉樹には、特に帰りたい場所もない。約束の時間までどこかで一杯やろうと思い、玉樹はふらふら町をさまよっていた。

すると、大通りの道端で人だかりができている場所を見つけた。露天商のようだ。そこは、近ごろ話題になっている人魚の肉売り寄せの鈴を売っている店だった。なんでも願いを叶えてくれる人魚の肉売りは鈴の音と共に現れる。だから、自身も鈴を持っていれば、互いに引き合うのだ……というのが謳《うた》い文句で、ずいぶんと盛況なようだ。ふらりと近づけば、人相の悪い鬼の店主は、玉樹に気がつくなりニッと犬歯を剥き出して笑った。

「おう、物語屋の兄ちゃんじゃねえか。おかげさまで儲かってるぜ」

「………。それはそれは」

怪しく笑む。玉樹は店主の耳もとに口を寄せ小声で訊ねた。

「――鈴を何度も何度も購入していくようなあやかしはいたか？」

「最近はあまり見ねえな。数ヶ月前に商品を全部さらっていったあの子くらいだ」

玉樹は無言で頷いて、懐から封筒を出して店主の手に握らせた。

「あら！　楽しそうじゃな～い。アタシも交ぜてくれない？」

その瞬間、玉樹は盛大に顔を引き攣らせた。

ぎこちない動きで振り返れば、いやに目立つあやかしを見つけて顔を顰める。

「……ナナシ。なんのようだ」

地を這うような低音で訊ねれば、その人はバチン！　と片目を瞑って笑った。

「ウッフフ。昔なじみが悪だくみしてるって聞いたから、ちょっと事情聴取に！」

そのあざとすぎる仕草に、玉樹は盛大にため息を漏らしたのだった。

幽世の町の外れに人気の蕎麦《そば》屋がある。いわゆる風鈴蕎麦……移動式の屋台だ。つるべ落としが営む屋台で、市松模様の軒先には風鈴がふたつ下がっていた。〝二八そば〟と書かれた看板は古めかしく、つゆのいい匂いを辺り構わず漂わせている。

「なんでお前なんかと……」

文句ばかりの玉樹をよそに、ナナシは蕎麦に七味をたっぷり振りかけた。

「別にいいじゃないの。昔は顔をつきあわせて毎食食べてたでしょ」

「……昔のことを語るのはやめろ。今は関係のないことだろう」

玉樹が堪らず拒絶の言葉を吐けば、ナナシはゆっくりと首を横に振った。

「関係、ねえ……。それよりも話を聞かせてよ。アンタの〝企み〟のこと。さっきの露店で見たわよ。――アンタが人魚の肉売りの噂を広めていたのね？」

玉樹の箸が止まる。ジロリと濁った右目で睨みつければ、ナナシは苦笑を漏らした。

「あら、わかりやすいこと。昔から隠し事は苦手だったものねえ」

「……うるさい。お前には関係ないだろう」

そっぽを向いて蕎麦を啜れば、ナナシは小さくため息を漏らした。

「人魚の肉売りだなんて……。なにをするつもり？」

「放っておいてくれ。どこぞの祓い屋のように迷惑をかけるつもりはない。自分はただ、物語の終章に向けて伏線を仕込んでいるだけだ」

「……相変わらず、アンタの言い方ってば、わかりづらいわ……」

「文句を言うなら聞かなくていいんだぞ？」

「あら。文句じゃないわよ。事実を言っただけ」

「ああ言えばこう言う……」

堪らず顔を顰めた玉樹に、ナナシは楽しげにクスクス笑う。なんとも穏やかな雰囲気だ。

当時のことを思わせるようなやり取りに、玉樹は無意識に懐かしさを感じていた。

「まあ、それはいいわ」

しかし、そんな穏やかな時間はすぐに終わりを告げた。蕎麦の椀を置いた途端、ナナシが玉樹の胸ぐらを掴んできたのだ。

「放っておけ？　――ふざけんじゃないわよ」

唐突にキレ出したナナシに、動揺のあまり目を瞬く。

「ど、どうしたんだ急に」

「どうしたもこうしたもないわよ！　アンタは恩人だわ。だから事情を話したくないように見えたから放っておいたわよ！　でも、ここ数年のアンタは変よ！　だんだん手段が過激になってるじゃない。八百比丘尼の時もそうだった。夏織たちを容赦なく巻き込んで！」

ナナシは脂汗を流している玉樹に顔を寄せると、唸るような声で言った。

「今回も夏織を巻き込むつもり？　……それだったら絶対に赦さない」

玉樹はナナシから目を逸らし、胸ぐらを掴んでいる彼の手を軽く叩く。

「……相変わらず、お前はあの人間の娘に肩入れしているんだな」

ぼそりとこぼせば、ナナシの表情が少しだけ緩んだ。

「当たり前じゃない。あの子はアタシの〝家族〟なんだから」

「そうだったな。あの娘は、お前の望んでいたものだ。大陸から逃げ、〝名〟を捨て、瑞獣であることをやめた甲斐があったじゃないか……本当、逃げたもん勝ちだな！」

――パンッ！

瞬間、頬に鋭い痛みが走った。

キッと睨みつければ、ナナシは真っ青になって細かく震えている。

「逃げないですめばどれだけよかったか！　でも、逃げずにはいられなかった。そうしてもいいって言ってくれたのは、アンタたち夫婦だったじゃない……！」

瞬間、ナナシの瞳から涙がこぼれた。まるで、子どものように顔を真っ赤にして泣いているナナシに驚きを隠せない。薬屋の店主ナナシといえば、誰よりも強く、誰からも頼られる存在だ。そんなナナシの泣き顔なんて、滅多に拝めるものじゃないからだ。

――もう、あの頃とは違い、強くなったものだとばかり思っていたのに。

「……相変わらず、お前は感情が昂ぶるとすぐに泣くんだな」

「うううううっ……。最近はめっきりだったわよ、この馬鹿！」

ジロリと恨みがましい視線を寄越したナナシは、ぽつりとこぼした。

「アタシはここで〝母親〟になったの。だから前みたいに泣くわけにはいかなかったわ」

「……悪かった。お前も頑張ったんだな」

そう口にすれば、ナナシはやや呆れたように眉尻を下げた。

「それもこれも、アンタたちがアタシの背中を押してくれたからだわ。忘れないで」

「……そう、だったな」

言葉を詰まらせた玉樹に、ナナシは続けた。

「感謝しているのよ。瑞獣じゃなく、ただの〝母親〟として育児に臨んで、たくさんのことに気づいたわ。頭の中はしっちゃかめっちゃかよ！　料理、洗濯、寝かしつけ、教育……。一日があっという間にすぎていったわ。クタクタになって、昨日よりもちょっぴり成長している夏織を眺めて。小さい頃を懐かしみながら、でも今が一番可愛いわ！　って毎日思うの。自分の時間なんて欠片もない。本当に大変だけど充実してた。そしたらね？」

そっとナナシが自分の胸に手を当てる。そこに閉じ込めた大切な思い出を愛おしむかのような姿は、温かななにかで満ちあふれている。

「そしたら――いつの間にか、アタシ自身が救われていたの。迷いなんて全部吹っ切れて、すごくさっぱりしてた。ああ！　これがお雪さんが言っていたことなんだって」

『手の届く範囲の相手に心を砕いて、一生懸命それだけに集中してごらんなさい。そうしたら――いつのまにか救われていいます』

お雪の言葉を思い出し、玉樹は固く目を瞑った。

瑞獣白沢は、本当に〝母親〟になったのだ。その実感を噛みしめる。

きっと、この場にお雪がいたら、手放しで褒めていたに違いない。お雪はナナシのことを本当に心配していたから、この姿を見せてやりたいとも思う。でも、お雪は……。

すると、玉樹の両肩をナナシが掴んだ。ハッとして顔を上げれば、そこには蝶の明かりを反射して、きらりきらりと輝く琥珀色の瞳があった。

「何度でも言うわ。アタシ、アンタたち夫婦には感謝してる。それと同じくらい、今度はアタシが助けてあげたいとも思っているの」

そしてどこか切羽詰まった様子で言った。

「ねえ、アンタがこんなに追い詰められる理由。アタシ、ひとつしか思い浮かばないわ」

ぎくりと身を竦めれば、ナナシは神妙な顔つきで言った。

「……お雪さんとなにか関係があるの」

視線を逸らす。しかし顔を手で固定されて、無理矢理視線を合わされてしまった。

「お願いよ。教えてちょうだい。どうか恩返しをさせて。アタシが今、こうして生きているのも、家族を得られたのも全部アンタたち夫婦のおかげなの。力になりたいのよ！」

話しているうちに、みるみるナナシの瞳が滲んでいく。迷いながらも、じっとその瞳を覗き込む。淡い、黄褐色の瞳から絶え間なく透き通った雫が落ちていく。

——きっと、満月が涙を流したらこんな風なのだろうか、なんて思う。

『今宵は一際、月が綺麗でございますね』

「お雪……」

ぽつりと最愛の妻の名をこぼした玉樹は、大きくため息をついた。

優しくナナシの手を顔から外し、決心したように告げる。

「……わかった。すべて聞かせてやる」

「本当!?」

「そのかわり、話を聞いたからにはもう逃がさんぞ。地獄へ道連れにしてやる」

ナナシはパチパチと目を瞬いた。そして、破顔一笑すると力強く言った。

「受けて立つわ……！」

――しかし、その笑顔もそう長くは保《も》たなかった。

玉樹が抱えている事情は。そして、その胸に秘めた悲痛な想いは――。

かの薬屋から笑顔を奪うだけの威力があったのだ。

「……予想はついているだろうが、自分は不老不死になっている」

「でしょうね。じゃなきゃ、それから脱する方法なんて探さないもの」

「――死後、数週間ほど経《た》った頃、自分は墓の中から這い出た。確かに死んだはずなのに、なぜか息を吹き返したからだ。それも、三十代ほどに若返っていた」

どうして玉樹が生き返ったのか。それは死の直前、何者かに人魚の肉を食べさせられていたからだった。犯人はすぐにわかった。鳥山石燕の作品の信奉者だ。墓から這い出してきた玉樹を見つけたその人物は、この世から石燕の才能が失われるのがいかに愚かしいことかを熱く語った。しかし、玉樹としてはそれどころではなかったのだ。

「……若返った副作用のせいか、右目が機能を失い、右半身が不随になっていた」

「それって、絵師としては……」

「ああ。佐野豊房は生き返ったが、鳥山石燕は死んだままだった」

激昂《げっこう》した玉樹は、その人物を近くの墓石で殴り殺した。

何度も何度も何度も、飽きることなく殴り続け、相手が動かなくなった頃、ようやく涙をこぼした。そして……自分の墓石に、愛する妻の名前を見つけてまた泣いた。

「……正直、途方に暮れた。自暴自棄になってあちこちさまよったさ。生きる理由を見つけられず、やがて不老不死じゃなくなる方法を探し始めた」

日本だけに留まらず海外まで、あらゆる場所を旅した。路銀を得るために、道中に出会った物語を蒐集《しゅうしゅう》し、好事家に販売する仕事をしたりもした。それが〝物語屋〟の始まり。その関係で東雲や遠近と出会ったのだ。それから二百年あまり経つが、不老不死から脱する方法は結局見つからずじまい。そんな方法はないのかもしれないと思い始めていた頃のことだ。

「八百比丘尼と出会った。彼女も、自分のように人魚の肉で不老不死になった人だ。なにか情報を持っていないかと近づいたんだが……」

結局、目的の情報は八百比丘尼からも得られなかった。

——が、それよりももっと重要なものを、八百比丘尼のところで見つけたのだ。

「八百比丘尼が管理している場所。そこが魂の休息所と呼ばれているのは知っているか」

「もちろんよ。転生を拒む人間の魂を休ませるための場所だわ。結局、転生することも叶わず、幻光蝶になってしまう人も多いみたいだけれど……」

その瞬間、ナナシはなにかに気がついたようにハッと顔を上げた。

「……まさか」

みるみるうちに不安そうな表情になる。玉樹はじっとナナシを見つめると言った。

「そうだ。そこに……お雪がいた」

「どうしてっ!?　なんで……？」

「どうも、生前に自分と約束したからのようだ」

来世も豊房を支える。その約束を守るため、死後の世界に豊房が来ないうちは転生するつもりはないと、お雪は留まっているらしい。

「なんて頑固なの!? お雪さんらしいっちゃ、らしいんだけど……」

「まったくだ」

――転生を拒む理由は人様々だ。しかしその後、辿る道はふたつにひとつ。

転生を受け入れ、輪廻《りんね》へ戻っていくか。弱り果て、その身を幻光蝶へ変えてしまうか。

「もうなりふり構っていられないんだ。自分は――一刻も早く死なねばならない。だが、不老不死を脱する方法はまだ見つからない。ならば、元凶である人魚の肉売りから聞き出すしかないだろう？ 今していることは、奴をおびき寄せるための準備だ」

今までも人魚の肉売りへの接触を図ってみたことはあった。白井家へ犬神の契約解除方法を教えたのも、その一環だ。水明による白井家からの出奔。それをきっかけに落ちぶれてしまった清玄のところへ肉売りは姿を現した。しかし、会うことは叶わず空振りに終わった。

そこまで玉樹が話し終えると、ナナシは頭を抱えた。

「……待って。すっかり忘れてた。清玄騒動のそもそもの元凶って……」

「自分だ。きっかけを与えただけだがな」

「……っ！ アンタ！ ああもう、でも今はそれどころじゃないわ！ 事情はわかった。アンタの企みを手伝うわ。お雪さんのためだもの。絶対に目的を達成してみせる」

「……頼む」

玉樹は、まるで豊房であった頃のように、柔らかな笑みを浮かべる。

じんわり喜色を浮かべたナナシは、すっかり普段の調子を取り戻して言った。

「それで？　計画はどうなってんのよ。ちゃんと諸々の段取りはしてあるんでしょうね」

「もちろんだ。なんのために人魚の肉売りの噂を流したと思う？　溺《おぼ》れる者は藁をも掴むと言う。困窮した奴は、例の鈴を買うに決まっている。……実は、奴が接触している相手の目星はついている。後は肉売りが姿を現すのを待つだけだ」

「……本当に大丈夫なの？　人違いとか嫌よ？」

玉樹は皮肉めいた笑みを浮かべると、己の鼻を指差して言った。

「問題ない。不老不死になって右半身が使えなくなった分、鼻が利くようになってな。間違えはしないさ。人魚の肉の、甘ったるい胸やけがしそうな臭いはな――」

第三章　異類婚姻譚のその後は

「今回の件、アタシも手伝おうと思うんだけど、お邪魔かしら?」

栃木県へ出発する日の朝のことだ。突然、ナナシがこんなことを言い出した。

「えっ……?　どうしたの、びっくりした。別に構わないけど」

貸本屋の自室で鞄に着替えを詰めていた私は、驚きながらも即答した。

「そう?　それならよかった。玉藻前とは昔なじみでね。久しぶりに顔を見たいと思っていたからちょうどいいと思って」

ナナシの手には、ある包みが握られていた。豆腐小僧の店で売っている分厚くておっきな油揚げ。どうやら手土産のようだ。気遣いのできるナナシらしいと思う。

「へえ、ナナシと玉藻前が仲良しだったなんて、初耳だなあ」

「彼女とは、日本に来たばかりの頃に知り合ってね。それ以来、親しくしているの。きっと、白蔵主の件も口添えできると思うわ」

「…………。そっかあ」

「ああ!　それとね、玉樹のことだけれど。アイツ、今回は行かないって」

「玉樹さんと会ってたの？」

「昨晩、ちょっとね。用事があるんですって。あの男も勝手よねえ。自分から手伝うって言った癖にね。アタシがいなかったら、どうするつもりだったのかしら」

「…………」

ナナシは「まったくもう」と肩を竦めている。そんな彼を私は無言で見つめた。

「どうしたの？　夏織。急に黙っちゃって」

「う〜ん」

言ってもいいのだろうかとちょっぴり悩んで、まあいいかと口を開く。

「別にたいしたことじゃないんだけどね。ナナシが隠し事してるな〜って思っただけ」

「ブッ……！」

ナナシは盛大に噴き出すと、ゲホゲホむせ始めた。

「ど、どどどうしてわかったの！」

「すごくわかりやすいよ？　いつもは、昔のことをあんまり話したがらないのに〝日本に来たばかりの頃〟なんて言い出すし、そんなに玉樹さんと仲良くなかったはずなのに、いやに親しげな口調で話し始めるし」

「うっ……!?　やだ、そんなあからさまな口ぶりだった!?」

両頬を手で押さえて青ざめているナナシに、ちょっと得意げになって語る。

「話だけじゃないよ。ほら、隈がある。目も充血してるし、肌も荒れてる。こりゃ昨晩なにかあったんだなって思うよね。ふふ。娘の勘を舐めたら駄目だよ？」

不敵に笑って言えば、ナナシはどこか弱りきったような顔で諸手を挙げた。

「慣れないことはするもんじゃないわね。玉樹みたいに裏で暗躍するなんて無理！」

「あ、やっぱり玉樹さん関係なんだ。例の企み関係かなあ？」

間を置かずに突っ込む。すると、ナナシはパッと手で口を隠した。

私の母代わりで、幽世で誰からも頼られているこの人は、どうにも隠し事が下手くそだ。

なにせ、記念日のサプライズパーティが成功したためしがない。

頼りがいはあるけれど、こういうところはとても可愛い人。それがナナシだ。

「まあ、別にいいけどね。手伝えることがあったら言ってね」

荷造りを再開しながらそう言えば、ナナシは心底不思議そうに首を傾げた。

「あの玉樹が関係してるってわかったんでしょう？　悪いことかもって思わないの？」

一瞬キョトンとする。そしてすぐに小さく噴き出した。

「なに言ってるの。ナナシは、いいことと悪いことの分別はつくでしょう？」

ずっと、ずっと、小さな頃から一緒にいるのだ。当たり前のことを聞かれても困る。

「私はナナシを信用してるし、信頼もしてる。だって家族だもの」

「……夏織」

ナナシは瞳を大きく揺らすと、いきなり私を抱きしめてきた。唐突に腕の中へ閉じ込められて、辛いことでもあったのかと訝しむ。けれど、そんな懸念はたちまち消えてしまった。

ナナシの瞳の中でゆらゆらと揺れた涙があんまりにも綺麗で。

ほんのり染まった頬が、そして下がった眉が、喜色に満ちあふれていたからだ。

感極まっているナナシの背に手を回して、ぽんぽんと叩いてあげる。

ナナシはますます私をぎゅうぎゅう締めつけて、少しだけ掠れた声で呟いた。

「嬉しい。こんな嬉しいことはないわ」

そして顔を上げると、いつもの調子に戻って言った。

「ありがとう夏織。どうしようか悩んでいたの。でも……全部、話すわ」

「いいの？」

「もちろんよ。夏織には知って欲しいの。……大切な家族に隠し事はしたくないもの」

「……そっか」

なにか心に決めたらしいナナシを見つめ頷く。そしてわざと戯けて言った。

「家族だからって、隠し事があってもおかしくないからね？」

パチパチとナナシが目を瞬く。そしてすぐに破顔した彼は、心から嬉しそうに言った。

「アタシ、アンタのそういうところ大好きよ」

そして語ってくれたのだ。かつて瑞獣と呼ばれていた過去のことを。お世話になった恩人たちのことを。そして――その恩人が危機に陥っていることを。

「だからアタシたちは、人魚の肉売りをおびき寄せることにしたの。玉樹が死ぬために」

「そっか……」

あまりのことに、胸が締めつけられたように苦しくなった。〝死〟という言葉はそれほど重いものだったからだ。けれど、私なんかよりもずっと玉樹さんと付き合いが長いナナシは、もっと苦しいに違いない。溢れ出しそうになる感情をグッと堪えて訊ねる。

「……それで、その人をおびき寄せる算段はついているの？」

「それはね――……」

その時、階下から誰かの声が聞こえた。

「夏織ちゃん、おはよう～！　さあ、栃木県へ行きましょう！」

「……眠い」

「ちょっ……！　月子、ここで寝ないで！」

孤ノ葉と月子だ。返事をしようと口を開きかけ、けれどもナナシに止められた。

「ナナシ？」

困惑したまま見つめると、ナナシは少しだけ表情を曇らせて言った。

「アタシたち……あの子のところに人魚の肉売りが現れると考えているのよ」

「あ、あの子？　あの子って……」

人魚の肉売りが姿を見せる相手ということは、清玄さんのように、なにか事情があって追い詰められている人物ということだ。それはつまり――。

「夏織ちゃん？　いないの？」

孤ノ葉の声が聞こえてくる。私は物憂げなナナシの表情に思わず泣きそうになった。

＊　＊　＊

孤ノ葉と月子と合流した私たちは、栃木県へやって来ていた。

目的は、玉藻前とゆかりがある殺生石《せっしょうせき》だ。その石は、那須湯本温泉郷からほど近い場所にあった。石の周辺は殺生石園地と呼ばれ、多くの観光客が訪れる名所だ。殺生石は討伐された玉藻前の遺骸が変じたもので、魂だけの存在になった彼女は今でもこの場所に棲み家を構えている。ここは、遠い昔から有毒な火山ガスが絶え間なく噴き出していた場所らしい。

かの有名な松尾芭蕉《まつおばしょう》も訪れたことがあり、『奥の細道《おくのほそみち》』にこう書き残した。

『殺生石は温泉の出る山陰にあり。石の毒気いまだほろびず、蜂・蝶のたぐひ、真砂《まさご》の色の見えぬほど重なり死す』

今と違い、火山ガスに対する知識がない時代には、多くの動物や人が犠牲になったのだろう。殺生石は、その名の通り生き物を殺す石なのである。

当時よりガスは少なくなっているようではあったが、それでもこの場所を覆う雰囲気はかなり独特だ。山々には緑が生い茂っているというのに、殺生石がある一帯だけぽっかりと穴が空いたように草木が生えていない。辺りに漂う硫黄《いおう》の臭い、ゴロゴロと石が転がるモノクロの風景を眺めていると、なんとなく侘《わび》しい気持ちが広がっていく。

――うっ。心が沈んでるからか、しんどい光景だなあ。

しかし、落ち込んでいる私をよそに、孤ノ葉と月子は楽しそうだった。

「……臭っ！　ひどい臭いね、月子」

「硫黄。卵の腐った臭いとはこのこと。あっ。見て、孤ノ葉。あそこ可愛い」

「待って。可愛い？　まさか千体地蔵群のこと？　どちらかと言えば恐ろしげな雰囲気を放ってるあの光景のことを可愛いって言ってる？」

「いっぱい並んでる……ひとつぐらい持ち帰ってもいい……？」

「駄目よ、駄目に決まってるわよ！　呪われるわよ、夜中に枕元に立たれるわよ！」

「ふふ。夜中に動き出すほど慕ってくれるなんて。ますます可愛い……」

「月子、落ち着いて。その感性はこの世界には早すぎるわ！」

仲よさげに話している孤ノ葉たちを眺めながら、深く嘆息する。

——うう。なんだかまともに孤ノ葉を見られない……。

そっと孤ノ葉たちから離れる。ナナシが語った内容は、私の心に深い影を落としていた。

なにせ情報が多すぎた。ナナシの過去も、玉樹さんが不老不死だってことも初めて知ったのだ。頭の処理が追いつかない。それに納得できない部分もあった。

「孤ノ葉のところに人魚の肉売りが現れるってことは、今回の計画が失敗するってこと？」

人魚の肉売りは絶望した人の前に姿を見せるという。孤ノ葉は、いまだ絶望しているようには見えない。むしろ恋を叶えるために頑張っているところだ。なのに……。

——いや、もしかしたら孤ノ葉はもう白蔵主を説得することを諦めているのかもしれない。

だから、自分で次の行動を起こそうとしている……？

それだったら辻褄《つじつま》が合うような気がした。でも、頼る相手を間違っているように思う。人魚の肉は、安易に手を出していいものではない。それは玉樹さんや八百比丘尼が身を以《もっ》て証明してくれているのだから。

「でも……追い詰められていたら、正しい道が見えなくなることだってあるよね」

そういう時は誰しもある。外から見ると簡単に気づけそうなものも、自分がその立場になってみると、まったく目に入らなくなるような場合だ。そんな時に必要なのは、寄り添って引き留めてくれる存在だ。困った時、頼るべきはそういう人だと思う。

例えば、そう――。

「大丈夫？」

――ナナシみたいな。

ナナシの顔には、まるで〝心配だ〟と書いてあるようだった。相変わらず心配性だ。あからさまな様子に笑みをこぼす。

「突然、たくさん情報を聞いたから頭が混乱してるんじゃない？」

「確かにそうだね。でも……うん、おおむね平気」

ちょっぴり強がってから、私は決意を込めて表情を引き締めた。

「なにはともあれ、ちゃんと話を聞いてみようと思うの。どういう事情があるにしても、いきなり一足飛びに人魚の肉に頼ろうとするのは違う気がするんだ」

「そうね。アタシもそう思うわ。きちんと考えた結果だったら止めないんだけれど」

なんでも願いを叶えてくれる人魚の肉。それには、永遠の命という副作用がついてくる。

熟慮した結果、それを覚悟した上での決断だったなら止めはしない。そういう道もあると思うのだ。けれど――父親との仲違いと、永遠の命という結果は釣り合わない気がしてならない。だからこそ、ちゃんと考えたのか聞いてみたい。

なんだかナナシの顔を見たら、落ち込んでなんていられない気がしてきた。友人が道を誤ろうとしているかもしれないのだ。そんな時に気を緩めてなんかいられない。

「なにはともあれ、玉藻前の協力は取り付ける。人魚の肉になんて頼らずにすめば万々歳だもの。それでもどうしようもならない時は、一緒に進む道を考えられたらいいな」

するとナナシは大きく頷いてくれた。

「その意気よ。アタシはアタシで考えがあるわ。できることをやるつもり。玉樹のことも、お雪さんのことも……放っておけないものね」

「そっか。お互いに頑張ろうね」

「ええ！　もちろんよ」

ふたりでにっこり笑い合って――ふと、首を傾げる。

「そういえば、殺生石園地まで来たのはいいけど、玉藻前の棲み家ってどこにあるの？」

「あら、そうだったわね。お迎えが来るはずなんだけど……遅いわね？」

瞬間、ざあと辺りに強い風が吹き荒れる。鼻をつまみたいほどの硫黄臭。ガスが増えてきたのだろうかと見回せば、どこからともなく白い霧が漂ってきたのがわかった。

「……ん？」

その時、霧の向こうになにやら建物が見えた気がした。

不思議に思いながらも目を凝らせば、ぼんやりと建物の全容が見えてきた。

「んんっ！　風が……」

ひゅう、と更に強い風が吹き荒れる。息もできないほどの風の中、やっとのことで目を開けば、霧も硫黄臭も——果ては、殺生石園地の光景すら消え失せていた。

現れたのは、かつて平安時代に貴族たちが暮らしたという、寝殿造の屋敷だ。

大きな大きな庭を持った、なんとも雅な造りをしている。今にも十二単を着た姫君や、狩衣《かりぎぬ》姿の貴公子が姿を見せそうな趣があった。思わず言葉を失っていれば——いつの間にやら、可愛らしい童子が近くに立っているのに気がつく。濃色《こきいろ》の半尻、同色の袴《はかま》。利発そうな瞳を爛々《らんらん》と輝かせた彼は、頭上の狐耳をぴくりぴくぴく動かして言った。

「ようこそおいでくださいました。主がお待ちでございます——」

私とナナシは顔を見合わせ、こくりと唾を飲み込んだ。


「なんでナナシは別室なの……」

「お友だちだからじゃないかしら。そ、そうよね？　裏で食べられたりしてないわよね？」

「……孤ノ葉、妄想が残酷……」

「ちょっと！　変なこと考えないでよお！」

屋敷の一室に通された私たちは、高麗縁《こうらいべり》の畳に座り、まるで迷子の仔猫《こねこ》かなにかのように、身を寄せ合ってブルブル震えていた。

寝殿造ということもあり、壁ではなく几帳や屏風で区切られた部屋だ。

部屋の一部が御簾《みす》で仕切られていて、その向こうが〝彼女〟のスペースのようだった。

——玉藻前。または金毛九尾の狐。言わずと知れた悪狐である。

彼女は大陸からやって来た。インドでは摩羯陀《マガダ》国斑足《はんそく》太子の妃《きさき》である華陽《かよう》夫人に、中国の殷《いん》では紂王《ちゅうおう》の妃である妲己《だっき》。そして周では幽王《ゆうおう》の寵姫《ちょうき》である褒姒《ほうじ》となり、その美貌と知謀を活かし、王を誑かして国を滅ぼそうとした。残酷な話に事欠かないのが玉藻前という女狐だ。

ある時は、千人もの人間の首を刎《は》ねるようにねだってみたり、ある時は焼けた銅製の丸太の上を、罪人が裸足でタップダンスをするのを大笑いしながら眺めるようなそんな人。

そんな彼女は、中国だけでは飽き足らず、はるばる日本までやって来たのである。

——そう。天皇や上皇に取り入り、仏教を破滅させ、日本を牛耳るために。

「絶対に機嫌を損ねないようにしようね」

「「うん……！」」

それが私たちの合い言葉だ。万が一にでも怒らせた場合、明日には首と胴が離れていてもおかしくない。そんな変な緊張感があった。

そうして玉藻前を待つこと小一時間。しかし、待てども待てども彼女は姿を現さない。

緊張の糸はとうに切れ、大人しく待つのもなんだか馬鹿らしくなってきた頃だ。

——もしかして今がチャンスなのでは。孤ノ葉に話を聞いてみようかな？

「ねえ、孤ノ葉？」

思い立って緊張している様子の彼女に声をかければ、孤ノ葉は「ん？」と小首を傾げた。

——わ。可愛い……。

同性である私から見ても、孤ノ葉はかなりの美形の部類に入る。しかも美少女が美女に成長する過程のような、さなぎから脱皮したばかりの蝶の如き透明感があった。その完成度は素晴らしく、絵にしたいくらいだ。ひとつだけ残念なところを挙げるとすれば——片耳が欠けてしまっていることだろうか。しかし、それすらも彼女の美しさを引き立てている一因のように思えた。そのアンバランスさが、完璧すぎる彼女に親近感を持たせてくれている。

「どうしたの。じいっと見て」

孤ノ葉がくすりと笑えば、欠けた耳を飾っていたサテンのリボンがさらりと揺れた。

——うっ。いかん、いかん。

一瞬、見蕩れそうになって気合いを入れる。なにはともあれ情報収集だ！

「あっ……あのさあ！　なにか悩み事ってある!?」

「……父に彼氏とのお付き合いを反対されてることかしら？」

「だ、だよね～」

——私、下手くそすぎない？

咄嗟に口から出た質問のポンコツさに、頭を抱えたくなった。次になにを聞けばいいか見当もつかない。私ってば探偵役に絶望的に向いてない。泣きたい。どうしよう……。

するど、涙目になっている私に人魚の肉売りって知ってる？」

「ねえ夏織ちゃん。そういえば人魚の肉売りって知ってる？」

「さっ……最近噂になってるアレ!?　なんでも願いを叶えてくれるっていう……」

「わたくしも知ってる。素敵ね。叶えたいこと……たくさんあるもの」

月子も興味津々のようだ。色ガラスの眼鏡の向こうで、目をキラキラ輝かせている。

——ちりん。

すると、孤ノ葉があるものを取り出した。澄んだ音をさせたのは、黄金色の小さな鈴だ。

「この間、露店で売っているのを見つけたのよ。肉売りを引き寄せるそうだけれど」

孤ノ葉が軽く振れば、それはチリチリ軽やかな音を立てた。

「まあ、おまじないみたいなものね。流行《はや》ってたから買ってみたの。よかったらあげるわ」

「あっ、ありがとう……」

反射的に鈴を受け取り、渡りに船と言わんばかりに質問を投げる。

「ねえ人魚の肉売りに会いたい？」

すると、孤ノ葉は一切迷うことなく、さらりと返答した。

「そりゃあ、本当に願いを叶えてくれるなら。でも今って、自力で希望を叶えようと頑張ってる最中だから、あまり考えたことないわね」

「そう、なんだ……」

「――そうだ！　ねえ、月子はどういう願い事があるの？」

「わたくし、お風呂でプリンを作ってみたい」

「……胸やけがしそうね？」

「食べながら泳ぐの。きっと幸せ」

――なんだろう。変な感じ。本当に孤ノ葉のところに人魚の肉売りが現れるのかな……。

いつも通りに見えるふたりを眺めながら、首を傾げる。

この強烈な違和感。恋に対する孤ノ葉の姿勢はどこまでも真摯で、自力での解決を諦めて、摩訶《まか》不思議なものに縋るイメージができない。

「孤ノ葉は恋に対して本気なのね。きっと彼氏さん、すごく素敵な人なんだろうなあ」

考えごとをしながら無意識にこぼせば、孤ノ葉の顔が夕焼け空のように色づいた。

「〜〜〜〜っ！　かっ、夏織ちゃん。やだ、なにを……」

耳や首筋まで真っ赤だ。動揺しているのか、薄墨色の瞳がじんわり潤んでいる。

握りしめた小さな拳までほんのり染めて、目いっぱい照れているその姿はまるで小動物のようだ。保護欲を強烈に刺激する威力がある。

「かっわいい……。孤ノ葉は可愛いねえ！」

思わず笑顔になれば「ひゃあ」と孤ノ葉は小さく悲鳴をあげて顔を手で隠してしまった。

いやはや、こんな可愛い子がベタ惚れな相手ってどんな人だろう。

「ねえ、彼氏さんとの馴れ初《なそ》めって聞いてもいい？」

「ええ……？」

ワクワクしながら訊ねれば、孤ノ葉は少し戸惑いつつも頷いてくれた。

「ほほう！　それはよいのう。妾にも聞かせてたもれ」

その時だ。衣擦れの音と共に誰かの気配を感じた。するすると御簾が上がっていく。ゆったりと肘掛けに寄りかかって私たちを見下ろしていたのは——玉藻前だ。

彼女は、噂に違わぬ美貌を持つあやかしだった。涼やかな目もとをほんのり紅で染めていて、流し目を送られると同性であるのにドキリとするような色香が感じられる。黒真珠のような瞳はどこまでも理知的だ。

更に、その装いはまさに女主人に足るものだった。萌黄地に香色の桐丸文様の小袿《こうちぎ》、その上に垂髪にした射干玉《ぬばたま》の黒髪が散っている。五衣《いつつぎぬ》も夏らしい橘《たちばな》の襲《かさ》ね。絢爛《けんらん》豪華な調度品の中にあっても霞むことはなく、逆にすべてが彼女を引き立てているようだった。

「……はっ、初めまして。私は——」

慌てて頭を下げて自己紹介をしようとする。しかし、すぐに遮られてしまった。

「よいよい。まどろっこしいのはよせ。お主たちのことはナナシから聞いておる」

玉藻前は祖扇で顔を半分隠すと、九本の尻尾をゆらりと揺らした。

「妾の協力が欲しいのじゃろう。別に構わぬぞ」

「えっ……！　ほ、本当ですか？」

「どこに嘘をつく必要がある？　正直、暇を持てあましておってなあ。なにか面白いことはないかと思っておったところじゃ」

にんまりとつり目を細めた玉藻前に、私たちは喜色を浮かべた。

けれども続いた言葉に、すぐに顔色を失うことになる。

「ここはほんに刺激が足りぬ。現し世でやりたい放題していた頃が懐かしくてのう。時々、無性に暴力的な気分になってな？」

いじいじと畳を指でなぞり、ぽそりと物騒なことを口走る。

「断末魔の悲鳴、人の焼けるなんとも言えない臭い……命乞いの言葉が無性に恋しくなる。世が荒れておれば、何人かさらってきてもバレなかろうが、今の時代はのう……。ひとりいなくなっただけで大騒ぎじゃ。つまらぬ世の中になったものじゃ」

ほうとこぼしたため息は、恋を煩う乙女のものとてもよく似ていた。

しかし、そこに含まれる感情は決して甘くない。むしろ劇薬だろう。

「ここ最近、特に鬱憤が溜まっておっての。現し世で一騒動でも起こしてやろうかと思っていたのじゃが、あまりやりすぎるとぬらりひょんに怒られる。よい時に来た。妾に協力を仰ぐ以上は、存分に楽しませてくれるのじゃろう？」

――怖すぎる……‼

「ひえ……」

小さく悲鳴をこぼし、孤ノ葉の腕に軽くしがみつく。見ると、孤ノ葉は月子にしがみついていた。同じ狐といえど、玉藻前の悪辣無比な性格は恐ろしいものらしい。ガクガク震えた孤ノ葉は、引き攣った笑みを浮かべて言った。

「ちょ、ちょうどいい暇つぶしになったようで……わ、私も嬉しく存じます……」

「ホッホ！　苦しゅうない。それでそうじゃ！　暇つぶしと言えば！」

ぐいと玉藻前が体を乗り出した。焚《た》きしめてあったのだろう強い香が鼻孔を擽り、思わず身構えれば、玉藻前はポッと頰を染めてはにかんだ。

「妾は異類婚姻譚《たん》を心から好んでおってな……！」

「い、異類……婚姻譚ですか」

それは人間とは別の種族の生き物の婚姻物語だ。世界中に類型が見られ、長い間親しまれてきた。有名なところで言うと、鶴女房《つるにょうぼう》や雪女《ゆきおんな》などが挙げられる。

「妾も狐でありながら人と恋をしてきたからの、異類婚姻譚には親しみやすくてのう。そこでナナシに聞いたのじゃ。お主が人に恋をしていると」

ちろり、あだっぽい流し目を向けられて、孤ノ葉は別の意味で赤くなった。

クツクツ喉の奥で笑った玉藻前は、どこか甘えたような声で言った。

「妾にも聞かせてたもれ。お主の恋の話を。そして――最後に妾の質問に答えておくれ。長年の謎を解き明かしたい」

「謎……ですか」

「まあ、暇つぶしの一環じゃ。気負わずともよい」

「は……はいっ！」

大きく頷いた孤ノ葉に、玉藻前は満足そうだ。

――そういえば、孤ノ葉の彼氏の話を聞くのは初めてかも。

目的はあれど、他人の恋路というものはなんとも興味がそそられる。

少し照れくさそうにしていた孤ノ葉だったが、彼女はゆっくりと語り始めた。

孤ノ葉が、現し世に興味を持ったのは、月子から借りた本がきっかけなのだという。


「――最初に、本の中の世界に恋をしたんです」

孤ノ葉は開口一番にそう言った。

山奥にある古びた庵で暮らしていた孤ノ葉は、退屈な日常に飽き飽きしていた。そんな彼女に月子が本を貸してくれた。それはなんてことのない、普通の高校生による恋愛ものだ。学校へ通い、好きな人との些細《ささい》な触れ合いにときめいて、放課後は友人たちと一緒に町へ繰り出し、穏やかに、時に激しく恋心にかき乱されるような物語。

「主人公が、大きな入道雲が広がる夏空の下、渋谷《しぶや》の町でデートしていた光景が目に焼きついて離れなくて……日々、その場所へ行く自分を妄想していました」

ある年の夏。入道雲に誘われて、孤ノ葉は現し世へ行く決心をした。

月子に相談して、渋谷までの道のりを確認し、葉っぱで人間に化け、慣れない電車を乗り継いで、やっとのことで東京へ到着する。その日は、カンカンに晴れていたのだという。山奥とは比べものにならないほどの猛暑。クーラーのある場所に逃げ込むなんてことすら想像もつかなかった孤ノ葉は、憧れの渋谷へ来たというのにすぐにバテてしまった。

ハチ公《こう》前に座り込み、じっと暑さに耐える。そんな彼女に、声をかけてくる人物がいた。

『──大丈夫かい？』

「……それが、夜人《よるひと》さんとの出会いでした」

そこまで話を聞いた瞬間、私と玉藻前はそっと視線を交わした。

ほうとため息をこぼし……しみじみと同時に呟く。

「「ベタな……」」

まるで少女漫画のような王道展開。むず痒《がゆ》いような、ちょっぴり羨ましいような。

孤ノ葉の前に現れた夜人という人物は、彼女からすれば理想的な容姿を持っていた。

陽に透けると蜂蜜色に見える髪に、色素の薄い瞳、整った鼻梁《びりょう》に薄い唇。肌はどちらかというと色白で、どこか女性的な印象を与えるが、孤ノ葉よりは頭ひとつ身長は高い。体を動かすことが好きらしく、その体格には男性らしい力強さがあった。

──そう。夜人は、孤ノ葉が夢中になっていた物語の登場人物に似ていた。

一瞬、恋い焦がれたキャラクターが現れたのかと錯覚するほどだったらしい。

夜人は、孤ノ葉が具合悪そうにしているのに気がつくと、涼しいところへ行こうと言って、やや強引にその場から連れ出してくれた。孤ノ葉は素直について行ったのだという。

「夜人……よく言えば、運命の相手。悪く言えば、渋谷のナンパ野郎」

「月子、言い方……！」

「ほほう。つまりは見目のよい男にどこぞへ連れ込まれ、手込めにされたと」

「なっ……なんてこと言うんですかっ！　夜人さんはそんなことしませんから！」

介抱してくれた夜人は、孤ノ葉の体調が戻ったのを知ると、連絡先も交換せずに去っていった。それが――恋の始まりだったのだ。

「夜人さんに会いたくて、またお金を貯めて渋谷へ行きました。会える保証はどこにもありませんでしたが……。運命に導かれるみたいに再会できたんです。……嬉しかった」

やがて、互いに惹《ひ》かれていったふたりは交際を始めたのだという。

「彼といると本当に幸せで。自然と優しい気持ちになれました。これからもずっと一緒にいたい。気がつけば、彼との将来を考えるようになっていました……」

しかし、交際が白蔵主に知られてしまい、現し世に興味を持つきっかけが本だったこともあり、今回の騒動に発展してしまったのである。

「彼とこれからも一緒にいたい。そう思ったから、御前に協力を仰ぎに来たんです」

孤ノ葉の表情が曇る。組み合わされた小さな手が、なにかに怯えるように震えていた。

すると、玉藻前が勢いよく袒扇を閉じた。

「なるほどのう！　よう聞かせてくれた。では問おう――」

にんまりと目を細めて笑う。きらり、黒真珠のような瞳が妖しく光った。

「――主は、その男に捨てられた時、一体どうするつもりじゃ？」

「……は？」

あまりにも唐突すぎる問いかけに、孤ノ葉はポカンと固まってしまった。

「おや。聞こえなかったかのう？　妾の問いに答えよ。相手をむごたらしく殺すか？　それとも、内臓を喰らうてやるか？　末代まで呪うという手もあるやもしれぬ。ぜひとも、妾に異類婚姻譚のその後を聞かせてたもれ」

「ま、待ってください！」

驚きのあまりに、なにも言えないでいる孤ノ葉の代わりに割って入る。

「そんな、捨てられるだなんて……なにを根拠に言ってるんですか！」

「そ、そうです！」

すると、ようやくショックから立ち直ったらしい孤ノ葉が言った。

「彼には、私が狐の化身であることは伝えてあります。初めは驚いていましたが、ちゃんと受け入れてくれたんです。だから、父とのことが解決したらきっと……」

「──末永く暮らせるとでも？」

玉藻前は祖扇で口もとを隠し、意地悪そうに笑んだ。

「妾が知る限り、この国の異類婚姻譚では、ほとんどの人外や動物が不幸な結末を迎えておる。そうじゃなあ。『鶴女房』、『雪女』、『天人女房』、『猿婿入り《さるむこいり》』、『蛙女房《かえるにょうぼう》』……」

「で、でもそれは昔話でしょう？　作り話です。本当の話じゃありません」

「そうじゃろうか？」

キョトンと首を傾げた玉藻前は、青ざめている孤ノ葉をちろりと見て言った。

「昔話には、その国の〝民族性〟が滲むものよ。遠く欧州の異類婚姻譚……そうじゃのう、『蛙《かえる》の王子《おうじ》』や『美女《びじょ》と野獣《やじゅう》』なぞは、そもそも人外ですらない。魔法で姿を変えられた人間じゃ。もしや向こうの国では、人外と人間の婚姻は創作上であっても受け入れられないものなのかや？　宗教も関係していそうじゃの。ならば、人外と番う話が多い日本人は、よほど好き者なのかもしれぬなあ。そうは思わぬか、夏織」

「なーるほ……って違う！　た、確かに興味深いお話ですし、世界各地の話を比較したりしたらいろいろ捗《はかど》りそうですけど、今は関係ないでしょう！」

——うっ！　一瞬、楽しそうとか思ってしまった。

慌てて否定すれば、玉藻前はクックッ楽しげに笑った。

「お主のそういう素直なところ、好ましいぞ。まあ、それは置いておいて。日本に伝わる異類婚姻譚を眺めてみればわかってくるじゃろう？　この国の人間の本音が」

『鶴女房』では、正体を知られた鶴は去って行った。『雪女』は正体を漏らした夫を殺し、『天人女房』では、羽衣を見つけた途端に妻は去り、『猿婿入り』では計略に嵌《は》められた猿は谷底に落ちて死んだ。そして『蛙女房』は子もろとも家から追い出されたのだ。

「日本人は、動物との婚姻を極々当たり前のように物語の要素として取り入れておきながら、それを成就させようとはしない。どうも離別で終わらせる話が好きなようじゃ。つまりは、人間と動物の間に決定的な線引きをしている。異類との婚姻を厭わしいものだと考えている節すらある！　その男もそういう価値観を持っていないのだと誰が証明できる？」

ニタニタと嫌らしい笑みを湛えた玉藻前は、青ざめている孤ノ葉に言った。

「妾は長年の間、疑問に思うておったのじゃ。これらの異類婚姻譚で追い出された人外どもが、どうして復讐しないのかと。なぜ雪女のように殺さぬのじゃ？　大人しく出て行く必要はあるまいに。愛おしいなら、相手を魂もろとも喰らってやれば気が晴れよう」

「……っ！」

「なあ——孤ノ葉とやら。お主ならばどうする？　異類婚姻譚のその後を妾に聞かせよ！」

「やめてください！」

もう我慢ならなかったのか、孤ノ葉は勢いよく立ち上がると、真っ白な顔で玉藻前を睨みつけて息巻いた。

「夜人さんは、私を捨てたり追い出したりしません……！　馬鹿にしないで!!」

「そんなもの当人にしかわからぬではないか。異類同士が番うことの難しさを考えたことはあるのか？　棲む場所も寿命も常識もなにもかもが違う。幽世に連れてきたら、たちまち蝶に纏わり付かれて、大勢のあやかしに狙われる男を選ぶ覚悟があるのかや？」

「それはっ……！」

孤ノ葉は言葉を詰まらせると、泣きそうな顔をして部屋から出て行った。

「……孤ノ葉！」

すかさず月子がその後を追う。私は、玉藻前を睨みつけて、怒りを込めて抗議した。

「協力してくれるんじゃなかったんですか。どうしてあんな意地悪なこと！」

「………………」

しかし、玉藻前は黙ったままだ。頭上の狐耳をぴくぴく動かし耳を澄ませている。

やがて肩を落とした玉藻前は、祖扇を苛立ち任せに閉じた。

「――ううん。駄目じゃ。鈴の音など聞こえぬ」

「……はい？」

思わず変な声を漏らせば、部屋の中にある人物が入ってきた。それはナナシだ。

「相変わらず、アンタって追い詰め方がえげつないわねえ」

「心外じゃなあ。老婆心を見せてやったというのに」

ナナシと玉藻前は顔を見合わせると、クスクスと笑い合った。

「え？　え？　え？　今のやり取りって、ナナシも織り込み済みだったの……？」

状況がわからずに動揺していると、ナナシは少し気まずそうに眉尻を下げた。

「ちょっと可哀想《かわいそう》だけれどね。……あの子、あまり深く考えていないようだったから、御前に悪役を演じてもらったの」

ナナシの言葉に、どこかワクワクした様子の玉藻前が続いた。

「ホホホ！　妾はいつもどおりにしただけじゃがな。あの娘を追い込んでやれば、面白いことになりそうじゃったからのう。例えばそう……人魚の肉売りとか」

しかし、彼女はチッと舌打ちをして唇を尖らせた。

「だが、この程度では現れぬようじゃな。退屈な馴れ初めを我慢して聞いてやったというのに。期待外れにもほどがある」

「た、退屈……」

「今度こそ、この国をわがものにしてやろうと思うたのにのう」

——噂に違わぬ悪辣さ。絶対、この人に人魚の肉を渡したらいけない気がする……！

小さく嘆息して、そっと孤ノ葉が消えた方向へ視線を向けた。

彼女の馴れ初めを聞いて、素敵な恋だとは思った。

しかしそれが、人魚の肉がもたらす永遠に釣り合うものかは、私にはわからない。

——結局のところ、判断するのは本人だけど……。

願わくば、彼女が冷静に自分の未来のことを考えられますようにと、心からそう思った。

＊　＊　＊

——一方、その頃。

俺とクロ、金目銀目は殺生石園地までやってきたものの、乳白色の霧に阻まれて、玉藻前がいる屋敷まで辿り着けないでいた。

「ねえねえ、水明！　これって明らかに歓迎されてないよね〜。クロを連れてきたの失敗じやない？　狐って犬嫌いでしょ？　天敵を自分の家に入れないって」

「うう。オイラ、佐渡であまり活躍できなかったから、どうしても来たかったんだよお！」

「金目、事実かどうかわからないことでクロを責めるな。泣いてるだろう……」

「うっわ、相変わらず水明はクロに甘《あめ》えなあ～」

三人と一匹でワイワイ話しながら霧の奥を目指す。硫黄の臭いは消え去って、時々和風な建物と行き当たるから、玉藻前のテリトリーに入ってはいるようだ。

「クロ、夏織の匂いを辿れるか？」

「う～ん。あちこち香の匂いが充満してて……でも、オイラ頑張る」

健気《けなげ》に尻尾を振ったクロは、クンクンと匂いを探り始めた。

――まったく。いつになったら夏織たちと合流できるのか。

団三郎狸の説得を終えたことは手紙で報告した。だが、返事はまだ来ていない。手紙だから致し方ないとは言え……返事を待つ時間がなんとももどかしい。

「……スマホを導入すべきか」

「なになに～。水明ったら幽世に電波塔でも建てる気？」

「ぐっ……」

あまりの現実味のなさに歯がみしていれば、ふと霧の向こうに人影が見えた。

「おっ！　夏織……じゃねえな。女がふたりいるぜ」

「ほんとだ。なにしてるのかなあ～」

相手はこちらに気がついていないらしい。どうもふたりで話し込んでいる様子だ。

「泣かないで。大丈夫」

「でも……でも……」

どうやら、泣いているひとりを、もうひとりが慰めているようだ。見知らぬ相手の話を立ち聞きするのも気まずい。俺たちは、早々に立ち去ろうとした。

「きっと、夏織ちゃんにも幻滅されちゃったわ。嫌われたらどうしよう」

しかし、覚えがありすぎる名前を耳にして足を止める。

思わず顔を顰めれば、金目銀目の双子は興味津々の様子で俺に目配せした。

——立ち聞きするつもりか……悪趣味め。

そう思いつつも、どうにも気になった。霧に紛れるように気配を消す。

「孤ノ葉の馬鹿。夏織がそんなこと思うはずない」

「月子……けれど」

ふたりは孤ノ葉と月子というらしい。夏織の手紙にあった名前だと気がついて納得した。つまりはアレが今回の騒動の原因の娘のようだ。よくよく思い出してみれば、白蔵主と東雲が貸本屋の前で対立したあの日、その場にいたような気もする。

「玉藻前の話を聞いたでしょう？　あれで気がついたの。私、本当に甘く考えていた。後のことをなにも考えてなかったの。間抜けだわ、今しか見えてなかった」

「……恋をしている最中は、みんなそんなもの」

「でも、私は人間を選んだのよ！　後々のことをちゃんと考えないといけなかった。じゃなきゃ、夜人さんを不幸にしてしまうところだったもの。ああ！　どうしよう、どうすればいいの。今になってこんなことで悩むなんて！」

孤ノ葉がワッと顔を覆って泣き出すと、月子が優しく抱きしめてやる。

彼女は、孤ノ葉になにを言うでもなく、じっと虚空を見つめていた。

──友人想いの奴なんだな。

興奮している相手に、下手な慰めの言葉は逆効果だとわかっているのだろう。孤ノ葉が泣き止むのを待ち続けるその姿からは、相手を思い遣る心が伝わってくる。

感心して眺めていれば、徐々に孤ノ葉が落ち着いてきた。

そっと彼女から体を離した月子は、レースのハンカチを差し出し──。

──にこりと無邪気な笑みを形作ってこう言ったのだ。

「わかった。じゃあ……諦めよう。それがいい。そうしよう」

その言葉に、孤ノ葉がびくりと身を竦めた。

──おいおい。

内心、俺は動揺を隠せなかった。月子の物言いは断定的で、相手に有無を言わせない強さがあった。気弱な相手であれば思わず頷いてしまいそうなほどだ。

「恋はまたすればいい。孤ノ葉が傷つく必要なんてない。孤ノ葉は素敵だもの。きっとすぐにいい人が見つかる。わたくしがなんとかする。大丈夫、任せて」

「でも……でも」

瞳を揺らしている孤ノ葉の手を握った月子は、どこか上機嫌な様子で続けた。

「ねえ、孤ノ葉。わたくしと出会った頃のこと……覚えてる？」

「え？　ええ……覚えているわ。あれからずいぶんと経ったわね」

「もしかしたら、親よりも過ごした時間は長いかも。孤ノ葉は紛れもなく、わたくしの大切な幼馴染み。安心して。わたくしがいれば、いつだって上手く行ったでしょう？」

月子の小さな手が、孤ノ葉の白魚のような手の上をするすると何度も往復している。

どこか熱っぽく孤ノ葉を見つめた月子は、彼女の耳もとに顔を寄せ、囁くように言った。

「だから諦めてもいい。わたくしにすべて任せればいいの」

「…………。うん」

その言葉に、孤ノ葉はどこかぼんやりとした様子で頷いた。

明らかに様子が変だ。唐突に、意思が薄弱になったような印象を受ける。

――狸の妖術か!?

そのことに気がついた俺は、慌てて霧の中から飛び出した。

「恋を諦めるかどうかを決めるのはその女であって、お前ではないだろう！」

月子の腕を強く掴む。月子は痛みに顔を顰め、堪らず孤ノ葉から手を離した。

「……あ。わ、私はなにを」

それで術は解けたようだ。正気に戻った孤ノ葉が目を丸くしている。

――隙《すき》だらけだな。まったく腹が立つ。

夏織や貸本屋を巻き込んだ癖に、なんとも無防備な姿に苛立ちを覚えた俺は、孤ノ葉に冷えた視線を注いで言った。

「己の愚かさに気づくのは結構。思い詰めるのも致し方がない。だが、これまで尽力してくれた周りのことも考えろ。やめると口にするのは簡単だが、それによって失うものは恋人だけに留まると思うなよ」

「……ッ！」

「生きることも、恋をすることもひとりでできることじゃないだろう。なにも始まっていないうちから、障害がありそうだからと尻込みするくらいなら、初めから恋なんてするな」

俺の言葉に、パッと孤ノ葉の顔が羞恥で染まった。

「触らないで！」

すると、月子が俺の手を乱暴な仕草で払った。

孤ノ葉に寄り添うと、鋭い眼差しで俺を睨みつける。

「部外者は引っ込んでいて。行こう、孤ノ葉。あっちでこれからのこと話し合おう……」

そしてそのまま、孤ノ葉を連れて霧の奥へと歩いて行ってしまった。

「……なんなんだ」

ふたりの背が見えなくなると、俺は盛大にため息をこぼした。あれが夏織が肩入れしている相手かと思うと、暗澹《あんたん》たる気分だ。ああいう手合いは、ガツンと言わないと己を省みることすらしないというのに……。

ふと視線を上げれば、月子たちが去った後になにかが落ちているのを見つけた。

——本だ。拾ってみると、裏に幽世の貸本屋の刻印があるのに気がつく。

「『新美南吉《にいみなんきち》童話集』……？」

なんとなしにページを繰る。すると、ある一篇に付箋が貼ってあるのを見つけた。お気に入りなのか、何度も何度も読んでいるらしい。ページは手垢《てあか》で汚れ、開き癖がついてしまっている。すると、両肩にズシンと重いものがのしかかってきた。顔を顰めて見上げれば、そこには喜色満面の双子の顔。

「言うようになったじゃ〜ん。今まさに恋をしている男は言うことが違うね！」

「俺もいつかはあんなことを言ってみたいもんだ。うっ！　失恋の痛みが」

「……うるさい。黙れ。本気で黙れ！」

俺は真っ赤になると、ケラケラ笑っている双子の腕を振り払って肩で息をした。

——厄介な……。

思わず空を見上げる。霧の切れ間に、青白い夕月が浮かんでいるのが見える。

しかし、すぐに濃厚な霧に覆われて見えなくなってしまった。

ポケットにそっと手を差し入れる。指先に夏織からもらった手紙が触れた。どうにもあのふたりの様子が気にかかる。なるべく早く、手紙を飛ばすべきかもしれない。

「夏織、お前また変なことに巻き込まれてるんじゃないだろうな……？」

小さく呟いた俺の言葉は、想い人に届かずに霧に呑み込まれて消えたのだった。

＊　＊　＊

「……？」

聞き慣れた声が聞こえたような気がして、私はハッと顔を上げた。

腰かけていた欄干から降り、辺りをぐるりと見回す。

けれども、どこにも見慣れた姿を見つけられなくて肩を落とした。

——水明の声がしたと思ったのに。

おもむろに顔を上げれば、暮れ始めた空に夕月がぽっかりと浮かんでいた。色褪せてきた空を鳥たちが飛んでいく。その様はどうにも寂しげだった。

「孤ノ葉たち、どこに行っちゃったのかな」

あれから屋敷の外でずっと待っていたものの、戻ってくる様子はない。落胆しながら屋敷に帰れば、優雅にお茶をしていた玉藻前が楽しげに笑っているのに気がついた。

「……なにかあったんですか？」

「いや……なんというか。ウッフフフ」

かの悪女は、口もとを袖扇で隠すと、意味ありげな視線を私に向ける。

「文のひとつも寄越さずに敷地内に踏み込んでいた無粋な男たちをな、妾の眷属《けんぞく》に見張らせておったのだが。なにやら愉快なことになっておるようじゃ」

「男たち……？」

思わず首を傾げ――すぐにある事実に思い当たって顔を輝かせる。

「水明たちのことですか⁉　もう、ここに到着してるんですか？」

「ホホホ。その通りじゃ。とはいえ、妾のもとへ来させるつもりはないが」

「どっ……どうしてです……？」

「文通相手でもない男を屋敷に招き入れる筋合いはなかろうに。恋心を揺られる歌でも詠《よ》んでくれれば考えてもいいがのう。女主人の館に男が来る時の礼儀じゃ」

「うっ……！」

なんとも古めかしい感覚に面食らっていると、唐菓子を口にしていたナナシが呆れたように言った。

「アンタ、意地悪したいだけでしょう。玉樹は素直に招いてた癖に」

「アレは妾のお気に入りであるからな。一緒にされては困る。まあ、それほど落胆するでない。近いうちに会えるじゃろう。それにしても、なかなかいい男じゃや。夏織が飽いたら妾がもらってやってもいいぞ？　躾のしがいがありそうでそそるのう！」

「し、躾⁉　なっ……なにを言ってるんですか！」

山の神だの玉藻前だの、水明はどうしてこうも烈女に好かれやすいのか！

真っ赤になって抗議した私に、クックツ意地悪そうに笑った玉藻前は、ちらりと入り口へと視線を遣った。

「ま、今はそのことは置いておけ。やっと、お姫様が戻ってきたようじゃ」

「えっ……？」

急いで玉藻前の視線を追えば、そこには孤ノ葉の姿があった。不思議なことに、月子の姿は見えない。しかも、この部屋を飛び出した時とは様子が打って変わっていた。泣いた直後なのか、目や鼻は真っ赤。化粧は崩れて、マスカラが滲んでしまっている。

「ど、どうしたの？　その顔……」

「月子と喧嘩したの」

――あの仲のいいふたりが!?

意外すぎる言葉に目を瞬けば、彼女は玉藻前に向かって頭を下げた。

「御前、先ほどは本当にありがとうございます。自分の見通しが甘かったこと、嫌というほど身に染みました」

「ほう？　ならば、どうするつもりじゃ？　捨てられることを覚悟の上で臨むのか？　それとも、夜人とやらとの交際を諦めるか。正直なところ、妾は異類婚姻譚のその後を教えてくれれば満足なのじゃが」

「いいえ！」

孤ノ葉は力強く否定すると、真剣な面持ちで言った。

「私はどんなに困難なことがあろうとも、夜人さんと生きる道を諦めたりしません！　諦めろと月子には言われました。きっと傷つくから、と。でも……それでもいいんです。傷つくことを恐れていたら、なにもできないもの。心の傷はいつか治ります。けれど、この恋はきっと一度きりのものだと思うから」

そっと胸に手を当てた孤ノ葉は、顔を上げてはっきりとこう言い切った。

「たとえ昔話のように哀しい結末になったとしても構いません。思いきり泣いた後、本当に自分を幸せにしてくれる人を見つけて、その姿を見せつけてやります！　これが――私の異類婚姻譚のその後です！」

孤ノ葉の頬が鮮やかに紅潮し、瞳は宝石のように眩《まばゆ》く輝いている。

その様はまさに未来への希望を象徴するようだった。紛れもなく、彼女の言葉が本心からくるものなのだと伝わってくる。そこには、どんな試練を課されようとも乗り越えていく覚悟のようなものが感じられた。

「ホ、ホホホホホホ！　なるほど、そう来たか。なるほどのう！」

その言葉に、玉藻前は満足げに頷いた。

「――面白いものが聞けた。妾は満足じゃ。父親の件も任せておけ」

「……！　ありがとうございます！」

――どうやら、彼女の中でなにかが変わったみたいだ。

今までの孤ノ葉は、自分の恋の展望について、どこか甘く考えているようなところがあった。それをズバリ指摘したのが玉藻前の言葉だ。そのおかげか、今の孤ノ葉からは甘さが綺麗さっぱり消え去っているように思う。

——今の孤ノ葉なら、きっとなにがあっても人魚の肉売りに頼ることはしないだろう。

新たに不老不死となり、永劫《えいごう》の時の中で苦しむ人の誕生を未然に防げたのだ。

ホッと安堵の息を漏らしナナシを見遣れば、彼は孤ノ葉を見ていなかった。

琥珀色の瞳は、じいと部屋の外を睨んでいる。その表情は険しく、なんとも彼らしくない。

不思議に思っていれば、ナナシのもとへ近づいた玉藻前は、扇の陰で小さく囁いた。

「ホホホ。やはり、狐の娘は退屈極まりない。だが……狸の娘。あれは心底愉快じゃ。のうナナシ？　玉樹の目的……これで果たせそうではないか？」

ナナシは更に険しい表情になると、苦しげに瞼を伏せた。

「……？」

状況がまるでわからない。もしかして、私はなにかを勘違いしている？

猛烈な違和感に襲われて顔を顰めていれば、手がポケットに触れて軽やかな音を立てた。

——ちりん。

そっと手を差し入れる。そこにあったのは、孤ノ葉からもらった鈴だ。

「人魚の肉売りを呼び寄せる鈴……」

ぽつりと呟けば、強烈な視線を感じて部屋の入り口へ視線を遣る。

「…………」

そこには月子が立っていた。

——やっぱり変だ。

彼女の姿を目にした途端、違和感がますます増していく。

孤ノ葉と月子は喧嘩したのだという。現に、孤ノ葉はボロボロになって戻ってきた。だというのに、月子はまるで化粧を施したばかりのように美しい。

孤ノ葉を見つめていた彼女は、栗色の瞳をすうと細め、ぽつりと独り言を呟いた。

「——やっぱり、わたくしだけの力では駄目、かも」

「……月子？」

「——た、大変です！」

するとそこに、先ほど私たちをここまで案内してくれた童子が駆け込んできた。

玉藻前の前で這いつくばるようにして頭を下げると、息も絶え絶えに叫ぶ。

「そ、僧正坊より連絡があり、東雲と白蔵主の話し合いが決裂した模様です！　白蔵主は狐の眷属たちに招集をかけ、打倒東雲のために芝右衛門へ増援の打診をしてきたそうです！」

私はナナシと顔を見合わせると、勢いよく玉藻前を見た。

彼女は祖扇で口もとを隠し、心底楽しげに目を細めて笑った。

「とうとう動き出しおったか。楽しくなってきたのう……！」

そして足音ひとつ立てずに童子の前に行くと、祖扇で顎を持ち上げ訊ねる。

「それで？　芝右衛門狸はどうすると言っていた？」

「あ、淡路島にて、増援を求めてきた白蔵主を討ち取ると……」

「よしっ！　よくぞ言うた！」

勢いよく立ち上がった玉藻前は、やたら上機嫌で言った。

「フフッ。久しぶりに滾《たぎ》りおる……！　みなの者、準備をせい。淡路島へ行くぞ！」

そしてバタバタと忙《せわ》しない足音を立て、奥へ引っ込んで行ってしまった。

とり残された私たちは、呆然とするのみだ。

月子へ視線を投げる。彼女は——日本人形のような顔に静かな笑みを湛え、ただただ、じいと孤ノ葉を見つめていた。

第四章　絵島の浦で〝秘めごと〟を解く

さわさわと木々が風に鳴いている。

青々とした緑溢れる鞍馬山、苔《こけ》むした庵にぐったりと座り込んだ東雲のもとを、とある人物が訪れた。山奥に似つかわしくないド派手な羽織を着たその男は玉樹である。

「――よう、はるばる山奥までよく来たな。親友」

「――ふん。やはり駄目だったか。親友」

どかりと東雲の隣に座り込んだ玉樹は、どこか疲れ切った様子の東雲に酒瓶を差し出す。

しかし東雲はそれを断ると、不貞腐れたように唇を尖らせた。

「白蔵主の奴、ちっとも俺の話を聞きやがらねえ。貸本屋を潰してやるって、意気揚々と出て行きやがったぜ。まったく、了簡《りょうけん》が狭《せめ》えな～。この数日のやり取りが無駄になった」

「娘のこととなると視野が狭くなるのは、お前も覚えがあるだろう」

「うるせえ。俺はあんなに頑固じゃねえよ」

「どの口がそれを言う」

クックッ笑い合って、すぐに無言になる。

「で、お前の仕込んだアレコレは上手く行きそうなのかよ？」

東雲の言葉に玉樹はピクリと片眉を上げれば、小さく笑みをこぼした。

「……いつから気がついていた？」

「最初からだよ。ちょうどお前がいる時に白蔵主が押し入って来たんだぞ。涼しい顔して俺を諭しやがって。柄じゃねえだろう。違和感しかなかった」

「すべて承知の上で、白蔵主をここに足止めしてくれていたと？」

「いや……実際、白蔵主の主張にムカついたのもあるけどよ。現実と創作をごっちゃにするような奴は絶対に赦さねえ。性根を叩き直してやろうと思っただけだ」

「夏織の父親だな。あの娘も、似たようなことを言っていた」

「ハハッ！　そうだろ。俺が育てたんだからな。娘ってのは父親に似るもんだ」

白い歯を見せて笑った東雲は、ちらりと玉樹を横目で見て言った。

「親は子を守るためなら、なりふり構わねえもんだぜ。なにもそれは、俺や白蔵主だけじゃねえ。そういうことだよな？　玉樹」

「…………」

「本当に狸やら狐ってもんは食えねえ奴らばっかりだ。うちを巻き込みやがって。全部終わったら、休業中の売り上げを補填《ほてん》してもらうからな」

「……それぐらいはさせるさ」

ぽつりと返した玉樹に、東雲はボリボリと頭を掻いた。

「夏織やうちの店を巻き込むのはこれっきりにしろよ。次は――どうなるかわかんねえし」

「…………。ああ」

玉樹はちらりと東雲の様子を横目で見た。

「具合はどうだ」

「……別に、変わんねえよ」

「そうか」

玉樹はそれだけを訊ねると、さっさと立ち上がった。

「おい、酒は持って帰れよ」

「荷物になる。僧正坊にでも飲ませておけ」

「おいおい……」

呆れたような声を出した東雲を置いて、ゆっくりとその場を後にする。そんな玉樹の背に向かって、東雲は声をかけた。

「お前の永遠はもうすぐ終わりそうかよ?」

玉樹は顔だけ振り返れば、長年の親友に言った。

「――終わらせるさ」

＊　＊　＊

その日は風が穏やかな日だった。

太陽は水平線の向こうに顔を隠したばかり。暗い海はざあざあと鳴っている。日中よりは肌寒い。人気のなくなった漁港を横目で見ながら、埠頭《ふとう》に立った私は手紙の鶴を放つ。

ふわりと薄闇に包まれた空へ鶴が飛んでいく。

水明もこの島にいる。だから、そう時間はかからずに届くはずだ。

――玉藻前に協力の約束を取り付けた翌日。私たちは淡路島にやって来ていた。

栃木県から兵庫県への移動だ。地獄経由で時間が短縮できているとはいえ、かなりの強行軍である。しかしそうも言っていられない。淡路島は月子の父、芝右衛門狸の棲み家だ。彼は白蔵主と古い知り合いで「兵隊を貸してくれ」と要請があったらしい。

鞍馬山にこもっていた白蔵主は、芝右衛門狸が孤ノ葉側についていることに気がついていないようだった。つまり、貸本屋を襲撃する前に白蔵主は淡路島へ必ず立ち寄る。芝右衛門狸はここですべての決着を付けると決めたようだ。

昨日、報せをもらった私たちはすぐさま栃木県を出発した。そして、早朝に淡路島へ到着した後、今の今まで作戦会議をしていたのである。苛烈な意見を押し通そうとする玉藻前を諌《いさ》めるのは大変だったが、なんとか意見を纏めることができた。あとは実行に移すだけだ。

怒りに染まった白蔵主は、貸本屋を潰し、娘の恋を諦めさせようとしている。

あんまりにも理不尽だ。そんなことは絶対にさせない。

――でも、大丈夫かな。

朝から練り上げた作戦のこともそうだったが、私にはもうひとつ不安なことがあった。

水明の手紙をそっと胸に抱く。先ほど飛ばしたのはその返事だ。

それは玉藻前の屋敷で水明が書いたものだった。あの後、結局水明には会えなかった。だからなのだろう、彼はその日の出来事を手紙にして送ってくれた。近くにいたからか、それはすぐに私の手もとに届いた。中には、玉藻前の屋敷で見たことがつぶさに書かれている。主に孤ノ葉と月子のやり取りだったのだが、どうにも気になる箇所があった。

「新美南吉……」

手紙に出てきた作家名を口にすれば、胸の奥がざわついた。

うちの店では、古くなったり回転率が悪くなったりした本を客に払い下げることがある。月子は新美南吉の童話集をうちから買っていた。きっと思い入れがあるのだろう。新美南吉の物語は、日本人であれば誰しも一度は触れたことがあるほど有名なのだが、それがどんな意味を持つのか見当もつかない。水明によると、月子は孤ノ葉の恋を諦めさせるために、妖術をかけようとしていたらしい。あのタイミングで孤ノ葉が恋を諦めると宣言していたら、きっと彼女の立場が悪くなっていたに違いない。親友なのに、どうしてそんなことを……?

それと同時に、水明がもたらした情報は私の中の疑念を確信へと変えた。

「……きっと人魚の肉売りと接触しているのは、月子だ」

ぽつりと呟いて、ひとりじゃ呑み込みきれない状況にそっと瞼を閉じる。

——ねえ、水明。これってどういうことだと思う?

心の中で問いかけてみても、返事はこない。水明は玉樹さんと一緒に別行動をしていて顔すら見られていない。神様は本当に意地悪だ。私たちを会わせるつもりはないらしい。

その時だ。誰かに肩を叩かれて、飛び上がりそうなほどに驚いてしまった。

「ひっ……！　って、ナナシ」

「思い詰めた顔で昏い海を眺めないの。どうしたのかと思ったわよ」

「アハハハ……別に、変なことは考えてないよ」

「……ねえ、無理に笑わなくていいのよ。アンタ、なにか悩んでるでしょう」

その言葉にポカンと固まってしまった。けれど、すぐに苦い笑みを浮かべた。

ああもう！　ナナシに隠し事はできないなあ……。

「……当たり。心配させちゃったね、ごめん」

「話してみなさい。ちゃんと受け止めてあげるから」

本当に温かく、頼もしい言葉だ。意を決して、自分の考えを口にする。

「ねえ、ナナシ。月子が……人魚の肉売りが接触している相手なんだよね？」

否定して欲しい。そんな願いを込めて訊ねるも、ナナシは神妙な顔つきで頷いた。

「というか、アンタ……もしかして孤ノ葉だって思っていた？　誤解させちゃったわね」

「ううん、いいの。私が勝手に勘違いしてただけだから。あのふたりだったら、孤ノ葉の方が目に見える悩みを抱えていたしね……」

静まり返った港へ視線を移すと、ひとりぽつねんと孤ノ葉が海を眺めていた。

父親との直接対決が待っている。不安で仕方がないのだろう。物憂げな表情は苦しげだ。

――あんな顔をしているのは、それだけが理由じゃないとは思うけど……。

孤ノ葉と月子は、いまだ仲直りをしていないようだった。正念場の前に、ずっと頼りにしていた親友と仲違いしている事実。それが孤ノ葉を更に追い詰めているのだろう。

もしも――今の孤ノ葉の状況でさえ、月子が計画していたものだったら……？

嫌な予感がよぎった私は、堪らずナナシに問いかけた。

「ねえ、月子は友だちを追い詰めてなにをするつもりなの？　友だち想いの子だと思っていたのに、あの子をそうさせているのは……なに？」

「そりゃア、人魚の肉売りの野郎が関係しているに決まってんだろ？」

どこか飄々《ひょうひょう》とした声にハッと振り返れば、そこには芝右衛門狸の姿があった。

「バレちまったなら仕方がねえ。……悪いな。娘のことが放っておけなくて、お前さんを利用したんだ。謝らせてくれ」

「……利用？　私をですか？」

「ああ。実はなァ、今回の件にはオレと玉樹が噛んでるのさ」

「玉樹さんも？」

すると、苦み走った表情をした芝右衛門狸は、無精髭を撫でながら言った。

「数ヶ月前くらいかねェ。娘が変なことをしてるのに気がついた。大量の鈴を買ったり、頻繁に幽世と現し世を行き来したり。どうしたもんだと悩んでいたら、物語屋の野郎が来たんだ。娘から人魚の肉売りの臭いがするってなァ」

初めは不審者だと追い払ったらしい。それはそうだ、年頃の娘の臭いだのなんだのと言われて、気持ち悪く思わない親はいないだろう。

「まァ……何度も何度も来るもんだから、一応は裏取りをしてみた。そうしたら、確かに娘が人魚の肉売りらしき誰かと会っている痕跡があった。正直、ゾッとしたぜ？　人魚の肉なんてよくわかんねえ代物を、娘が口にするかもなんて考えたらよ」

しかし、芝右衛門狸が気づいた時には、事態はすでに動き出していたらしい。

「年頃の娘だ。どう話を聞こうかと考えあぐねていたところに、白蔵主が貸本屋を襲おうとしてるって話が聞こえてきてなァ。月子め、どうもこのために画策していたようだ」

「月子が……？　どうしてそう思うんです？」

「なあ、貸本屋の娘。思い出してもみろ。そもそもの事件のきっかけは、孤ノ葉が現し世に興味を持ったことだろう。きっかけになった本……確かにそれは、貸本屋の所蔵物だったかもしれねェが、その本を孤ノ葉に貸したのは誰だ？」

「つ、月子だったような？」

──孤ノ葉が彼氏との馴れ初めを語ってくれた時、そんなことを言っていた気がする。

その瞬間、あることに気がついて血の気が引いていった。

「……待って！　月子は、わざと孤ノ葉が現し世に興味を持つように仕向けたの？　どうしてそんなこと……！」

「ンなこと、オレが聞きてェよ。仕方ねえから、慌てて貸本屋に駆けつけたんだ。玉樹と下手な芝居を打って、白蔵主を東雲に足止めさせてよォ。協力者を集めがてら、月子を玉樹に監視させて、オレは娘の目的を探ってた。だがなァ、いまだに目的がわからねェ」

孤ノ葉に現し世へ興味を持つように焚きつけ、恋人との恋路を応援したり、邪魔したり。その行動はとても一貫性があるとは言えない。

「まあ、あの年頃の娘は、なに考えてるかわかんねえからなァ！　ワハハ！」

「わ、笑い事じゃないと思うんですけど……!?　どうするんですか、これから……！」

思わず抗議の声を上げれば、芝右衛門狸は恰幅のいい体を小さく丸めて言った。

「……いや、悪いとは思ってる。オレが親としてしっかり見ていなかったせいだ。すまん、せっかく月子と仲良くしてくれたってのに、こんなことになっちまって」

「え……？」

「アイツはなァ。本当に不器用な奴なんだ。なにをするにも、普通の奴よりも時間がかかるようなタイプで、一時……心を病んで閉じ籠もっていたこともある」

「そう、なんですか」

「へへっ。親としてはもどかしいやな。でも、そんなアイツの心を解してくれたのが孤ノ葉でよ。それ以来、仲良くしてもらってる。だが、孤ノ葉以外の友だちがちっともできなくて……。正直、お前とって聞いて、びっくり仰天したんだぜ、オレは」

「――月子！」

　すると、どこか嬉しそうな孤ノ葉の声が聞こえた。

　ハッとして振り返れば、孤ノ葉のそばに、今まで姿を見せなかった月子がいた。

「孤ノ葉、遅れてごめん」

「いいの、来てくれただけで嬉しい。あの……この間はごめんね。私、月子がいないとやっぱり駄目だわ。不安で不安で……」

　月子は穏やかに笑うと、孤ノ葉の手を取って頷いた。

「わたくしが来たから、もう大丈夫」

「……ああ！　百人力だわ。月子がそばにいてくれると、すべてが上手く行く。問題なんてあっという間に解決する気がするの……」

　心の底から嬉しそうな孤ノ葉に、月子はにっこりと笑いかけている。

　――すべてが上手く行く、か……。

　けれど、問題を起こそうとしているのは月子自身だ。彼女の瞳の奥に、どうにも得体の知れないなにかが潜んでいる気がして、ゾッとした。

「――なァ、お前さん」

　すると、どこか思い詰めたような声で芝右衛門狸が言った。

「うちの娘が迷惑をかけてるのはよくわかってる。だがよォ、もしアンタがよかったら、これからも娘と仲良くしてやってくれねェか。この後も、人生ってもんは続いていくんだ。一緒に歩ける相手は多いほどいいだろ？　厚かましい頼みだとは思うが……」

そう語る芝右衛門狸の表情には、どこか寂しさと……必死さが滲んでいた。

——ああ。彼は、心の底から月子のことを案じている。

「まったく。アンタ、ちょっぴり過保護じゃない？」

ナナシがクスクス笑って言えば、芝右衛門狸は照れたように視線を逸らした。

「茶化すんじゃァねえよ。オレだってなァ、全部が思い通りにいかなくて悩んでるんだ。可愛い娘のためなら、なんだってやる。それが男親の仕事ってもんだろ？」

……東雲さんも、そんな気持ちなのかなあ。

日本三大狸のひとりといえど、彼も普通の父親なのだ。

——うん。なんだか東雲さんに会いたくなってきた。なら、答えはひとつだろう。

「もちろんです。月子が、私がそばにいることを許してくれるなら」

大きく頷く。すると芝右衛門狸は嬉しそうにはにかんだ。

「ありがてェ。さすがは東雲の娘だ。肝が据わってらァ」

そして、ポポンと腹鼓を打てば、ナナシにちろりと目配せをして言った。

「月子の目的はよくわからねェ。わからねェが……どうも、月子は孤ノ葉に執着しているようだ。きっと、孤ノ葉の件を解決できたらアイツの本心もわかると思ってる。だからよ、とりあえずは白蔵主のことに注力してくれや。あれもオレと同じ父親だ」

そして踵を返すと、ひらひら手を振って言った。

「——貸本屋の娘、頼んだぜ」

「はっ……はい！」

勢いよく頷くと、芝右衛門狸は満足そうに玉藻前たちの方へと歩いて行く。

その様子を眺めながら、私はぽつりと呟いた。

「私って鈍いなあ。何日も一緒にいたのに、月子の気持ちに気づけなかった」

人魚の肉なんてものに縋るくらいだ。きっと、あの子が心の内に抱えている〝秘めごと〟は重く、大きいのだろう。でも、いまだに月子は人魚の肉を食べずにいる。もしかして、それを食べないですむように足掻いているのだろうか。だったらいいな、と思う。

……でも、私は彼女を救えるだろうか。

「ねえ、ナナシ。私じゃあみんなを助けられないかな？」

問題が多すぎて、手にあまる予感しかしない。

「みんなと違って、私はただの人間だよ。なんの特別な力も持たない。でも、白蔵主も孤ノ葉も……月子も。みんなが幸せになるようにって行動するのは、分不相応かな……？」

思わず不安をこぼせば、ナナシはにっこり笑った。

「自分の〝器〟じゃ無理そうって？　馬鹿ね、なんでも工夫次第よ」

そう言って、私の両腕で輪を作る。

「これがひとりの器。夏織が一度に助けられるのは、きっとひとりくらいね」

あまりにも小さい輪に心が痛む。するとナナシは続けた。

「でも、こうすれば――」

ナナシは、おもむろに私と両手を繋いだ。ふたりの腕で大きな輪を作る。

「たくさんの人を受け入れられる。夏織はひとりじゃない。アタシに玉樹、芝右衛門狸……水明だっている。誰も救えないって泣いていた頃のアタシと、アンタは違う。〝器〟が大きい人っていうのはね、手を繋ぐ相手がたくさんいる人のことを言うんだわ」

その温かい言葉に、きゅうと胸が締めつけられるようになった。

「……ナナシ、ギュッてしていい？」

無言のまま両腕を開いたナナシに、私は勢いよく抱きつく。

「ありがとう。大好き」

「アタシもよ」

ナナシは本当に優しい。そして時に厳しく、いつだって道を指し示してくれる。

だからこそ、その期待に応えなくちゃ。私は私にやれることを頑張ろう！

――大丈夫。きっとなんとかしてみせる。

ひとり気合いを入れていれば、ナナシは私の頭を撫でながら言った。

「家族って本当に難しいわね。正解がない癖に問題は常に山積みで……。白蔵主もきっと、なにが正しいのかわからなくなって迷ってるんだわ。なんとかしてあげないと」

最後にナナシは悪戯っぽく笑むと、パチリと片目を瞑って言った。

「それに、早く夏織と水明を会わせてあげたいしね。人の恋路を邪魔する奴は、馬に蹴られて死んじまえっていうじゃない？」

「なっ……なに言ってるの！　それとこれは関係ないでしょ！」

思わず顔を赤くすれば、ナナシはクスクス楽しげに笑って――ぽつりと言った。

「アタシは大勢を救うことを諦めた。でも、手の届く範囲にいる相手くらいは救いたいの。ねえ、夏織。一緒に頑張りましょう」

「うん……！」

ナナシの言葉に胸が熱くなるのを感じながら、私は大きく頷いたのだった。

＊＊＊

絵島《えじま》に上陸した白蔵主は、芝右衛門狸が現れるのをじっと待っていた。

ざあざあと岸壁に打ち寄せる波の音を聞き、絵島の頂上であぐらを掻く。なんとなしに空を眺めれば、ぽっかりと満月が浮かんでいた。昏い海の上に孤独に揺蕩《たゆた》う月は、眩しいほどに己の存在を主張している。

「千鳥なく　絵島の浦に　すむ月を　波に移して　見ることよひかな……」

絵島は、大昔から景勝地として有名であったらしい。

――かつての貴人も同じ月を見ていたのだろうか。

平安時代に詠まれたという歌を口ずさみ、ぐびりと酒を呷る。途端、酒が口に染みて顔を顰めた。東雲に殴られた箇所だ。手で触れれば、じゅくじゅくと膿《う》んでいる。

「アイツめ、手加減なしに殴りやがって」

小さくひとりごちて、痛みを無視して酒を呷る。安酒だ。たいして美味くもない。

だが、飲まなければやっていられなかった。

そうでもしなければ、黒い感情に呑み込まれてしまいそうだったからだ。

――それは人間に対する憎悪。白蔵主自身ですら直視したくないほど悍ましい感情だ。

白蔵主は人間を心から憎んでいる。

しかし、その感情を表に出すつもりは毛頭なかった。数に勝り、自分たちよりも進んだ文明を持った人間を相手取るなんて、無駄なことだと理解していたからだ。

友である東雲が、人間の文化にかぶれていたのも知っていた。人間の本に傾倒していることも、人間の娘を拾い育てていることも。しかし、東雲自身はいい奴で、失いたくないと思うくらいには大切な友人だったのだ。だから見て見ぬふりをしていた。友人のことに口を出すのは野暮だとも思ったからだ。しかし、愛娘《まなむすめ》が人間と交際していることを知った途端、箍《たが》が外れてしまった。抑え込んでいた感情が濁流となって溢れ出てしまったのだ。

「ああ――……世の中は理不尽なことばかりだ」

ぽつりと呟いて自嘲する。

白蔵主自身、己の行動の矛盾には気がついている。人間を憎み、人間の創り出したものを排除するといいながらも、その姿には色濃く人間の気配を纏っているからだ。

己が身につけているものも、今この時飲んでいるものも、口ずさんだ歌も。

〝白蔵主〟というあやかしを語る伝承すらも――すべて人間が創り出したもの。なのに、吐き気がするほどに人間が憎いとは、自分のことながら滑稽である。

「そうかねェ？　世の中、そんな捨てたもんじゃねェと思うが」

すると、白蔵主の独り言に聞き覚えのある声が応えた。

いつの間にやら、背後に芝右衛門狸が立っている。

「すまんなァ、待たせちまった。手下どもを集めるのに苦労してな。なにせ、今宵は満月だろう。腹鼓を打つのに夢中でだァれもオレの話なんて聞きやしねェ」

「ハハッ！　狸の性《さが》というものか。難儀なものだな」

白蔵主は立ち上がると、おもむろに芝右衛門狸へ手を差し出した。

「申し出を受け入れてくれて助かった。援軍の提供、感謝する」

「…………」

芝右衛門狸はじっと白蔵主の手を見つめ、いやにゆっくりした挙動でそれを握った。

「まさか本当に引き受けてくれるとは思わなかった」

「なにをだ？」

「お前の娘は孤ノ葉にべったりだからな。そっちの味方をするものだとばかり」

本気になった東雲の力は強大だ。兵は少しでも多い方がいい。

それに、芝右衛門狸の影響力も侮れなかった。娘の月子が貸本屋を贔屓《ひいき》にしていることは知っていたから、万が一にでも東雲側に加勢されたら厄介だ。実のところ、この狸がどちらへ味方につくのかを見極めるために声をかけたのだが、杞憂《きゆう》だったらしい。

「お前の娘には恩があるからなァ。それに孤ノ葉の傷のこと。オレは忘れちゃいないぜ」

芝右衛門狸が言っているのは、孤ノ葉の右の狐耳のことだろう。

孤ノ葉の狐耳は片方が一部欠けている。それは月子との関わりで負った傷だった。

「そうか……すまないな。本当に助かった。感謝する」

白蔵主が小さく頭を下げれば、芝右衛門狸はなんとも言えない渋い顔になった。

「どうした？」

白蔵主が首を傾げれば、芝右衛門狸はニッと黄ばんだ歯を見せ笑う。

「なんでもねェ。なあ、景気づけにいっぱいやろうや。それからでも構わんだろう？」

「ああ……」

白蔵主が頷いたその時だ。芝右衛門狸の背後に、ある人物を見つけて表情が強ばった。

「お父さん……」

それは孤ノ葉だった。真っ白なワンピース、そして抜けるように白い肌が、闇夜の中にまるで月のように浮かび上がって見える。

「……どういうことだ」

ジロリと芝右衛門狸を睨みつければ、芝右衛門狸はいけしゃあしゃあとこう言い放った。

「オレの大事な兵隊を正気じゃねェ奴に預けられないと思ってな。まずは自分の娘と話し合ってみちゃあどうだい。なァに酒はたんと用意してある。淡路の酒は飲んだことあるか？

大震災を乗り越えた酒だぜ。それはそれは強い味がする」

「話し合うことなどなにもない。貸本屋は潰す。人間と付き合うなんて言語道断だ」

「いやはや、強情だァね。娘さんに嫌われッちまうぜ？」

「いつかわかってくれるさ。それまで、嫌われ者の役を喜んで買って出るつもりだ」

「ふうん、大層な決意だ。親の鑑《かがみ》だねェ。……だが」

芝右衛門狸は手に持っていた酒をぐびりと飲むと、にんまり笑んだ。

「ちょおッと手前勝手すぎて、迷惑千万極まりねェな。酒でも飲んで頭冷やせよ」

「ぐっ……！」

その瞬間、強烈な衝撃が白蔵主の頭部を襲った。陶器の割れた音、頭の上から酒が降り注ぎ、ぷんと酒精が鼻孔を擽った。団三郎狸に酒瓶で殴られたのだ。

堪らず地面に倒れこめば、頭上から芝右衛門狸の声が聞こえてくる。

「ああ……もったいねェな。野暮な輩《やから》に飲ませるには、いささか酒が上等すぎた」

「……だ、騙したな……」

声を懸命に絞り出す。そんな白蔵主を、芝右衛門狸はせせら嗤《わら》った。

「騙す？　化かされたの間違いだろ？　相手が狸ならなおさらだァね」

――ポポン。芝右衛門狸の腹鼓の音を最後に、白蔵主の意識は沈んでいった。

＊　＊　＊

――ぐつぐつとなにかが煮える嫌な臭いがする。

死んだ魚を水に入れたまま放置したような、それはそれは酷い臭いだ。

『チッ……。何度も煮こぼさにゃ、臭くて食えたもんじゃねえ』

くたびれたあばら屋。囲炉裏のかたわらには、みすぼらしい身なりをした男がひとり。節くれ立ち、ゴツゴツとした歪《いびつ》な手で鉄鍋をかき混ぜていた。

男はこちらに一瞥《いちべつ》もくれず、鍋に視線を落としたままぽつりとこぼす。

『そんな目で見るなや。わかってる。わかってんだ。もう――狐は狩らねえ』

そして、欠けた歯をニィと見せて笑えば、ちらりと部屋の一角へ視線を遣った。

『だが、獲っちまったもんは仕方ねえやな』

男の視線の先にあったのは、山と積まれた狐の遺骸だ。狐たちの豊穣を思わせる小麦色の毛は薄汚れ、遺骸の山からは血が流れ出している。

『長年の癖でなあ。ついつい罠を仕掛けちまった……』

そう言いつつも、男は悪びれる様子がない。

すると、男はおもむろに木の椀を差し出してきた。

『そんなことよりも、腹ァ減ってねえか』

汁がなみなみと注がれた椀からは、酷い悪臭がする。おおよそ人が口にするものだとは思えずに、椀を受け取らずにいれば――男は、イボだらけの顔を緩めてこう言った。

『なんだ、食わねえのか？　食えよ、たいして美味いもんでもねえが――』

にいと黄ばんだ歯が口から覗く。それは吐き気を催すような、思わず目を背けたくなるような……そんな薄汚れた笑いだった。

『狐汁だ』


「――う、うあああああああっ！」

白蔵主は堪らず悲鳴を上げた。勢いよく起き上がり、肩で息をする。

血走った目でギョロギョロと周囲を見回せば、それが夢であったことを知った。

「……な、なんなんだ。今更、あんな夢……」

呆然と呟き、額に浮かんだ脂汗を拭う。改めて状況を確認すれば、どこかの和室に寝かされていたようだった。蚊帳《かや》が吊ってあり、六畳ほどの部屋の真ん中に布団が敷かれている。

「おい、芝右衛門！」

騙した相手の名を叫んでみるも返事はない。その代わりに届いたのは賑やかな声だ。どうやら宴《うたげ》が行われているらしい。ぽん、ぽぽんと腹鼓の音と笑い声が聞こえる。

「ようやく目覚めなさったか」

「……ッ！　お、お前、は」

すると、蚊帳の外に誰かがいるのに気がついて身構えた。そこにいたのは白髭を持った老人である。ちょんと座布団に座った老人は、立派な眉毛の下から白蔵主を覗き見た。

「儂は太三郎。日本三大狸のひとりと言ったらわかるじゃろうかのう？」

「……か、香川の。屋島の守護神か！」

「さすがは儂。狐にまで名が知れておる。〝善行〟を重ねた甲斐があったというものじゃ」

調子のいい老狸に、白蔵主は怒鳴りつけたくなるのをグッと堪えた。相手を怒らせるのは得策ではない。守護神になるほどの存在だ。話が通じる相手に違いない。——なにせ白蔵主の行いはすべて正しい。間違っているのは、芝右衛門狸や孤ノ葉の方なのだから。

「……あの」

どうにかして状況を知ろうと、白蔵主が口を開こうとしたその時だ。

「太三郎様、父は目覚めましたか？」

「お酒持って来ましたよ。おつまみも。いりますよね？」

「邪魔するわね。よかったらお酌させてちょうだい」

そこに夏織と孤ノ葉、ナナシがやってきた。

しかし、白蔵主の視線はある人物のみに注がれている。

「東雲の——いや、人間の娘！」

カッと頭に血が上った白蔵主は、布団を撥《は》ね退《の》けて怒りのままに叫んだ。

「芝右衛門を仕向けてきたのはお前だったのか……！　人間め、汚いぞ！」

白蔵主の言葉に、夏織はどこか哀しそうな顔になると、太三郎狸の隣に座った。

「私が仕向けたわけじゃありませんよ」

「お父さん！　夏織ちゃんに変な言いがかりをつけないで！」

「孤ノ葉は黙っていなさい。お前、貸本屋を潰そうとしている私を止めに来たのだな？」

「それは間違ってませんけどね。父は失敗してしまったみたいなので」

蚊帳の向こうで夏織は肩を竦めたようだった。余裕の感じられる仕草に苛立ちが募る。

「狐ごとき、捕まえておけばどうとでもなると？」

「……捕まえてませんよ。蚊帳の中にはいてもらっていますけど。やや強引に招待してしまった件については、お詫びします」

「詫びなどいらない。さっさとここから出せ。私にはやることがある」

「──ねえ、どうしてそんなに人間を嫌うのですか？」

「お前に教える義理はない」

「孤ノ葉の話を聞くつもりはありませんか？」

「お前ごときが孤ノ葉の名を口にするんじゃない！」

「──本当に人間がお嫌いなんですね」

物憂げに瞼を伏せた夏織は、そっと太三郎狸へ目配せをした。

かの老狸は白髭をゆっくり扱《しご》いた。ふわり、外の風が吹き込み蚊帳が靡《なび》く。

「いやはや。問題は根深そうじゃ。時に夏織。主は、この者の伝承を調べたのであろう？」

「もちろんです。どうして白蔵主がここまで人間を嫌うのか、その理由を知りたかったですから。伝承はあやかしを形作るもの。生き様を映していると言っても過言ではありません。

だからそこに、原因が隠されていると考えました。ねえ、孤ノ葉？」

「はい」

孤ノ葉は、蚊帳の向こうの父親をじっと見つめた。

「──私、自分の親のことなのに、父のことをなにも知らなかった。恥ずかしいわ」

孤ノ葉は長く息を吐くと、意を決したように語り始めた。

「──お父さん。お父さんは昔から本当に家族想いだったんだね」

白蔵主。それは己の家族を守るために、人の皮を被り説得を試みたあやかしだ。

甲斐《かい》の夢山《ゆめやま》には、かつて老いた白狐がいたそうだ。白狐はある人間に頭を悩ませていた。

弥作《やさく》という人間の男だ。狐の皮を獲る猟師で、その男に白狐の子を大勢殺されてしまった。

ある日、白狐は弥作の伯父《おじ》である僧の白蔵主へ化けた。弥作へ殺生の罪を説き、狩りをやめさせるためだ。説得の甲斐もあり、罠を買い取ることを条件に、弥作は狐狩りをやめると約束した。こうして、白狐の子の命は守られたのだ。

「……でも、それも長くは続かなかったわ。罠と引き換えに手に入れたお金を使い切った弥作は、再びお金の無心をしようと舞い戻ってきたの……」

このままでは、弥作を説得したのが白蔵主に化けた白狐だとバレてしまう。そうなれば、再び弥作は狐を狩り始めるだろう。騙したことを恨んで、以前よりも多くの狐を狙うかもしれない。危機感を覚えた白狐は、白蔵主を喰い殺して成り代わった。

「白狐は白蔵主になった。そして、再び金の無心に来た弥作を追い返したの。それから五十年以上もの間、お寺の住職を務めたって聞いたわ」

ちら、と孤ノ葉が夏織を見る。夏織は大きく頷いた。

「──そこで、私たちは当然のごとく疑問を持ちました」

「ええ。父のそれまでを考えたら、とても不自然な行動だったから」

孤ノ葉はどこか苦しげな顔になって、白蔵主に訊ねた。

「ねえ、お父さん。どうして弥作を殺さなかったの？」

「ははっ……」

白蔵主は小さく噴き出すと、心底嬉しそうに顔を歪めた。

「お前もそう思うか。弥作は殺されて然るべき人間だと。人間はどこまでも愚かだ。その命は無残に無慈悲に散らされても仕方がない！」

「違う！」

孤ノ葉は、勢いよく首を横に振って否定した。

「私は、お父さんの行動の矛盾を指摘しただけ。そんなこと言ってない。わざわざお坊さんに化けて追い返すなんて、そんな面倒なことをする必要はないと思っただけよ。帰ってきた矢作を……殺す、とか。そうするだけでよかったはず。でもそうしなかった……」

孤ノ葉は泣きそうな顔になると、小さな拳を握りしめて言った。

「──どうして!?　なにかあったんじゃないの？　そこに、お父さんがこんなにも人間を嫌う理由があるんじゃないの……!?」

「…………」

必死に問いかける孤ノ葉に、白蔵主はわずかな間、考え込んだ。

愛おしい娘をまじまじと眺め——にこりと薄い笑みを顔に貼りつける。

「お前が知る必要はない。孤ノ葉は綺麗なものだけを見ていればいいんだ」

その瞬間、孤ノ葉の美しい顔が歪んだ。

——ああ。きっと娘を傷つけた。

胸の奥がちくりと痛む。でも、これは仕方がないことなのだと自分に言い聞かせる。

そしてジロリと夏織を睨みつけ、毅然とした態度で言った。

「これは私たち家族のことだ。赤の他人……それも人間のお前が口を挟むんじゃない」

「——家族、ねえ？　やだわ、この人。なにを言ってんのかしら」

白蔵主を嘲るように笑ったのはナナシだ。

「……なにがおかしい？」

「だって変だわ。アンタ、家族とか言いながら自分のことしか考えてないじゃないの」

「なにを言う。私はこんなにも娘のことを考えているのに」

「あらら。これはもう駄目ね。嫌になっちゃう」

肩を竦めたナナシは、孤ノ葉へさらりとこう言い放った。

「親だからって、なにも絶対に付き合っていかなくちゃいけないわけじゃないわ。尊敬できない相手だと感じたら縁を切るのも手よ。子どもにだって親を選ぶ権利がある」

「…………。ナナシさん、私……」

孤ノ葉が戸惑いの表情を浮かべている。

白蔵主は顔を真っ赤にすると、蚊帳越しに唾を飛ばしながら叫んだ。

「孤ノ葉に変なことを吹き込むな!!　この子と私は実の親子だぞ。縁を切るわけがない！」

その瞬間、ナナシから恐ろしく冷え切った視線を向けられた。

どこか殺意にも似たそれに白蔵主は堪らず息を呑む。

「実の親子だからってなにをしてもいいと？　孤ノ葉ちゃんは立派な大人よ。自分のことは自分で判断できるし責任も取れる。血の繋がりがなによ。必要がないと判断したら、親だって捨てられる。それくらい理解しなさいよ！」

そしてどこか苦しげな表情になると、胸に手を当てて続けた。

「――親にも資格はある。無条件に子どもが受け入れてくれるだなんて甘えは捨てなさい。『綺麗なものだけを見ていればいい』？　馬鹿にしないで。それって相手を自分と同格に見なしてないってことよ。それじゃ、お人形を可愛がるのと一緒だわ!!　家族ってそういうものじゃないでしょう。もっと居心地のいいもののはずよ……！」

ナナシからほとばしる怒気に、白蔵主は思わず腰が引けた。

――コイツ……！

反論しようとして、けれども言葉がすぐに出てこずに唖然《あぜん》とする。まるで勝負に負けたかのような敗北感。耳鳴りがして、自分は正しいはずなのに背中に冷たいものが伝った。

——弱気になるな。すべては孤ノ葉のためじゃないか。

「な、なにを馬鹿なことを。一丁前に親面して……お前なんて、本当の家族ですらないじゃないか。そこの娘は人間だ。同族ですらない。ハッ……ハハ、人間に毒されたんじゃないのか。薬屋ともあろうものが……愚かな。お前と私を同列に並べるな!!」

一息で言い切って、論破できたと一瞬だけ満足感に浸った。

けれども、すぐに後悔する羽目になった。

——なぜなら、孤ノ葉が見たこともない表情を浮かべていたからだ。

「……お父さん。なんでそんなことを言うの？」

その時、孤ノ葉の顔に滲んでいたのは失望と軽蔑の感情だ。

「ちっ、違うんだ!!」

そう叫んだ時には、もう遅かった。

「行きましょう。今のこの人と話したって時間の無駄だわ」

ナナシは夏織と孤ノ葉を立たせると、その場を去ろうとしている。

「違うんだ、孤ノ葉。わ、私が言いたいことは——」

しかし、いくら叫んでみても、娘はこちらを振り返りもしない。

焦った白蔵主は、急いで蚊帳を捲《めく》って、その下を潜った。

「なっ……!?」

しかし、蚊帳の向こうにあったのは——新たな蚊帳だったのだ。

「どういうことだ……」

困惑の表情を浮かべ、再び蚊帳を捲る。が、その向こうには更なる蚊帳があった。

腹立たしく思って更に蚊帳を捲れば、またまた蚊帳が姿を現す。ならばと、別の場所から出ようと必死に蚊帳を捲るも終わりが見えない。どうやら閉じ込められてしまったようだ。

「ホッホッホッホ！」

白蔵主が青ざめていると、朗らかな笑い声が上がった。怒りで顔を染めて睨みつければ、声の主——太三郎狸は嬉しそうに白い髭を扱いている。

「まんまと引っかかりおった。こういう怪異を〝蚊帳吊り狸〟という。蚊帳が使われなくなったから、ほぼ忘れ去られかけておるがの。愉快じゃのう！」

「ゆっ……愉快なのはお前だけだっ！　ここから出せ。それが〝善行〟で知られている太三郎狸のすることか！」

「……ほう？　それは痛いところを突かれた。こりゃあいかんな」

一瞬、太三郎狸の表情が曇る。けれども、すぐに白髭の老狸は朗らかに笑った。

「まあ、これくらいはお茶目な悪戯の範疇《はんちゅう》じゃ。今風に言えばノーカンじゃ、ノーカン。蚊帳から出たければ、ひたすら捲るんじゃな。さて、何枚目で外へ出られるか……」

「いい加減にしてくれ！　これは遊びじゃないんだぞ!!」

「儂も遊びのつもりは毛頭ないがのう。ホッホッホ」

すると、楽しげに白蔵主を眺めていた太三郎狸は、フッと真顔になって言った。

「――綺麗なものだけを見せたい。そう思っていた時期が儂にもあったよ」

ハッとして顔を上げる。蚊帳の向こうの太三郎狸の表情はどこか憂いを帯びていた。

「しかし、それは儂の思い上がりであった。なにを見て、なにを受け取るのか。選ぶ権利が誰しもあるのにのう。実に厄介なものよ」

「……なにを言いたい」

「さあ。儂の言葉をどう捉えるかは主の自由。儂が言えることといえば……優しく囲うことだけが、善い行いだとは言えないということくらいじゃろうか」

それだけ言い残し、太三郎狸は去って行った。

「………………」

なにはともあれ、この蚊帳の檻《おり》から出なければ。そう思うものの――。

白蔵主の頭の中では、ナナシや太三郎狸に今しがたもらった言葉がグルグル回っていた。

白蔵主が蚊帳の檻から出られたのは、三十六枚目の蚊帳を捲った時のことだ。

疲労のあまりヨロヨロと和室から出れば、そこには和風庭園が広がっていた。雲ひとつない、月明かりが眩しい夜だ。宴の跡はあるものの庭はもぬけの殻だった。灯籠《とうろう》の仄かな光と、静寂がその場を支配している。

「――孤ノ葉！」

娘の名を叫んでみても、なんの反応も返ってこない。罠だろうかと訝しむ。けれども、その場に留まっているわけにもいかずに、白蔵主はゆっくりと庭へ降りた。

「おお。ようやく来なさったか。ご苦労様でござる」

「ヒッ……！」

瞬間、顔の横でぽうと明かりが灯った。そこにいたのは修験者風の格好をした男だ。

行灯を手に、ニタリと笑う姿はどうにも妖しげである。

「拙僧の名は……団三郎と言えばわかるでござるか？」

「日本三大狸の。ハハッ。三匹揃い踏みか。困ったものだ……」

弱々しく首を振った白蔵主に、団三郎狸は不思議そうに首を傾げた。

「フム？　話に聞くよりかは落ち着いておるようでござるな。暴言を吐き、顔を真っ赤に怒る様は、まさしく富士山《ふじやま》が噴火したようであったと聞いていたのでござるが」

「……怒らせようとしても無駄だぞ。私は蚊帳捲りでクタクタだ」

「おお。なるほど。それは重ね重ねご苦労様でござる」

本気なのか冗談なのかよくわからない団三郎狸の反応に、白蔵主は眉を顰めた。

「――どうせ、お前も私を諭しに来たのだろう。勘弁してくれ」

思わず肩を落とせば、団三郎狸はキョトンと目を丸くした。

「諭す？　そう言われましても……。つい先ごろ、己の勉強不足を痛感した拙僧は、誰かに語るだけの言葉を持ち合わせてはおりません」

「……勉強不足？　団三郎狸ほどの高名な狸がか？」

「はい。実は拙僧、数年前にわが子を亡くしましてな」

あまりにも唐突な告白に息を呑む。

「それはそれは……」と曖昧な言葉で返すと、団三郎狸はどこか弱々しく笑んだ。

「気を遣わせてしまい失礼した。それはさておき——拙僧は、己の無知のせいで、見当違いな方向で努力をしていたようでしてな。わが子可愛さで目が曇っていたようでござる」

「………。それで、どうしたんだ？」

「お恥ずかしいことに、人間の少年と双子の烏天狗に上手く嵌められましてなあ！　己がしてきたことが、まったく意味がなかったのだと思い知らされました」

ワハハ！　と照れ笑いを浮かべた団三郎狸は、次の瞬間には至極真面目な表情になった。

「正直なところ、拙僧は白蔵主の気持ちが痛いほどわかるのです。子はなにより可愛いもの。弱くて、小さくて、守ってあげなければという気持ちにさせられる。——守れなかった時の気持ちは他人にはわからんでしょう。あれは……本当に辛いものです」

「わかって、くれますか」

途端に泣きそうな顔になった白蔵主へ、団三郎狸はニッカリと朗らかに笑った。

「わかりますとも。頑張りましたなあ。本当に。よおく頑張りましたぞ」

「……っ！」

思わず息を詰まらせた白蔵主の背中へ、団三郎狸は優しく手を回してやった。

「父親には父親の苦しみがある。同時に、娘さんには娘さんの苦しみがあるのでしょうなあ。

拙僧とは違い、あなたの娘さんは生きているでしょう。親子で歩み寄る努力をせねば。無知は罪でござるよ。互いをもっと知るべきでしょう」

とん、と団三郎狸に背中を押され、数歩たたらを踏む。

すると、眼前に大きな川が流れているのに気がついた。川には三本の石橋が架かっている。

困惑気味に振り返れば、すでにそこに団三郎狸の姿はない。しかし声だけは聞こえた。

「――阿波に綿打橋《わたうちばし》という橋がありましてな。そこには人を化かす狸が多く棲んでいたそうでござる。度々、橋を増やして川の中に人を落とすものだから、人間たちは大いに困らされたそうでござるよ」

「私を水中へ落として懲らしめるとでも？」

「いやいや！　正解の橋を選べば落ちることもありますまい」

「正解……？」

じっと橋を見つめる。橋そのものは、どこにでもあるような石造りの橋だ。違いがあるとすれば――橋の向こう。そこへ立っている人物くらいだった。

「孤ノ葉が三人……」

橋の向こう側には、白いワンピースを着た人物が三人立っていた。顔は三つ子かと思うほどに瓜二つだ。しかし、微妙に細部が違う。

「娘さんは、父親に自分を見つけて欲しいそうでござるよ」

「……どうしてそんなことを？」

「恐らく、あまりにもあなたが自分の話を聞いてくれないからでしょうなあ」

団三郎狸の言葉に、白蔵主は泣きたくなった。

――つまりあれは、孤ノ葉なりの愛情確認ということだろうか。

小さくため息をこぼす。気がつけば、己の内で轟々と燃えさかっていた恨みの炎がすっかり大人しくなっている。話しているうちに、冷静さを取り戻したらしい。

白蔵主は大きく息を吸うと、姿が見えない団三郎狸へ言った。

「話を聞かせてくれてありがとうございます。今度、お子さんの墓前に参らせてください」

「もちろんでござる。同じ父親として応援しておりますぞ」

「……はい」

団三郎狸の気配が遠ざかっていく。白蔵主は堪らず苦笑をこぼした。

――なにが語る言葉を持たないだ。ずいぶんと重い語りだった。

まっすぐに顔を上げる。気持ちを切り替えた白蔵主は、三人の孤ノ葉のうちのひとりに向かって、迷うことなく歩き始めたのだった。

＊　＊　＊

――ああ。孤ノ葉が今にも泣きそうだ。

私は、孤ノ葉の前まで辿り着いた白蔵主を見届けると、ホッと胸を撫で下ろした。

三本の橋のうち、本物はたったひとつだけ。普通ならば少しくらいは迷いそうなものだけれど、白蔵主はそんな素振りを欠片も見せることなく、本物の孤ノ葉がいる橋を選んだ。

白蔵主が、本当に自分を想ってくれているのかを知りたいと、今回の方法をとった孤ノ葉は、驚きと安堵感で瞳を潤ませている。

ちなみに、孤ノ葉の偽者を演じたのは私と月子だ。変化の術が解けた私たちは、ナナシや太三郎狸たちと一緒に、白蔵主から少しだけ離れて様子を見守っていた。

すると、どこかくたびれた様子の白蔵主が静かに語り始めた。

「まったく。日本三大狸を全員引っ張り出すなんて。ずいぶんと大騒動になったものだ」

「お父さんが貸本屋を潰すなんて言い出すからだわ」

「そうだな。それは間違いない」

どうやら、ここに来るまでに白蔵主の頭は冷えたらしい。ついさっきまで、私に向かって唾を飛ばしながら暴言を吐いていた人物だとは思えない。

「――人間の男がそんなに好きか？」

白蔵主がぽつりと訊ねる。すると孤ノ葉は、大きな瞳に涙をいっぱい溜めて言った。

「好き。初めて好きになった人なの」

「……そうか」

娘の言葉に白蔵主は表情を曇らせた。私たちを見遣り、意を決したように口を開く。

「先に謝らせてくれ。冷静さを欠いて、聞く耳を持てなかった」

「……うん。いつものお父さんらしくなかったね」

「そうだな。やっと目が覚めたよ。あのままだったら、薬屋が言った通り、孤ノ葉に愛想を尽かされていたかもしれない……」

優しげな語り口に、白蔵主の普段の様子が垣間見える。いつもは、親子ふたりで穏やかに時を過ごすような関係だったのだろう。もしかしたら、このまま孤ノ葉の交際を認めてくれるかもしれない――私にはそう思えた。

「でもな、孤ノ葉。人間との交際を、私が認めることはこれからもないよ」

「……！」

しかし、予想と反して白蔵主はきっぱりとそう言い切った。

孤ノ葉の表情が歪む。小さく息を呑んだ彼女は、どこか苦しげな様子で訊ねた。

「ど、どうして……？　相手が人間だからって、なんでそこまで」

白蔵主はゆるゆると首を横に振り、どこか哀しそうな様子で語り始めた。

「人間の娘と孤ノ葉が考えた通りだ。その答えは私の伝承にある。私は――白蔵主という僧に呪われてしまった。だから弥作を殺せなかったし、五十年以上も住職を務めたんだ」

当時、ただの白狐であった白蔵主に呪いをかけた相手。

それは白狐に成り代わられた人間の白蔵主だった。

「……初め、私は白蔵主も弥作も喰ってしまおうと思っていたんだ。一度チャンスをやったのに、それをふいにした弥作を生かしておく必要はない。まずは白蔵主を殺し、金の無心に来るであろう弥作を待ち構えようと思った。だから白蔵主の寝室へ忍び込んだんだ」

それは月のない夜だったそうだ。

気配を消して寝室に忍び込んだ白狐は、白蔵主が起きているのに気がついた。

白蔵主はさして動揺した様子もなく、寝室に侵入した白狐に茶を出しすらしたという。

「……かの人は、私が己の名を騙《かた》って弥作を諭したことを知っていた。そして、甥《おい》が仕出かした罪を深々と詫びて、自分の命を差し出すとまで言ったんだ」

しかし、話はそれで終わらなかった。白蔵主は己の命を差し出す代わりに、甥の命だけは絶対に取らないでくれと懇願した。しかも、万が一にでも弥作が行方不明になったり、狐に喰い殺された場合、麓の里の猟師たちが夢山を山狩りしてやると脅してきたのだ。

――なぜだ、と白狐は白蔵主に訊ねたのだという。

その答えはとても単純なものだった。

「白蔵主は……家族である弥作を守りたかった、らしい」

家族という言葉に、孤ノ葉がなんとも言えない顔になった。最初に弥作に家族を殺されたのは白狐であったのに、わがままがすぎるのではないか。

「酷いわ……。でも、お父さんはその提案を受け入れたのね？」

「そうだ。この時点で、すでに家族を人質に取られていたようなものだからね。それに白蔵主はこうも言った。自分に化け、人間と共に過ごしてみろ。いつかは人間のことを好ましく思い、家族を殺された罪を赦す気持ちにもなるだろうから、と」

その言葉を受け入れた白狐は、白蔵主を喰い殺して成り代わった。しかし――それから何年経とうとも、白蔵主の気持ちは晴れなかったのだ。むしろ悪化したと言ってもいい。

「住職として過ごした五十年という月日は、決して短いものじゃなかったよ。なにせ……定期的に反吐《へど》が出るほどの怒りに苛まれることになったからね」

……五十年。それは、弥作が生きた年月と同意だった。

彼はまったく懲りることを知らなかった。何度も何度も金の無心にやって来ては、断られると狐狩りを再開しようとする。慌てて金を支払えば去るものの、また少しすれば無一文になって姿を現すのだ。それが延々と繰り返される日々はまさに地獄だった。

「弥作の顔を見る度、殺意が湧いて仕方がなかった。なにが赦すだ。人間の愚かさをまざまざと見せつけられ、どうしてそんな気持ちになれる!?」

堪らず声を荒らげた白蔵主は、ハッとした様子で長く息を吐いた。

「もちろん、弥作以外の人間にも会ったさ。いい奴も悪い奴もいた。だが、私の気持ちを変えるほどの出会いはなかったんだ。だから、私は今でも恨んでいる。家族をむごたらしく殺した挙げ句、なんの反省もしなかった弥作という人間を」

最後に、自分の胸に手を当てると、白蔵主はぽつりとこぼした。

「そして――家族を守りきれなかった愚かな自分を、今も恨み続けているんだ。だから、人間そのものが好きになれない。信用もできない。娘を預けたくない」

瞬間、ぽろりと孤ノ葉の瞳から涙がこぼれた。

大粒の涙が、頬を伝って地面に落ちていく。しかし、孤ノ葉は俯かない。

「それでも私は彼のことが好き」

父の苦しい過去、そして胸中を知った孤ノ葉は、涙をこぼしながらもまっすぐに白蔵主を見つめ、凛とした様子で言った。

「私は、自分の好きな人がそんな人間じゃないって信じたいの」

「……孤ノ葉」

孤ノ葉はこぼれた涙を拭うと、どこか困ったような顔になって笑った。

「でも……お父さんの気持ちもわかる。わかっちゃうから、すごく辛いなあ。私、夜人さんのことも好きだけど、お父さんのことも大好きだもの」

瞬間、白蔵主の顔がくしゃりと歪んだ。唇を震わせ、まるで絞り出すように声を出す。

「……ごめん。ごめんな。どうしても応援してはやれない」

「そっか」

孤ノ葉の表情が曇る。ふたりの様子を見守っていた私は、そっと視線を逸らした。

――きっと今、ふたりは今までにないくらいに歩み寄ったのだ。それでも、どうしても譲れない一線がある。それはお互いを思い遣るからこそ、本当に仲がいい親子だからこそだ。相手の幸せを願えばこそ、立ちはだかる壁だった。

「ナナシ……」

どうにもやるせなくて、ナナシの手を強く握った。ナナシも手を握り返してくれる。

「どうしようもないわ。きっと正しい答えなんて存在しない。親子だからって、家族だからって……同じ考えだとは限らないもの」

「でも、このままじゃ」

「――そうね。このままだったらまずいことになるんでしょうね。すれ違って、場合によっては家族がバラバラになるかもしれない」

ナナシの言葉に、孤ノ葉が怯えたような表情になった。視線を宙に泳がせ、落ち着かない様子で指を動かしている。きっと、その胸中では家族と恋心を天秤にかけているのだろう。でも、どちらも大切なものだ。簡単に諦められるものではない。

「は、白蔵主……」

意を決して声をかければ、白蔵主はゆるりと私を見た。

――今、私にできること……。

その瞬間、フッと脳裏に東雲さんの顔が思い浮かんだ。

見る影もなく消沈している白蔵主に、こくりと唾を飲み込んで語りかける。

「……守るより、そばにいてあげることはできませんか」

「…………」

「私だったら、父には盾でいるよりも支えであって欲しい。傷ついてしまった時に帰る場所であって欲しい。泣いてたら涙を拭って欲しい。辛い時に『大丈夫だ』って、『俺がいる』って慰めて欲しい。……いざという時、頼りになる存在でいて欲しいんです」

「……君は」

白蔵主は一瞬だけ口を噤むと、まっすぐに私を見て言った。

「君は東雲に、そういう風に守られてきたのか」

「はい」

深く頷けば、白蔵主はどこか泣きそうな顔になった。

「――そうだな。そういう奴だ。アイツは」

そしてぽつりとそうこぼせば、苦しげにそっと瞼を伏せた。

「本当に難しいな。ハハハ。私には親の資格なんてないのかもしれない……」

自信なげに呟き、口を閉じる。しかし、すぐにハッと顔を上げた。

その手を孤ノ葉が握ったのだ。

「違うわ。お父さんは少しやり方を間違っただけ。私にだって悪いところはあった」

「孤ノ葉、お前は恋をしただけだ。なんの非もない」

「ううん。私も考えが甘かったの。玉藻前に指摘されて気づいた。気持ちだけ先走って、人間の彼との未来をなんにも考えていなかったんだ」

そっと白蔵主を抱きしめる。孤ノ葉はかすかに震える声で言った。

「――親子だもの。もっと話そう。いっぱい喧嘩しよう。そうやって、たくさんある選択肢の中から一緒に一番いい物を選び取っていこうよ。今回のことも、それ以外のことも」

「……いいのか。こんな私とで」

「お父さんとだからだよ。大好きなお父さんとなら痛くても苦しくても一緒にいられる。ここまで育ててくれたのはお父さんだもの。だから……いつか私が独り立ちする日まで、未熟な娘だけど懲りずに一緒にいて欲しい」

にっこり笑んだ孤ノ葉の瞳から、ぽろりと透明な雫がこぼれる。

口ではそう言いつつも、それでも辛い気持ちが拭えないのだろう。その涙には、孤ノ葉のやるせない気持ちがこもっているように思えた。

恐らく、今のふたりに必要なのは、時間と対話なのだ。

家族というものは、一見、何者にも壊せないような強固な繋がりがあるように見える。しかし案外もろいものなのかもしれない。対話の機会を逃すだけで簡単に壊れてしまう。

──ふたりが、お互いに納得できる結論が出せたらいいな……。

そんなことを思っていれば、孤ノ葉がクスクス笑った。

「だからね、もう貸本屋を潰すとか言わないでよ？」

「わかってる。後で謝罪に行くさ……奴の好みの酒をたんまり携えてな」

白蔵主もそれに答える。ゆらり、ゆらゆらと四本の狐の尻尾がゆっくり揺れていた。

──とりあえずは一件落着でいいのかな。この後のことは、親子で決めることだ。

ほうと安堵の息を漏らせば、ほろりと涙がこぼれた。慌てて顔を拭っていれば、どこから嗚咽《おえつ》が聞こえてくる。

「うっうっうっ……！　親子ね……！　ふたりとも幸せになってええええええ……」

それはナナシだった。顔をクシャクシャにして、ハンカチで顔を拭っている。

そのせいか、マスカラが滲んで目の周りが大惨事になってしまっていた。

「ナ、ナナシ。顔っ！　大変なことになってる！　はい、鏡！」

「……え、ぎゃあああああっ！　嫌だわ！　こんな顔じゃ出歩けないじゃない！」

「おお。感動的な場面に突如現れた泣きお化け。風流じゃのう、団三郎」

「太三郎殿、後々、薬屋に噛みつかれても拙僧は知りませんぞ……」

一気に場が朗らかな雰囲気に包まれる。真っ青になって鏡と睨めっこしているナナシに、誰もが笑うのを必死に堪えていた──その時だ。

──ちりん。

涼やかな鈴の音と共に、癇癪《かんしゃく》を起こしたような金切り声が響き渡った。

「酷いわ！　白蔵主のおじさま。孤ノ葉の願いを聞き届けないなんて……！」

＊　＊　＊

──一方、その頃。

水明と玉樹、烏天狗の双子金目銀目とクロ、そして芝右衛門狸は、屋敷の屋根に上って夏織たちの様子を窺っていた。孤ノ葉と白蔵主がなにやら話しているが、ずいぶんと時間がかかっている。そのせいか、双子は暇を持て余し気味だった。

「なあなあなあなあ。狸のオッサン！　ちょっと遊びに行っていいか？　夏織んとこ」

「おいおい。やんちゃな小僧だなァ。嫌いじゃねえが、今日ばかりは大人しくしておけ」

「ええ、頭固いんだから〜。ちょっと事態をややこしくしてくるだけだってば」

「てめェ、金目っつったか？　頭かち割ってやろうか、あァん!?」

小声でやり合っている三人をよそに、水明は夏織の姿を目で追っていた。

その腕の中には、相棒である犬神のクロの姿がある。

「夏織ったら、また変なことに巻き込まれてるね？　水明」

「まったくだな、クロ。アイツ、少しくらい貸本屋で大人しくしていられないのか」

「アハハ！　きっと無理だろうなあ。夏織だもん」

クロの言葉に、水明は思わず渋い顔になった。

水明の手の中には、夏織から届いたばかりの手紙があった。そこには、今回の計画が詳《つまび》らかに書かれている。そしてその中に、見逃せない一文があったのだ。

「……人魚の肉売りが現れるかもしれないなんて、俺は聞いてないぞ夏織」

ぼそりと文句を呟くも、地上の夏織に届くはずもない。相変わらずの説明不足を痛感していれば、すぐ隣に玉樹がやってきたのがわかった。

「……すまんな。こんな時に」

「なんのことだ」

謝罪の意図が掴めず首を傾げれば、玉樹は白濁した右目を水明に向け、ニヤリと細める。

「好きな相手とはいつも一緒にいたいものだろう？」

「なっ……!?　な、なななにを」

真っ赤になってしまった水明に、玉樹は楽しげに笑った。

「自分もそうだったからな」

玉樹の様子に水明は違和感を覚えた。普段の玉樹からすれば考えられない発言だからだ。

「……どうしてそんなことを、俺に？」

訝しみながらも訊ねれば、玉樹は穏やかに言った。

「最近、最愛の人のことをよく思い出す。……きっと、そのせいだ」

その瞳に滲んだ愛情らしきものに、水明は目を瞬く。

「ふうん。今回の件が終わったら会いに行くのか？」

玉樹の事情など水明が知るところではない。けれど、なんとなくそんな気がして訊ねれば、玉樹は少し驚いたような顔をしてから、すぐに表情を緩めた。

「ああ。人魚の肉売りの野郎をぶちのめしたら、会いに行く」

「……ソイツをぶちのめさないと会えないのか？」

「まあな。仕事をきちんとこなさないうちは会えない。物語に喩《たと》えるとするなら……助けに行った王子が、姫にしこたま叱られる展開なんて無様じゃないか」

「……確かにそれは勘弁して欲しいかもな」

水明は玉樹に向かって小さく笑うと、どこか不敵に口端を吊り上げて言った。

「なら、一刻も早く片付けるべきだな。だって、いつも一緒にいたいものなんだろ？」

「フハッ！　ハハハ……本当にそうだな」

楽しげに笑う玉樹の様子は、普段よりずいぶんと親しみやすい。

せっかくの機会だ。水明は玉樹としばらく話し込んだ。

　――ちりん。

「……！」

瞬間、鈴の音が耳に届いた。

「酷いわ！　白蔵主のおじさま。孤ノ葉の願いを聞き届けないなんて……！」

悲痛な叫び声だ。それが聞こえた途端、玉樹は無言のまま勢いよく駆け出した。

なにやら夏織たちの様子がおかしい。もしや、件の肉売りが現れたのだろうか。

「行くぞ！」

水明は双子たちに目配せをすると、その後を追った。

心臓がバクバクと鼓動を打っている。

夏織との久しぶりの再会。どうにもそれは、穏やかなものとはならないようだった。

＊　＊　＊

金切り声の主は月子だった。

興奮で息を荒くしながら、色ガラスの眼鏡の向こうで目を爛々と光らせている。

「おじさまは本当に駄目ね。親子のことだもの。口出しするのは駄目かなって……黙って見ていたけれど。孤ノ葉の希望を叶えず、仕舞いには泣かすだなんて父親失格」

「つ、月子……!? なにを言い出すの?」

困惑を隠しきれない孤ノ葉に、月子はにっこりと笑いかけた。

「待っていて、孤ノ葉。もう大丈夫」

――ちりんっ!

その瞬間、一際大きく鈴の音が辺りに響いた。

月子の足もとにあった影が、まるで沸騰するように泡立ち始める。

「やっぱり孤ノ葉の希望を叶えられるのは、わたくしだけ」

月子の瞳が恍惚《こうこつ》に滲む。泡立った影から誰かの手が伸びてきた。なにかが姿を現そうとしている。肌がチリつくほどの異様な存在感が放たれ、目を離せなくなってしまった。

「……ふわ。おやおや、ようやく僕の出番かい?」

ぬらりと、影の中から浮かび上がるように姿を現したのは男だ。

太陽で焦がしたような褐色の肌、月のない夜の影のような色をした髪は、腰まで伸びている。瞳はどこか毒々しさを醸す緑色で、男が動く度に暗闇の中で妖しく光る。その格好は、まさに昔話に出てくる漁師そのものだ。小袖に腰蓑をはいて、魚籠《びく》を腰から下げている。今にも亀を助けて竜宮城《りゅうぐうじょう》に出かけそうな出で立ちだった。

「だっ……誰だ、お前は！」

孤ノ葉を背後にかばった白蔵主が訊ねれば、男は帯に挟んでいた鉄の鉤《かぎ》を手にした。そして、おもむろに地面に落ちた影を見遣ると——突然、影へ腕ごと鉤を突っ込んだ。

「なっ……なに!?」

動揺している一同をよそに、男は鼻歌交じりに地面からなにかを引っ張り上げる。

それを見た瞬間、私は悲鳴を上げそうになってしまった。

なぜなら、地面から鉄の鉤に引っかけられて現れたそれは。

人間の幼子の顔を持つ、全長一メートルほどの大きな魚だったのだ——。

「……人魚？」

険しい表情をしたナナシがぽつりと呟けば、男は「その通り！」と声を上げた。

まるで道化のようにくるりと回ると、ニィと口端を歪めて一礼する。

「お初にお目にかかります。僕は人魚の肉売り。夢と希望と永遠を届ける救世主！　どうぞお見知りおきを！　さあさあ、人魚の肉で願いを叶えるのは、一体誰だい？　なんでも叶えてあげるよ。おまけに不老不死も付いてくる。ああ、君たちはなんて幸運なんだ。人魚の肉さえあれば、些細な悩みは綺麗さっぱり消えてなくなるんだからね……！」

最後に、うっとりと人魚を眺めた肉売りは、どこか陶酔したような口ぶりで言った。

「永遠は幸福の始まりだ。さあ、すべてを打ち明けなよ。君たちを救ってあげる」

呆然している私たちに、かの肉売りは上機嫌で話し続けていた。

「人魚はね、とっても美味しいんだ。お刺身に煮付け、焼き魚でもなんでもいける。肝もおすすめだよ。肝醤油に身をつけて食べると癖になる！　ねえ、どうやって食べようか」

肉売りの言葉に、私は寒気を覚えずにはいられなかった。

彼が鉄の鉤を持ち上げる度、人魚の顔が痛みに歪む。それを手に、まるで魚屋のようにセールストークをしているのだ。まるで人間の子どもを売っているようにも思えて、忌避感が拭えない。青ざめていれば、ナナシがそっと肩を抱いてくれた。

「ちょっと待って。アンタ一体なんの用なの？　ここには、人魚の肉なんて摩訶不思議なものを必要としてるあやかしはいないわ」

「……ん？　そうなのかい？」

こてんと肉売りが首を傾げる。すると「勝手なことを言わないで」と月子が声を上げた。

「……孤ノ葉がいる」

「えっ、私……？」

思わず目を瞬いた孤ノ葉に、月子はにっこりと可愛らしく笑んだ。

「だって、孤ノ葉の希望は叶わなかった」

「そ、それはそうだけど……」

瞳を揺らした孤ノ葉に、月子は肉売りを指差しながら言った。

「だったらこの人に願えばいい。好きな人と一緒にいられる方が幸せ、でしょ」

はっきりと断言した月子へ、孤ノ葉は困惑気味に眉を顰めている。

――一体、どういうことなの……？

月子の発言に、私は首を傾げざるを得なかった。

彼女が肉売りに接触したのは、自分の願いを叶えるためじゃなかったのだろうか。一度は諦めろと諭したのに、今の段階になって人魚の肉に頼ってでも願いを叶えろという。月子の行動はどこかちぐはぐだ。思案に暮れていると、月子は孤ノ葉へ向かって続けた。

「さっきの話を聞きながら、わたくし考えたの。どうすれば、孤ノ葉が夜人と結ばれるのか。白蔵主は人間が嫌い。人間が憎い。人間を信じられない。なら――答えは簡単」

その瞬間、月子の瞳が妖しく煌めく。

「夜人を人間じゃなくせばいい。あやかしにしてしまうの」

「……！」

さらりとそう言い放った月子に、孤ノ葉は顔を引き攣らせた。

「な、なにを言っているの。そんなこと、私が勝手に決められるわけないじゃない」

「どうして？」

「ど、どうしてって……そんなの当たり前だわ！」

「わたくしは問題ないと思う、けど」

心底不思議そうに呟いた月子に、孤ノ葉はさあと青ざめた。ぴくぴくと狐の耳が不安そうに動いている。ゆらりと紫色のリボンが不安げに揺れた。

「どうしてそんなこと言うの……？」

孤ノ葉が困惑気味に呟けば、月子の眼鏡が月光をちかりと反射した。

「そんなこと？　全部、孤ノ葉の幸せのため、だよ？　あ！　もしかして、不老不死が嫌？　なら……わたくしが代わりになる。それで問題ない」

「そ、そうじゃなくて――」

ふたりの間に沈黙が落ちる。理由ははっきりしないが、孤ノ葉と月子が決定的にすれ違っているのは明らかだった。

「まったく、狐の娘はほんに残酷じゃのう。……可哀想な狸の娘」

するとそこに、どこか妖艶な声が響き渡った。

突然、辺りに強い風が巻き起こる。あまりの勢いに思わず目を瞑れば、芳《かぐわ》しい香の匂いが鼻孔を擽った。この匂いには覚えがある。そう――寝殿造の屋敷で嗅《か》いだものだ！

吹き荒れる風と共に姿を現したのは、玉藻前だった。

十二単を翻した彼女は、月子にしなだれ掛かり、ついとその顎を指でなぞった。

「――のう、娘。そんな鈍感のおなごのどこがいいのじゃ。いくらお主が尽くそうとも、そのことに気づきすらしないというのに」

「……！　やめて」

パッと頬を染めた月子は玉藻前の手を撥ね退けると、ヨロヨロと後退した。

「だ、黙って……！　あなたには関係ない！」

大声で叫んだ月子に、私は目を丸くした。こんなに感情を露《あら》わにしている彼女は初めて見た。それだけ、玉藻前の言葉に動揺しているということだろうか。

「……玉藻前、お前まで来ていたのか。一体、どういうことか説明してくれないか」

白蔵主が困惑気味に訊ねれば、玉藻前は袒扇で顔を隠して笑った。

「ホホホホ。別にこれは、特段珍しいことでもあるまい？　人間と違い、我々は時にやりすぎるくらいに恩義を感じた相手に尽くすものじゃ」

玉藻前は懐に手を差し入れると、そこから一冊の本を取り出した。

「あっ」

月子の目が驚愕《きょうがく》に見開かれる。それは月子が落とした『新美南吉童話集』だったからだ。

「――さてさて。妾も仕事をしよう。〝孤ノ葉の願いが叶うように説得に協力して欲しい〟のじゃったな。ならば……これを語らずにはいられぬ。可哀想な月子。孤独で、報われない、誰よりも愚かな狸の娘の話じゃ。これを聞けば、狐の娘も同情せざるを得まい」

玉藻前はするすると本の表紙を指でなぞると、付箋がついたページを開いた。

「月子の動機はすべてこの本にある。お主たち『ごん狐《ぎつね》』という物語を知っておるか」

その問いかけに、私はこくりと頷いた。

「――ごん狐。それは新美南吉により書かれた児童文学ですね」

『ごん狐』の主人公は両親のいない小狐ごんだ。悪戯ばかりして村人たちを困らせていたごんは、ある日、病に倒れた母のためにうなぎを獲っていた兵十《ひょうじゅう》を見つける。悪戯心を起こしたごんは、兵十が見ていない隙にうなぎを逃がしてしまった。それから数日後、兵十の母親の葬式を見たごんは、「兵十の母親は、きっとうなぎを食べたい、食べたいと思いながら死んだに違いない」と、自分が仕出かしたことを後悔する。

「自分と同じひとりぼっちになってしまった兵十を哀しく思ったごんは、それからというもの、こっそり兵十へ森や川の恵みを届けました。ちっとも兵十は気づいてくれませんでしたが、それでも贈り物をし続けたんです」

この物語の一番印象的な場面は、まさにそのラストシーンにある。

家に忍び込んだごんを見つけた兵十は、また悪戯をしに来たのだと勘違いをして、火縄銃でごんを撃ってしまうのだ。そして、贈り物をくれたのがごんだと気づくと、

『ごん、お前《まい》だったのか。いつも栗をくれたのは』

という台詞《せりふ》を残して物語は終わる。

「初出は『赤《あか》い鳥《とり》』という児童雑誌です。きっと当時の子どもたちの目にも、とても哀しく、そして美しい物語だと映ったんじゃないでしょうか……」

牧歌的な郷土の風景、ごんの小狐らしい無邪気な心情が童画的に描かれ、そして訪れる悲劇的な最期が大いに心を揺さぶる傑作。小学校の教科書に採用されていることでも有名で、授業中に泣いてしまったなんて話もよく聞くほどだ。――そう、月子が付箋をつけていたのは、まさに『ごん狐』だった。しかし、それと今回の件がどう関わってくるのだろうか。

「まだわからぬか？　その娘はごんの如く――贖罪《しょくざい》のために狐の娘に尽くしているのよ」

「…………」

驚きのあまりに月子を凝視する。月子は、玉藻前の言葉に反論するでなく黙ったままだ。

「実はのう。今の今まで、暇つぶしに芝右衛門狸の配下から話を聞いておったのだ。いや、実に興味深い話が聞けた。あの娘、幼い頃はずいぶんと荒れていたようじゃ。誰にも心を開かず、狭い穴倉に閉じ籠もり、外の世界を知らずにおったらしい」

月子を心配した芝右衛門狸は、必死に外に出るように働きかけた。が、どうにも成果がでない。そんな時、連れられて来たのが孤ノ葉だったのだという。

「白蔵主と芝右衛門狸は旧知の仲であったからの。年の近い娘子であれば、と考えたのじゃろうな。しかし、ことはそう上手くいかなかった……のう？　孤ノ葉」

玉藻前の視線を受け、孤ノ葉は青ざめた顔のまま頷いた。

「あの頃の月子は、本当に獣みたいでした……」

当時の月子は、孤ノ葉すらまったく受けつけなかった。牙を剥き出して威嚇をし、近づこうとする孤ノ葉を容赦なく攻撃した。そんな中、事件が起こったのだ。

「――ある日、うっかり、いつも以上に月子に近づいてしまったんです。月子は牙を剥き出しにして、私に襲いかかってきました。そして……」

孤ノ葉がそっと右の狐耳に触れる。紫色のリボンがゆらりと揺れた。

「月子は私の耳を食いちぎりました」

「――やめて！」

その瞬間、月子が悲痛な叫び声を上げた。つかつかと玉藻前へ近づくと、その手から童話集を奪い返す。ギュッとそれを胸に抱いた月子は、涙目になって掠れ声で呟いた。

「……やめて。思い出させないで」

「月子……」

苦しげに眉を顰めた孤ノ葉は、月子にそっと訊ねた。

「まさか、まだそのことを悔やんでいるの？」

「…………」

「もういいって、もう大丈夫って言ったじゃない。私は気にしていないいって」

月子は黙りこくったままだ。すると、月子の代弁者と言わんばかりに玉藻前が続けた。

「その娘の中では終わっていなかったのだろうよ。ほんに健気な狸じゃ。贖罪のため、狐の娘に献身的に奉仕してきたのじゃから。なあ、狐の娘。願い事すべてを、狸の娘に叶えてもらう生活は楽しかったじゃろう？」

途端、孤ノ葉が驚きに目を見開いた。

「……私の願い事を、すべて叶える？　月子が？」

勢いよく月子を見る。彼女は、特に感情を浮かべずに孤ノ葉を見つめていた。

とんでもない話だ。おおよそ真実とは思えない。しかし、私は少し納得もしていた。孤ノ葉の発言の端々からは、月子が今までしてきたことが滲んでいたように思うからだ。

『知ってる？　今まで、月子と私が揃っていて、解決できなかった問題はないのよ』

『月子がそばにいてくれると、すべてが上手く行く。問題なんてあっという間に解決する気がするの……』

そう言わせていたのが、月子の献身であったのであれば、なんてすさまじいことだろう。相手に気づかれることなくすべて叶える。それがどれだけ大変なことか想像するまでもない。その瞬間、私はようやく月子のしてきたことが理解できた。

「……ああ、だからか！　孤ノ葉の恋路を応援してみたり、急に諦めろって諭してみたりしたのは、すべて〝孤ノ葉の願いを叶えるため〟なんだ！」

恋路を応援したのは〝孤ノ葉が夜人との恋人関係を継続したいと願った〟から。

諦めろと諭したのは〝己の考えの浅はかさに失望して、恋人と別れた方がいいかもしれないと孤ノ葉が考えた〟から。孤ノ葉へ本を貸したのも〝退屈な時間を解消したい〟とでも孤ノ葉が願ったからなのかもしれない。その結果、孤ノ葉は人間に興味を持ち、現し世へ出かけたいと願って――。月子は、孤ノ葉の願いを順繰りに叶えていっただけなのだ。

「そうじゃ！　すべては狐の娘のため。じゃろう？　月子……」

すると玉藻前は、どこか残酷な表情を浮かべ――とんでもないことを言い出した。

「〝物語のような素敵な恋をしてみたい〟。その願いを叶えるために、人間の男を用意したくらいだものな？」

「――え……」

玉藻前の言葉の意味がすぐに理解できず、孤ノ葉はポカンと口を開けた。

そろそろと月子を見遣る。彼女は玉藻前の言葉をなにひとつ否定していない。

「……嘘よ。嘘よね。嘘って言って。月子……」

今までにないくらい青ざめた孤ノ葉は、ノロノロと月子へ手を伸ばした。

「夜人さんと私は、運命の出会いをしたのよね？　そうよね？」

まるで希《こいねが》うように呟く。けれども、その言葉を月子は苦しげに否定した。

「ごめん、孤ノ葉」

「……！」

孤ノ葉はその場にぺたんと座り込んでしまった。溢れる涙をそのままに、呆然と月子を見上げている。月子は孤ノ葉を無表情で見下ろすと、そっと胸に手を当てた。

「死ぬまで話さないって、誓っていたのに」

そしてどこか諦めの表情を浮かべると、眼鏡を外して静かに語り始めた。

「――美しい孤ノ葉。あなたを傷つけてしまったわたくしは、すべてをかけてでも、その願いを叶えるべき。そう思って今までやってきた」

月子が引き籠もっていた理由。それは、彼女の感覚が鋭敏すぎたことにあった。

眩しすぎて目を開けられない。日が差し込むだけで、目の奥がギリギリと痛んで、涙が止まらない。明るい世界が辛くて、太陽が憎くて、月子は徐々に病んでいった。

そんな症状は人間にもある。月子は生まれつき視覚過敏だったのだ。

「世界はまるでわたくしを拒むように光で満ちあふれていた。なのに、眩しいだけだろう、それくらいなんだって……誰も彼もが、無理矢理外へ引っ張り出そうとした。痛いのに、辛いのに、嫌だって叫んだのに。わたくしに優しくしてくれたのは暗闇だけ」

人間と違い、治療という概念はあやかしたちに馴染みがあるものではない。

幽世の町に薬屋はあるけれども、あやかしは基本的に病も怪我も自力で治そうとする。それが当たり前の世界で、月子のような症状はてんで理解が得られなかったのだろう。

「わたくしは穴倉の奥深くに閉じ籠もった。世界を拒絶して、すべてを撥ね退けて。そのまま死んでもいいと思ってさえいた」

そんな時、孤ノ葉がやって来たのだ。

「孤ノ葉は、優しく声をかけてくれた。嬉しかった。他の人と違うかもと思った。でも……わたくしを外に出そうとしているのはわかっていたから、必死に抵抗した」

そして事件は起こった。痺れを切らした孤ノ葉が、いつも以上に月子に近寄ったのだ。拒絶反応を起こした月子は、堪らず孤ノ葉の右耳に噛みついた。

『きゃあああああああああっ！』

けたたましい悲鳴に、月子は正気に戻ったのだという。

——大変なことをしてしまった……！

一瞬だけ躊躇して、血をこぼしながら穴倉の外へ出て行った孤ノ葉を追う。その時間、すでに日は暮れていた。大きな月が雲間から顔を覗かせて、世界を青白い光で照らしていたのだという。ぺたりと地面に座り込んでいる孤ノ葉へ駆け寄り、こんなつもりはなかったのだと必死に謝る。すると、出血で青ざめながらも孤ノ葉は——。

『……やった！　外に出られたじゃない！　頑張ったわね！』

痛くて堪らないだろうに、月子へ健気に笑いかけてくれたのだ。

「——なんて綺麗なのって、その笑顔に見蕩れたわ」

ぽつりと呟いた月子は、じんわりと涙を浮かべている。

「初めて誰かを美しいと思った。その瞬間、わたくしの中でなにかが変わったの。孤ノ葉のおかげで、白茶けていたわたくしの世界に、色が戻ってきた……」

更に、孤ノ葉は月子の世界に変革をもたらした。孤ノ葉は月子の症状に理解を示し、あらゆる伝手を使って治療法や対処法を探し出したのだ。それが、月子がいつも身につけている色ガラスの眼鏡や帽子だった。

「わたくしは、孤ノ葉のおかげで外に出られるようになった。これがないと、相変わらず世界はわたくしを拒むけれど、眼鏡さえあれば外の世界を眺めるのも怖くない。だから、閉じ籠もっていた分だけたくさんのものを見に行ったわ。でも、孤ノ葉ほど綺麗なものは他になかった。なにもかもが、孤ノ葉の美しさには劣ると知って驚いた」

そして月子は孤ノ葉を見つめると、苦しげに顔を歪めた。

「なのに——それをわたくしが壊してしまった」

美しい、美しい孤ノ葉。けれど、その右耳は無残にも欠けてしまっている。

「なんて大きな罪を犯してしまったのかと恐ろしくなった。死んで詫びようかとも思った。でも、それじゃ駄目だって……贖罪のために孤ノ葉の願いをすべて叶えることに決めたの」

万が一にでも、あの笑顔が曇ることがあってはならない。

孤ノ葉の笑顔を守る。ただそれだけのため、月子の奔走する日々が始まった。

「今まで、孤ノ葉の願いは些細なものだった。あのお菓子が食べたい。あそこで遊びたい。誰かと喧嘩したから仲直りしたい。孤ノ葉の世界はほどよく狭くて、彼女の願いはわたくしが叶えられるものばかりだった。でも——本を読み始めてから変わってしまった」

孤ノ葉の世界は、本を通じて急速に広がっていった。

それに比例するように、その願いも複雑で難しいものに変わって行く。

「いつか……願いが叶わないと孤ノ葉が泣く日が来るかもしれないと焦った。夜も眠れないくらいに思い悩んで、でもどうすればいいかわからなくて……」

——そんな時だ。人魚の肉売りの噂が耳に入ってきたのは。

藁にも縋る想いだった月子は、幽世へ赴き、屋台で大量の鈴を買った。そして、人魚の肉売りが来てくれるように必死に願い続けた。眠れない夜を幾日も過ごし、再び己の死を意識し始めた時。ようやく、人魚の肉売りが彼女のもとへ現れたのだ。

「ホッとした。ああ、これで孤ノ葉の願いはすべて叶えられるって」

今まで切々と語っていた月子の瞳に、じわりと濁った感情が滲んだような気がした。

それは彼女の涙に溶け込み、ポロポロとこぼれ始める。座り込んだまま、自分を恐怖のこもった眼差しで孤ノ葉が見ているなんてまるで気づかないまま——月子は言った。

「ねえ、孤ノ葉。願いを叶えよう。大丈夫、なにもかも丸く収まる。人魚の肉は万能。どんな願いも叶えてくれる。夜人が駄目だったら、他の男を用意する。大丈夫、妖術をかければどんな男だって思いのままだもの。誰とだって素敵な恋をすることができるから……」

月子は孤ノ葉の手を握ると、頬を薔薇色に染めた。

「孤ノ葉の願いは、わたくしが叶えてあげる。だから、笑っていて」

「——あああ……」

瞬間、孤ノ葉が小さく震え始めた。

「私のせいだ。私が月子を歪めてしまった」

月子の献身に、そして異変に欠片も気づかず、のうのうと過ごしてきた自分に気がついてしまったのだろう。

すると、それまで静観していた玉藻前が満面の笑みを湛えて月子の手を勢いよく振り払い、じりじりと後退る。

「——おやおや。どうして泣くのじゃろうな？　願いを叶えたいなら、月子に任せておけばよいという事実を伝えただけだというのに。狐の娘はお主を拒否しているようじゃ」

「別に構わない」

月子がそう言えば、玉藻前は意外そうに目を丸くした。

新美南吉の童話集をそっと抱きしめた月子は、物憂げに目を伏せた。

「自分が、どれだけ強引なことをしているか、わかってる。まるで、ごんみたいねって思う。

ごんの贖罪はすごく一方的で、時に相手を傷つけたりしたから。だから、いつかごんのように撃たれたってていいの。わたくし、その覚悟はできている」

じっと人魚の肉売りを見つめた月子は儚《はかな》げに微笑んだ。

「お願い。孤ノ葉を救ってあげて。孤ノ葉の願いは、すでにわたくしが叶えられる範疇を超え始めているから……」

「ああ！　任せておくれよ。人魚の肉で幸せになろう！」

にこりと笑んだ肉売りに、ホッとしたように月子の表情が緩む。そして、再び口を開こうとするも——そこへ勢いよく孤ノ葉の手のひらが飛んだ。

——バチンッ……！

思わず見ている方が顔を引き攣らせてしまうような、思いきりのいいビンタだった。

孤ノ葉は呆然としている月子を睨みつけ——次の瞬間、力一杯抱きしめた。

「馬鹿っ！　馬鹿、馬鹿、馬鹿っ！　この大馬鹿月子っ！」

「こ、孤ノ葉……？」

困惑している月子に、孤ノ葉は顔を真っ赤にして言った。

「なにが贖罪よ。なにが願いを叶えるよっ……！　どうして私に今までひと言も言ってくれなかったの。どうしてひとりで思い悩んで、ひとりで追い詰められてっ……！　そんなの酷いわ。酷すぎる！　これは大いなる裏切りだわ！」

その言葉に、月子の顔から血の気が引いて行った。

「わ、わたくしは孤ノ葉を裏切ったりなんて」

「いいえ。裏切っている。だって、苦しんでいたのにそれを私に打ち明けてくれなかったもの。私はなんでも月子に教えてた。なのに隠し事なんて。友だちなのに酷いと思わない？」

「……ッ！」

月子が息を呑んだ。声を荒らげて叫んでいた孤ノ葉は、真っ青になって震える月子をじっと眺めて、今度は打って変わって優しい声色で続けた。

「私、この耳のこと気に入っているのよ」

「え……？」

欠けた耳にそっと触れる。耳を飾っていたサテンのリボンがゆらりと揺れた。

「だってこれは、私が頑張った証だもの。確かに痛かった。鏡を見ると辛くて、しばらく落ち込みもしたわ。でも……それ以上に最高の友だちができたから、もういいの」

「……そん、そんな」

ふるふると首を振る月子へ、孤ノ葉は優しげな瞳を向ける。その眼差しはどこまでも柔らかで、すでにそこから怒りの感情は消えていた。

「願い事は叶えたい。でも、それは自分で叶えるものだと思う。誰かに叶えてもらっても嬉しくなんかないよ。それが月子であっても同じ。だからもうこんなことはやめて」

「……でも、願い事が叶わなかったら孤ノ葉が傷つく。痛かったら笑顔が消えちゃう……」

「それでもいいの。生きるってことは、いいことも悪いことも、苦しいことも辛いことも、痛いことだって……全部覚悟の上で前に進むってことだもの！」

そして月子の首もとに顔を埋《うず》めると、しみじみと言った。

「でも、すごく辛くてしんどい時ってあると思う。お父さんと喧嘩したりね。そういう時は、月子を頼らせて欲しい。親には言えない、友だちにしか話せない悩みってあるでしょ？」

「こ、孤ノ葉……」

「だからもう――私の願いを叶えようとなんてしなくていいんだよ」

「この……は……うううううううっ……」

孤ノ葉は泣き始めた月子の背中を優しく撫でると、落ち込んだ様子で言った。

「夜人さんのこと、どうすればいいのかしらね？　運命だと思ったのに妖術がかかってたなんて……。どうりで私が狐だってバラしても受け入れるはずよねえ。あは、あははは……」

どうやら、叶えたかった恋が幻だったかもしれない可能性に気がついてしまったようだ。

肩を落とした孤ノ葉は、どこか複雑そうに眉根を下げると――けれども、白蔵主や私たちを眺めて、気を取り直したかのように笑った。

「まあ……いっか！　なんとかなるわよね。ねえ、月子。妖術なしで夜人さんを私に夢中にさせることってできると思う？」

すると、涙で濡れた瞳をぱちくりと瞬いた月子は、心から楽しそうに笑った。

「できる。そんなの当たり前。だって孤ノ葉は……世界で一番綺麗だもの」

「ウフフ！　やった！　月子がそう言うんだから間違いないわね！」

ふたりはケラケラ笑っている。どちらも泣きじゃくったせいか、化粧が崩れて顔面が大変なことになっていた。けれど――その笑顔はなによりも輝いていて、なによりも美しい。

「月子、大好きよ。ずっと、ずっと私の友だちでいてね」

「孤ノ葉。わ、わたくしも。わたくしも孤ノ葉のことが大好き……！」

――これできっと、ふたりはごんと兵十のようにすれ違ったりはしない。

『ごん狐』にはある特徴があった。起承転結の〝結〟がないことだ。ごんが死を迎えた途端、ぱったりと物語が終わってしまう。だからこそ、国語の教材として取り上げられるのだろう。兵十とごんのその後を、読者が想像する余地があるからだ。

孤ノ葉と月子、ふたりが紡ぐ結末はどんなものだろう。いろいろと想像は捗るけれど、これだけは確信できる。それはきっと――どんな物語よりも優しいものに違いない。

再び安堵の息を漏らす。他のみんなも、誰も彼もが私と同じようにホッとした様子だった。

「――あれれ。困ったなぁ。君たち、変な方向へ話を持っていかないでよ」

すると、場に似つかわしくない声が響いた。

声の主は人魚の肉売りだ。彼は所在なげにポリポリと頭を掻くと――。

「うんうん、君たちの話はよくわかった。じゃあ僕が救ってあげるよ……人魚の肉でね！」

あっけらかんとそう言い放ったのだ。

終章　残月の下で告白を

「ちょ、ちょっと待って……！　話を蒸し返さないでくださいよ!?」

人魚の肉売りの発言に慌てて止めに入る。肉売りは心底不思議そうに首を傾げた。

「――どうして？　なにも問題は解決してないじゃないか。僕の出番だと思うけどな？」

人魚の肉売りの言葉に、その場にいた全員が微妙な顔になった。

確かにそうだ。孤ノ葉の恋路は頓挫したまま、彼女の願いはなにひとつ叶っていない。

そんな私たちに、人魚の肉売りは軽快に語り始めた。

「僕なら、君たちの願いをすべて叶えることができるよ。恋人を人外へ変えることも、白蔵主から人間への嫌悪感を拭い去ることも。狐の娘さんの耳を治すことだって！」

緑色の瞳が妖しく光る。彼はニィと微笑んで言った。

「おまけに不老不死までついてくる。最高じゃないか。この機会を逃す手はないよ。僕に君たちを救わせておくれ！」

――もう、我慢できない！

耐えきれず、私は一歩前へ出た。

「本当にそう思いますか？　そんなの、ただのその場しのぎじゃないですか……！」

「……その場しのぎ？」

キョトンと首を傾げた肉売りに、私は力強く言った。

「確かに問題はなにも解決していません。肉の力に頼って願いを叶えればその時は満足するかもしれない。でも……永遠に終わりの来ない人生の中で、絶対に後悔すると思うんです。そんな簡単に決めていいことじゃない！」

「――なあんだ、そんなこと」

しかし、私の言葉は肉売りにまったく響かなかったようだ。

彼は、なんの邪気の欠片も感じさせない綺麗な笑みを浮かべた。

「そんなの――永遠を得られることに比べたら、些細なことだよ」

そして人魚を顔の高さまで持ち上げると――うっとりと銀色の鱗《うろこ》を眺めて言った。

「どんな苦悩も、時間がすべてを解決してくれる。確かに、その時は苦しいかもしれないけど、そのうちすべてがすり切れてどうでもよくなるんだ。永い時間の果てに待っているのは、なんの混じりけもない純粋な幸福。なにも心配することはないんだ。だから人魚の肉をあげるよ。僕が救ってあげる。一緒に永遠の中で生きよう！」

その発言に、ゾッとした。肉売りの言葉や行動は、どこまでも純粋な善意から来るもののように思えたからだ。それはまるで、友人に手を差し伸べる瞬間のような――素朴な優しさ。しかし彼が手にしているのは、人間を不死の存在に変えてしまうほどの劇物だ。そんなものを気軽に食べろとすすめるなんて、心底理解できずに恐怖が募る。

「……そんなの嘘です」

でも——ここで怖《お》じ気《け》づいてはいられない。孤ノ葉と月子は、本音をぶつけ合って頑張ったんだ。なら、ここからは私の出番……！

私は孤ノ葉と月子を守るように立ちはだかると、大きく両腕を広げた。

「そんなの、なんの解決にもなりません。ねえ、人生の中で満足できる結末を手に入れられる機会って、そんなに多くないと思うんです。その度に人魚の肉に頼れとでも言いたいんですか？　何度挫けたっていいんです。そこで終わりじゃない。人生には新しい選択肢が無限に用意されている。それが生きるってことだと思うんです。だから！　絶対に人魚の肉を食べさせたりはしません。だって、この子たちは私の友だちだもの！」

「夏織……」

「孤ノ葉、月子と一緒に白蔵主のそばにいて。お父さんが守ってくれる。そうですよね？」

「——あ、ああ。任せてくれ」

白蔵主の反応を確認した私は、ジロリと人魚の肉売りを睨みつけ、更に言葉を重ねた。

「この子たちになにかするつもりなら、私を倒してからにして！」

はっきりと宣言する。私の〝器〟はとても小さいけれど、守ってみせると決意してこの場に来たのだ。それを土壇場でひっくり返されて堪るものか……！

すると、肉売りの様子が一変した。眉を吊り上げ、口を真一文字に引き絞っている。あからさまな怒りの表情を浮かべた彼は、私を血走った目で睨みつけた。

「……なんなの、君。どうして僕が誰かを救うのを邪魔するの！」

肉売りから異様なほどの威圧感を感じて息を呑む。まるで癇癪を起こした子どものようだ。

肉売りは顔を真っ赤にすると、私に向かって叫んだ。

「僕はただ、困っている誰かを救いたいだけなのに……！　邪魔をするなッ!!」

瞬間、彼が手にしていた人魚が大きく体をくねらせた。

「キシャアアアアアアアアアッ！」

その幼い顔には似つかない威嚇音を発し、鉤から逃れて、まるで水中の魚のように空を泳ぎ出す。徐々にスピードを上げた人魚は、鋭い牙を剥き出しにして私に肉薄した。

「……ッ！」

恐怖で足が竦んで、思わずその場に棒立ちになる。

すると――ここ数日、私が待ち望んでいた声が聞こえてきた。

「――夏織、手紙を放て……！」

ハッとして、慌ててポーチの蓋を開ける。

彼からもらった大切な手紙を掴むと、願いを込めて宙へ放った。

「飛んで！」

瞬間、手紙の鶴たちが一斉に飛び立つ。鶴は、すぐそこまで迫っていた人魚の顔に纏わり付く。それを嫌った人魚は、大きく体をくねらせて身を翻した。

「た、助かった……？」

ヘナヘナとその場に座り込む。すると、私の視界に見慣れた背中が入ってきた。

「……まったくお前はいつもいつも！」

「す、水明～……」

彼の姿を見た途端、一気に気が緩んだ。そのせいか視界が滲む。よたよたと四つん這いになって水明の足もとへ行くと、思わず片足に抱きついた。

「し、死ぬかと思った……」

「離せ、まだ終わってない」

怒り心頭の声が降ってくる。あ、これは後で延々と怒られる奴だと確信しながらも、恐怖で強ばった体は言うことを聞いてくれない。

「こ、腰が抜けたかもしれない。動けない。水明のそばにいたい……」

思わず正直に呟けば、盛大なため息が降ってきた。恐る恐る見上げれば、突然、ワシャワシャと乱暴に頭を撫でられる。真っ赤になった水明は、ツンと唇を尖らせていた。

「――まったく。仕方がない奴だ」

そう言うと、身を翻してこちらに迫ろうとしている人魚を睨みつけ、鋭い声を発した。

「クロ！　修行の成果を見せてやれ！」

「わぁい！　いっくぞお～！」

その瞬間、黒い影が走り抜けていった。それは犬神のクロだ。思いきり助走をつけたクロは、人魚に向かって大きく飛び上がり、その長い尻尾を一振りした。

「――くらえっ！」

瞬間、衝撃波が飛んでいき、人魚が吹っ飛んだ。その先で待ち構えていたのは――。

「お魚ちゃん。ようこそいらっしゃ～い」

「唐揚げと鍋、どっちがいい？　刺身も美味いんだっけか？」

烏天狗の双子、金目銀目だ。彼らは吹っ飛んできた人魚を網で搦《から》め捕ると、なんとも見事な手付きで捕まえてしまった。

「「イエイ！　ゲット～！」」

「なっ……！　僕の人魚になにをするのさ！」

それに怒りを露わにしたのは肉売りだ。

「ちょっと、ちょっと。君らも人魚の肉が欲しいの？　それにしたってマナーってものがあるでしょ！　僕が助けてあげたいって思うくらいの絶望を見せてからにしてくれる！」

怒りの感情に任せて、肉売りが地面を蹴る。すると、影がボコボコと泡立ったかと思うと、そこから何匹もの人魚が姿を現した。

「ひっ……！」

思わず恐怖に顔を引き攣らせるも、それはクロや双子からすれば新しい獲物が現れただけだったらしい。爛々と目を輝かせた彼らは、勢いよく飛び出した。

「わぁい！　人魚の掴み取りだぜ！　誰が一番多く捕まえるか競争だ！」

「あ、銀目、フライングじゃない～？　ずるい！」

「オイラもっ！　オイラもやるっ！」

ふたりと一匹が襲いかかると、人魚もそれに応戦する。修行の成果とは言っていたが、クロや双子の動きは、素人目で見ても以前と比べものにならないほどに洗練されていた。

明らかな劣勢に、肉売りは舌打ちをした。新たな人魚を喚び出そうと片足を上げる。

「ちょっと待ちなァ。いい加減、おいたがすぎるんじゃァねえのか」

「本当に。アタシたちの目が黒いうちは、好き勝手にさせないわよ」

しかしその瞬間、人魚の肉売りの首もとに、煙管と鋭い爪が突きつけられた。

「芝右衛門さん、ナナシ！」

私が声をかければ、ふたりはニッと余裕たっぷりに笑う。芝右衛門狸は、孤ノ葉と寄り添っている月子を見遣ると、申し訳なさそうに眉尻を下げた。

「おう、月子。悪かったなァ。お前の辛い気持ち、なんにも汲んでやれなくて。こんなんだから、嫁に逃げられるんだよなァ。ま、後でいろいろと話を聞かせてくれや。頼りにならねエ父ちゃんだがよ、それくらいはできるからな」

「お父様……」

「できの悪い父親を赦してくれよ」

月子の瞳が再び涙で濡れる。芝右衛門狸は照れくさそうに頭を掻いた。

「――もうっ！　いい加減にしてくれよっ！　僕の〝善意〟をなんだと思ってるのさ！」

すると、あんまりな状況に耐えかねたのか人魚の肉売りが叫んだ。

その声に応えたのは、どこか飄々として捻くれた印象がある人物だ。

「〝善意〟ねえ？　馬鹿も休み休み言うんだな。滑稽すぎて物語の道化役にもならん」

「……玉樹さん！」

彼はまじまじと肉売りを眺めると、苦虫を噛み潰したような顔になった。

「お前か。……お前が、人魚の肉を配り歩いている阿呆《あほう》か」

いきなり不躾な視線を注がれ、肉売りは不快そうに眉を顰めた。

「……なんだよ。君は誰？　どこかで会ったことがあったっけ？」

「ハハッ！　自分の顔も知らないか。まったくもって不愉快な男だ……！」

玉樹さんは顔を歪めると、肉売りへ顔を近づけて凄《すご》んだ。

「自分は、誰彼構わず〝善意〟を押し売りするお前のせいで、望まぬ不老不死になってしまった憐れな元絵師だよ」

すると、肉売りは目をパチパチと瞬いた。

「なんだ……君も永遠の祝福を受け取った僕の仲間なんだね！」

そして子どものようにはにかむと、心底嬉しそうに続ける。

「絵師か〜。なら、寿命という枷《かせ》を外された君にとって、この世は天国だね。時間を気にせずに創作に没頭できるなんて、なによりも幸せなことじゃないか！」

「……っ！」

あまりにも無神経すぎる言葉に、玉樹さんは目を真っ赤に血走らせ、力の限り叫んだ。

「――誰が幸せなものか!!」

鼓膜をビリビリ震わせるようなその声に、肉売りがビクンと身を竦めた。

「永遠は救いなんかじゃない。永遠は――地獄だ」

「は……？　ど、どういうこと？」

「確かに、絵を描くことは好きだった。そのためなら、どんな努力だってできた。確かに、最初は名声のために創作をしていた。……だが、いつの間にか目的が変わっていたんだ」

ぽろりと玉樹さんの瞳から涙がこぼれる。

「不老不死なんていらない。そばに妻がいないなら、永遠なんてなんの意味もない。来世も一緒になると約束したんだ。妻を待たせている。一刻も早く、自分は死なねばならない」

そして力なく項垂れると、苦しげに胸を押さえて言った。

「――不老不死じゃなくなる方法を教えろ。どうか死なせてくれ……」

「………」

玉樹さんの切なる願いがこもった言葉に、人魚の肉売りはくしゃりと顔を歪めた。

「なんでそんなことを言うの。不老不死なのに、どうしてそんなに絶望しているの。それじゃまるで、僕がしてきたことが間違っているみたいじゃないか」

そして苦しげに俯くと、まるで今にも泣きそうな子どものような顔になって言った。

「永遠は救いなんだ。僕はみんなの願いを叶える救世主なんだ……僕は間違ってない！」

その瞬間――水が弾けるような音がして、人魚の肉売りの姿が消えた。

「なっ……！」

慌てて周囲を見回すも、どこにもその姿はない。更には、双子とクロと相対していた人魚たちも姿を消していた。見ると、人魚の肉売りがいた場所の地面が水で濡れている。もしかしたら、ここへ姿を現した時のように影の中に逃げ込んだのかもしれない。

「……嘘、だろ？」

呆然と呟いた玉樹さんは、かくりとその場に膝を突いた。

「あああああああああッ！」

苛立ち任せに拳を地面に叩き付ける。何度も何度も振り下ろされる拳は、徐々に血で染まっていった。けれど、私たちはそれを止めることはできないでいた。

しかし、そんな玉樹さんに声をかけた人物がひとり。

「玉樹、久しぶりじゃのう。達者であったか？」

いつもと変わらぬ調子で話しかけた玉藻前へ、玉樹さんは項垂れたまま答えた。

「今は気分じゃない。放っておいてくれ……」

しかし、そんな言葉は空前絶後の悪女には関係ないようだ。

「ホホホホ！　いいのかえ？　妾の姿絵を描いてもらった時、約束したではないか。お主の願いを叶えてやろうと。それを果たす時がきたのではないかと思ったのじゃがなあ」

「……？」

玉樹さんが涙で濡れたままの顔を上げれば、玉藻前は祖扇である場所を指した。

「恐らくお主の〝願い〟は、あれが叶えてくれるじゃろうよ」

そこにあったのは、銀目が手にした網だ。

網の中には——一匹の人魚が捕らわれたままだった。

「人魚の肉はなんでも願いを叶えてくれる。なら不老不死でなくなることも可能であろう」

玉樹さんの目が驚きで見開かれる。呆然として、ぺたんと尻餅をついてしまった。

「や、やったあ……！」

喜色満面で玉樹さんへ駆け寄る。大喜びの私に問答無用で抱きつかれた玉樹さんを、大きな大きな、まあるい月が見下ろしていた。

＊　＊　＊

カツン、カツンと私たちの足音が座敷の中に響いている。

そこは幽世にある「魂の休息所」と呼ばれる場所だ。湖にぽっかり浮かんだ島の周りには、水中に沈んだ座敷牢《ざしきろう》が並んでいる。

月子が起こした事件が終結したその日のうちに、私たちは連れ立ってここへやってきた。恐ろしく疲れていたし、もうすでに日付が変わろうとしているくらいには遅い時間だ。けれど、お雪さんがいつ消えてしまうかわからない以上、悠長にしている余裕はなかった。

昨今、現し世の情勢が不安定だからか、休息所は満員御礼だった。尼僧たちが慌ただしく業務に追われているのを眺めながら、そっとその人を見遣る。

玉樹さんは、どこか思い詰めたような表情をしていた。

「相変わらず、ここはしけてやがるな」

「仕方ないだろう？　ここは入院施設みたいなものだからね」

その隣を歩くのは、東雲さんと河童の遠近さんだ。ふたりは玉樹さんの古くからの友人だ。彼らは玉樹さんの付き添いをするために、深夜だというのにわざわざ駆けつけてくれた。

それは友人の最期を看取るためだ。そう──玉樹さんは今日、奥さんとの未来のために、不当に引き延ばされた人生に終止符を打つつもりなのだ。

──玉樹さんが死んでしまう。

そのことに想いを馳せると、頭の中がグチャグチャになってわけがわからなくなる。知っている人が亡くなること。蝉のきょうだいたちの件でも目の当たりにしてはいるが、何度体験しても慣れるものではない。玉樹さんとなればなおさらだ。彼とは何度も言葉を交わし、笑い合い、時に軽口をたたき合ったのだ。一緒に過ごしてきた時間の密度が違う。

「……大丈夫か」

よほど暗い顔をしていたのだろう。水明が声をかけてくれた。

けれど、それに言葉を返すことはできなかった。喉の奥がひりついて、ふとした瞬間に泣いてしまいそうだったからだ。だから、小さく首を横に振るだけに留めた。私の反応に、水明は表情を曇らせ、そっと手を握ってくれた。

そこから歩くこと数分。私たちは目的地へ到着することができた。

やってきたのは、湖の中央辺りに位置する座敷牢だ。普通の家屋とは違って天井はなく、頭上にはゆらゆらと湖面が広がっている。ときおり、大きな魚の影が横切っていく。幻光蝶入りの行灯が設置されたその場所は、思いのほか穏やかな雰囲気を醸し出していた。

「ようやく来たか。遅すぎる。待ちくたびれたわ」

「いらっしゃい。お先に話させてもらっていたわよ」

玉藻前が文句をこぼす。その隣で微笑んだのはナナシだ。ふたりは、座敷牢の前に座り込み、中の人物と話し込んでいたようだった。ナナシはすでに目いっぱい泣いた後らしい。鼻と目が真っ赤になっている。

「やっと旦那様の登場ね？　積もる話もあるでしょう。早くこっちに来なさいよ」

ナナシと玉藻前が場所を譲る。

玉樹さんは無言のまま、苦しげに座敷牢から出てきた人物を見つめていた。

「ずいぶん、ゆっくりされていらっしゃったのですね？」

現れたのは白髪の老女だ。柔らかな目もと。年輪のように刻まれた皺。真っ白な髪は丁寧に梳《と》かれ、腰の辺りで緩く結われている。その人が、玉樹さんの妻であるお雪さんだ。

お雪さんはちらりと着物に視線を落とすと、少し恥ずかしそうに眉尻を下げた。

「——ふふ。あなたが来ると知って、白沢様に新しい着物を用意して頂いたのです。淡黄色だなんて……お婆さんには少し若すぎる色かと思ったのですけれど」

　お雪さんに近寄っていった玉樹さんは、愛おしそうに目を細め、そっと手を伸ばす。柔らかな手付きで彼女の頬を撫で、聞いたこともないような優しい声で言った。

「なにを言う。とても似合っている。お前の瞳の色を際立たせているようだ」

「――まあ！」

　すると、お雪さんはパッと頬を薔薇色に染めた。

「やだわ。他の人もいるのに！　見た目だけじゃなく、心まで若くなられたのですか？」

　江戸時代に生きた彼女からすれば、玉樹さんの言葉は直接的すぎたのだろう。どうにも気恥ずかしいようで、ツンとそっぽを向いてしまった。

「……ハハッ」

　玉樹さんは小さく笑みをこぼすと、お雪さんの腰に手を回して抱き寄せる。

「なっ……！　と、豊房様!?」

「あれから二百年以上経った。時代は変わったのだ、お雪。今は、衆目の前で愛を囁いたって構わない」

「〜〜〜ッ！」

　茹で蛸のように真っ赤になってしまったお雪さんを腕の中に収めた玉樹さんは、かすかに声を震わせながら囁いた。

「……ずいぶんと待たせてしまった。すまない」

お雪さんはピクリと体を硬くすると、小さく首を横に振った。

「あなたが、絵を描くこと以外できないのは存じ上げておりましたので」

「手厳しいな？」

「ふふ。たくさん待ったのですから、ちょっとくらい、いいではありませんか」

「確かに」

玉樹さんは大きく息を吐くと、ふいに私たちの方を見た。

「東雲、遠近。この体の始末を頼む。できれば、現し世式で葬って欲しい。自分は……己があやかしであったとは一度も思っていない。うっかり死にそびれてしまった、ただの人間だ。だから人間らしく弔われたい」

「……わかった」

「ああ。僕に任せておいてよ」

玉樹さんは玉藻前へ視線を遣ると、小さく頭を下げた。

「転生後の自分とお雪が巡り会うように、閻魔《えんま》への取り計らいを頼む。よもや、天下の玉藻前が約束を違えるとは思わないが……」

「ホホホ！　わかっておる。しつこく言うでない。やる気が削がれるわ」

「……頼んだ」

そして……長年の友人であるナナシを見る。

泣きはらして顔を真っ赤にしているナナシに、玉樹さんはひと言だけ言った。

「またお前の辟邪絵を描きたい」

「……ええ。アンタが戻ってくるのを、ずっと待っているわ」

最後に私を見た玉樹さんは、目を細めて笑った。

「自分とお雪の間には子ができなかった。だから――なんというか、勝手に娘のように思っていたんだ。少し、口うるさかったかもしれない。謝らせてくれ」

「……っ。は、はい」

「お前は本当に出会いに恵まれている。それを忘れるな。幸せになれ。誰よりも」

息が詰まって返事ができない。

ボロボロ泣きながら頷けば、息を吐いた玉樹さんはお雪さんへ向き合う。

「――なあ。しばらくまともに絵を描けていない。転生した後、ちゃんと描けるだろうか」

弱音をこぼした玉樹さんへ、お雪さんはコロコロ笑った。

「あらあら。大丈夫ですよ。わたくしがお尻を叩いて差し上げますから」

「厳しいな。相変わらず、お雪は厳しいのに優しい」

「だってわたくしは〝名〟を遺すような偉大な絵師の妻ですもの」

「アッハハ！　確かにそうだな。まったく……自分にはお前がいないと駄目だ。なあ、人魚の肉を食べる前に少し話そう。今日まで、いろんなことがあったんだ。それに、溜め込んだ感情を吐き出したい。あの時代は妻を綺麗だと思っても碌《ろく》に褒められもしなかったから」

「……お手柔らかに頼みます。わたくしの心臓が止まってしまいそう」

「それは困る」

玉樹さんとお雪さんは手と手を取り合うと、そのまま小声で話し始めた。完全にふたりの世界になったのを確認して踵を返す。洟を啜った東雲さんの背を、遠近さんが優しく叩いた。

「転生後の彼らに会いに行けばいい話さ。楽しみに待とう」

「………。ああ、そうだな」

そんな会話をすると、東雲さんたちは連れ立って先に行ってしまった。

私は溢れてくる涙を抑えきれず、ボロボロこぼしながらゆっくりと歩いていく。

すると――隣を歩いていた水明が私の手を強く引いた。

「……話がある。行こう」

真剣な眼差しに、思わずこくりと頷く。

その時、背後から温かい感情に満ちた声が聞こえてきた。

「――お前と会えてよかった。愛している。お前しかいない。ずっと一緒にいてくれ」

「はい。わたくしでよければ、どこまでも、どこまでもお供いたします」

＊　＊　＊

水明に連れられ、私は再び淡路島へやって来た。

まだ夜は明けていない。暗い海からはざあざあと波音だけが響いている。

なんとも心を不安にさせる光景だ。呑み込まれたら二度と帰ってこられないような……。けれど、今の私にはそれがちょうどよかったようだ。乱れた感情を、黒一色の海が吸い取ってくれるようだ。胸いっぱいに潮風を吸い込めば、苦しい感情を一時忘れられるような気がする。防波堤に座って海を眺めていると、そこに水明がやってきた。

「……落ち着いたか」

隣に腰かけた水明は、私に温かい缶コーヒーを渡して苦い笑みをこぼした。

「まったく。お前の周りはいつもいろんなことがあるな」

「私のせいじゃないよ。でも……今回のことは、ちょっとくるものがあるかな」

思い出すと、またじんわりと涙が滲んできた。

「――玉樹さんたち、来世はもっともっと幸せになって欲しいなって思う。でも、私は来世の姿を見られないじゃない？　突然、別れが来たようなものでさ」

指先で缶コーヒーの温もりを拾いながら小さく洟を啜れば、水明は複雑そうに眉を寄せた。

「仕方がないさ。アイツらと違って、俺たちは人間だからな」

「そうだね。でも……寂しいねえ……」

「ああ」

ぽつりと呟いて口を閉ざす。一定のリズムで寄せては返す波音を聞きながらぼんやりしていると、ふいに水明がこぼした。

「……久しぶりに会ったの、忘れてるだろう」

「ハッ……！」

慌てて水明の顔を見れば、じとりと私を不満げに見つめている。

「いやっ、えっと！　なんというかこれはっ！」

――玉樹さんのことで頭がいっぱいだったというかなんというか……！

ひとりアワアワと慌てていれば、水明はプッと小さく噴き出した。顔を逸らし、クックッと喉の奥で笑っている。私はなんとも言えない気持ちになって、素直に謝った。

「……ごめん。別に忘れてたわけじゃなかったんだけど」

「わかっている。少し意地悪だったな」

水明は笑いを収めると、じっと私を見つめた。

「返事、遅くなってすまない」

――ドキン、と心臓が跳ねた。

火がついたみたいに体が熱くなった。汗が滲み、心臓の音がうるさい。自分に注がれる水明の視線がいやに気恥ずかしくて、なんだか逃げ出したい気持ちでいっぱいになる。

「なあ、どうして淡路島へ戻ってきたと思う？」

意外な言葉にキョトンとする。

咄嗟に答えが出なくて戸惑っていれば、水明は海に視線を移して語り出した。

「お前たちが孤ノ葉と話している間、少しだけ……玉樹と話す時間があったんだ」

「玉樹さんと？」

「それで教わったんだ。古事記《こじき》によれば、淡路島は日本で最初に作られた島だと」

じっと私を見つめた水明は、その瞳を柔らかく細めて言った。

「つまりは、ここからすべてが始まったんだ。あらゆる命も、伝承も……物語も。それを聞いた時、一番にお前の顔が思い浮かんだ」

瞬間、チカチカと視線の端から眩い光が飛び込んできた。

驚いて光の方へと顔を向ければ、水平線の向こうから暁色の光線が伸びてきているのがわかる。――夜明けだ。昏く沈んでいた空に赤みを帯びた色が滲んでいき、黒々としていた海面が宝石のように眩く輝き始めた。

思わず見蕩れていると、私の手に水明が触れた。

ハッとして顔を向ければ、彼の瞳の中に朝日を見つけて目を瞬く。

薄茶色の瞳が朝日に染め変えられ、黄金のような輝きを徐々に増していった。

「俺の物語は……あの日、幽世に落ちた時に始まったんだ。お前が拾ってくれなければ、始まりもしなかったに違いない」

そして強く私の手を握りしめ、言葉を重ねた。

「感情を制限されていた俺を、世界を知らなかった俺を、不器用だった俺を――ここまで変えてくれたのは紛れもないお前だ。……本当にありがとう」

水明はそこまで言うと、大きく息を吸った。ゆっくりと息を吐いて、決意したように顔を引き締めると、その瞳を柔らかく細めて――こう言ってくれたのだ。

「俺もお前が好きだ」

それだけ言って口を噤む。ぱあっと顔が色づいたのは、きっと朝日が差したからじゃない。

「う、うう……！」

心が震える。心臓が今までにないくらいに強い鼓動を刻んでいる。

わけもなく体がソワソワして。盛大に照れている目の前の少年がどうにも愛おしくて。

私は気持ちが導くまま、勢いよく叫んだ。

「――水明っ!!」

「な、なんだっ!?」

「腕を広げて!!」

「お、おう！」

そして、素直に広げた水明の腕の中へ勢いよく飛び込んだ。

「やったあ……！　私も大好き！」

「……うわっ！」

瞬間、ゴチン！　と鈍い音がする。水明の顔が痛みで歪んだ。

どうやら勢いよく抱きついたせいで、防波堤に後頭部をしたたかに打ち付けたらしい。

「あ、あわばばば！　す、水明、大丈夫～!?」

「お、ま、え……」

「ど、どどどどどうしよう！　両思いになった途端、彼氏が脳内出血で死亡とか嫌だ！

ナナシー！　ナナシ……いやここは現し世！　健康保険証持ってる!?」

「落ち着け、馬鹿」

ぽんと頭を叩かれて、ハッと正気に戻る。

涙目になって下敷きにしている水明を見つめれば、彼は心底おかしそうに笑った。

「——アッハハハハハ！　本当に、お前といると退屈しないな！」

ケラケラ笑っている水明を見つめ、しょんぼりと肩を落とす。私の方が年上なのに、これじゃあどっちが上かわかったものじゃない。脱力して水明の胸にぽすんと頭を乗せる。すると、空にうっすらと月が居残っているのを見つけた。

それは残月だ。まだ明け切らない空に浮かぶそれは、柔らかな光を湛えている。

有り明けの月。なんて綺麗なんだろう——。

ひとり寂しく浮かぶ月に、なぜだか親近感を覚える。

思わず目を奪われていると、ふと水明が言った。

「最近思うんだ。夜の世界に生きるあやかしと、昼の世界に生きる俺たち人間と。いくら長い年月を過ごしても、馴染みきれない時は絶対にある」

「うん……」

——ああ、そうか。まるで私は残月みたいだ。

夜の世界と昼の世界の狭間《はざま》で、ひとりぼっちで漂う月。

どちらにも馴染みきれない。ぽつんと空にとり残されたみたいな月は……私。

「それって寂しいね。すごく……息苦しい」

「だが、あやかしの世界で生きると決めたのは俺たちだろ？」

「――うん。そうだね」

　私の大切なものはすべて幽世にある。大好きな養父、母代わりの存在、幼馴染み、友人、少し厄介な知り合いに――物心ついた頃から積み重ねてきた思い出。

　友人を来世に送り出すことすら寛容なあやかしたちだ。きっと私が望めば、東雲さんたちは快く現し世へ送り出してくれたに違いない。けれど、私は現し世で生きたいとは望まなかった。妖しくも美しい、けれど決定的に人間が住む場所とは違う幽世を選んだのだ。

「私、幽世が大好き。そこに棲むあやかしたちも、みんな、みんな……だから、たとえ自分が違うものだとわかっていても、幽世が私の居場所」

　そっと手を空に掲げる。残月を撫でるように指を動かすと、その手を水明が握った。

「そうだな。俺もそう思う。俺の居場所も……幽世《そこ》にあると思う。いや、違うな」

　水明は嬉しそうに目を細め、私の手を親指で優しく撫でながら言った。

「俺の居場所は……きっと夏織の隣にあるんだ」

「え……？」

「だから、辛い時は俺に言えよ」

　ハッとして顔を上げれば、水明は愛おしそうに残月を眺めている。

「ひとりじゃ苦しい時も、ふたりだったらきっと乗り越えられる」

そして——いつか、東雲さんが幼い私に言ってくれたように。

優しく、強く、どこまでも包み込むような言葉を紡いでくれた。

「大丈夫だ。夏織には俺がいる。いつだって俺がいるからな」

「…………。す、水明」

その言葉に、じんと胸の奥が温かくなった。じわじわと胸の奥から柔らかな、それでいて決定的な強さを持った熱が広がっていく。その熱は、私の中にあった揺らぎや、悲しみや、寂しさなんかをすべて拭い、優しい感情に塗り替えていった。

「私だって。いつだって水明のそばにいるからね」

その熱が全身に行き渡った時——自分の心すべてが彼に向かっているのがわかる。

同時に、目の前にいる水明が、何者にも代えがたい人なのだと直感した。

それがなによりも嬉しくて、少しだけ照れくさくて——衝動が溢れてきて。

ああ、駄目だ。好きで好きで堪らない！

勢いよく水明の顔を両手で掴む。ぐい——と無理矢理引き寄せたら、

「えっへへ……！　大好きっ！」

そう言って、勢いよく顔を近づけた。

——瞬間、ゴチン！　と眼前に火花が散る。どうやら、額をぶつけてしまったらしい。

せっかくキスをしようとしたのに。ううううっ！　失敗した！

「あ、あいたたた……」

思わず涙ぐんでいれば、水明が顔を真っ赤にして、更には涙ぐんでいるのに気がつく。

「ご、ごめんごめん。失敗しちゃ――」

頭を掻いて謝れば、水明はプルプル震えながら叫んだ。

「おっ、お前はっ……！　いい加減にしろよ!!」

怒り心頭の水明に目を丸くする。どうやら彼は、ムードもへったくれもない〝初キス〟にご立腹らしい――。

――あ、これは一生言われ続ける奴……。

恐ろしく嫌な予感がする。

「て、てへ……？」

そう思いつつも、私はヘラヘラと笑うことしかできなかった。

「ヒッ！」

「そこに正座しろ。もう我慢ならない」

「告白された時から思っていたんだ。お前はなにもかも衝動的に動きすぎる！　それがいろんなトラブルを呼び寄せていることに気がついているのか!?」

「ひぃいいいい……」

半泣きになって水明を見つめる。けれど彼は、追及の手を緩めてくれそうにはなくて……。

「この際だ、はっきり言わせてもらうからな。覚悟しろよ！」

ビシリと指差されて、小さく身を縮こませる。

私の初めての恋。初めての告白。その結末は——こうして、どうにも締まらない結果となったわけである。主に……私のせいで。

「クソッ！　お前って奴は本当に、本当に……！　わかってるのか、夏織！」

「ご、ごめんなさああああああい……！」

水明の説教が、早朝の淡路島に延々と響き続けたのは言うまでもない。

続章　とある彼の〝秘めごと〟

「──明日、アイツの埋葬に行くつもりだ。今日はお前も疲れただろう。休め」

遠近と店頭で別れた東雲は、疲れた体を引きずるようにして貸本屋へ入った。

わが家の中は静まり返っていて、夏織はまだ帰ってきていないようだ。

「まったく、どこ行ったんだ。あの馬鹿娘」

ブツブツ言いながら居間へ上がる。

一服しようかと煙草入れに手を伸ばせば──ズキリと鋭い痛みが襲ってきた。

「ぐっ……」

指先に当たった煙管がコロコロと畳の上を転がっていく。

まるで体を裂かれるような痛みが全身に広がっていき、息をするのも難しい。

「あっ、がっ……」

呻きながら懐に手を伸ばす。印籠から丸薬を取り出した。震える手で口の中に押し込み、奥歯で噛み潰す。とんでもなく酷い味が口内に広がって、思わず顔が引き攣った。喉を薬が通り抜けていく感覚。空気を求めて喘《あえ》ぎながら、ひたすら効果が出るのを待つ。

「……クソッ……」

普段ならば数分もすれば効果が出るはずだった。しかし、一向に体は楽にならない。仰向けになって転がる。長火鉢に足が当たり、灰がこぼれたのがわかった。

──夏織。

愛おしい娘のことを思い出し、ゆっくりと息を整える努力をする。

こんな姿を夏織に見せられない。見せられるわけがない。

娘が帰るまでには、体調を整えるのだ。そしてなにごともなかったかのように出迎える。

それが父として自分がするべきことだ。それが正しいのだと東雲は信じている。

──ちりん。

すると、鈴の音が聞こえた。

夏織が帰ってきたのかとも思ったが、誰かが入ってくる気配はない。

東雲は脂汗を流しながら目を固く瞑ると、ひたすら痛みが治まるのを待った。

しかし、痛みは徐々に強まっていくばかりだ。

──やばい。そう思った瞬間、耳もとで聞き慣れない声がした。

「ねえ、知ってるかい。人魚の肉はなんでも願いを叶えてくれるんだよ」

しかし、東雲はその声に応えることはなく──襲い来る痛みに耐えかね、意識を手放したのだった。

あとがき

こんにちは、忍丸です。

このたびは「わが家は幽世の貸本屋さん—残月の告白と妖しい秘めごと—」をお読みいただきまして、誠にありがとうございます。

とうとう五巻です！　先日、テレビCMなんかが流れたりと、嬉しいこと続きのこの作品ですが、ここまで書き続けられたというのが、作者としては一番の喜びです。

一巻からちょいちょい顔を出していた玉樹さん。五巻にして裏表紙に進出を果たした彼の物語が綴れて大満足でした。謎めいた薬屋のお話もできましたし、徐々に物語の深みが増していっているのかなと勝手に思っております。

このお話に関わってくださった皆様に謝辞を。

担当編集の佐藤さん。いつも本当にありがとうございます！　年末年始、過労で病みそうだったんですが、どうにか五巻が完成してよかったです……。いつも本当にありがとうございます。これからもどうぞよろしくお願いします！

装画をご担当いただいた六七質様。今回も素晴らしい表紙を、本当にありがとうございます！　毎度、表紙の素晴らしさに驚くのですが、五巻の表紙はいつも以上に素敵で、私が思い描いた物語が絵の中に落とし込まれている様に惚れ惚れとしてしまいました。最高でした……。そして、裏表紙で玉樹さんの姿を見られたことに感激です。玉樹、本当によかったねえ……。

そしてマイクロマガジン社の営業様、校正・校閲ご担当者様、書店員の皆様。読者様のもとへこの本が届くまでご尽力いただいたすべての人に感謝します。

物語もとうとう佳境に近づいています。

人間でありながらあやかしたちと暮らす夏織の物語を、最後まで見届けてくださると嬉しいです。次巻の閑話は――みなさん薄々感づいていそうですが「東雲」です。

苦しみもがきながらも、幸せな日々を過ごす彼の一生をお送りできたらなと思っています。

作者ですが、今から彼の物語を思い浮かべるだけで泣きそうです。

どうぞ、次巻もよろしくお願いします！

葉桜に彩られた晩春の頃に　忍丸

ことのは文庫

わが家《や》は幽世《かくりよ》の貸本屋《かしほんや》さん
—残月《ざんげつ》の告白《こくはく》と妖《あや》しい秘《ひ》めごと—

2021年6月26日　初版発行

著者　忍丸《しのぶまる》
発行人　子安喜美子
編集　佐藤　理
印刷所　株式会社廣済堂
発行　株式会社マイクロマガジン社
URL：https://micromagazine.co.jp/
〒104-0041
東京都中央区新富1-3-7 ヨドコウビル
TEL.03-3206-1641 FAX.03-3551-1208（販売部）
TEL.03-3551-9563 FAX.03-3297-0180（編集部）

本書は、小説投稿サイト「エブリスタ」（https://estar.jp/）に掲載されていた作品を、加筆・修正の上、書籍化したものです。
定価はカバーに印刷されています。

ISBN978-4-86716-151-7　C0193
乱丁、落丁本はお取り替えいたします。